Victoria Pearl
4 Herzen 12 Beine

D1718611

Victoria Pearl

4 Herzen 12 Beine

Erotischer Liebesroman

© 2003 by

édition elles

Internet: www.elles.de

E-Mail: info@elles.de

Umschlaggestaltung und Satz: graphik.text Antje Küchler, Ferrette

Druck: Nørhaven Paperback A/S, Dänemark

ISBN 3-932499-33-6

Die Weiterbildung

Morgens um fünf muß die Welt nicht in Ordnung sein. Im Gegenteil, sie kann einer Frau schon ziemliches Kopfzerbrechen bereiten.

Doris, die wie jeden Tag um diese Zeit ihren Belgischen Schäferhund vor den Toren der Stadt ausführte, orientierte sich an den Bäumen, die sie im dichten Nebel nur schemenhaft erkennen konnte. Gut, daß hier auch das Übungsgelände ihrer Hundeschule lag, sie hätte sich sonst bestimmt verirrt. Eiko tollte wild herum. Sie hörte ihren Hund immer wieder bellen, mal etwas näher, dann wieder weiter entfernt. Zu dieser Uhrzeit störte das hier draußen niemanden. Sie konnte sich und Eiko alle Freiheiten einräumen, ihn laufen lassen, mit ihm spielen, sich mit ihm austoben.

Eiko genoß den ersten Spaziergang des Tages ebenso wie sie, doch heute fühlte sich Doris nicht im Gleichgewicht. Sie hatte schlecht geschlafen. Der Morgen, trüb und diesig, hob ihre Stimmung nicht. Fast ungehalten wehrte sie den Malinois ab, der sie spielerisch ansprang und ihr auffordernd einen dicken Stock vor die Füße legte.

»Eiko, ich hab' keine Lust«, erklärte die große, schlanke Frau dem erwartungsvoll herumhüpfenden Vierbeiner.

Für seine gut drei Jahre war Eiko ein sehr verständiger Hund. Er kannte die Stimmungen seiner Meisterin, reagierte manchmal darauf, ehe sie Doris selbst wahrnahm. Die Ausbildungen, die der

Hund bereits durchlaufen hatten, wiesen ihn als sehr intelligent und lernfreudig aus. Eiko trollte sich und Doris wandte sich wieder ihren düsteren Gedanken zu.

Sie mußte in ihrem Leben etwas ändern, soviel stand fest. Die berufliche Herausforderung, die sie immer gesucht hatte, befriedigte sie nur teilweise. Eine Hundeschule zu leiten forderte viel kommunikatives Geschick und auch gutes Organisationstalent. Irgendwie jedoch füllte es Doris nicht aus. Die schwierige Anfangsphase war überwunden, Anmeldungen für ihre Kurse trafen zahlreich ein. Es hatte sich herumgesprochen, daß die sanften Methoden eben auch zum Ziel führten.

Die lange und intensive Ausbildungszeit, die Doris teilweise in der Schweiz bei einem international bekannten ›Hundeflüsterer‹ absolviert hatte, mußte sich auszahlen. Doris dachte dabei nicht an die schwarzen Zahlen im Kontobuch, sondern vielmehr an den Status ihrer Schule, den sie zu erreichen gedachte. Und sie hoffte, daß die Welle der Mißverständnisse, die durch die publik gewordenen Hundeattacken auf alle Hundebesitzer überschwappte, ihre Pläne nicht schon nach kurzer Zeit in Rauch aufgehen ließ.

Doch das eigentliche Problem lag nicht in ihrer Arbeit ... sie fühlte sich allein. Schon seit langem nahm ihr die Einsamkeit die Lust am Aufstehen. Dagmar, ihre beste Freundin, versuchte sie zu verkuppeln, aber es hatte keinen Zweck. Zu tief saß noch der Schmerz über die verlorene Liebe zu Veronika. Sie verglich jede Frau mit ihrer Ex-Geliebten. Diese schien unter der Trennung nicht im mindesten zu leiden, im Gegenteil, sie genoß die Freiheit. Doris wußte, daß sich Veronika holte, was sie brauchte, das hatte sie immer schon getan. Die Trennung lag weit zurück, über ein Jahr, doch für Doris war damals eine Welt zusammengebrochen. Sie konnte sie nicht mehr zusammensetzen, denn es fehlten die entscheidenden Teile.

Die warme Dusche nach dem Spaziergang weckte die Lebensgeister in Doris zumindest teilweise. Sie überflog beim ersten Kaffee des Tages ihren Einsatzplan. Heute würde sie keine Zeit mehr finden, sich selbst niederzumachen, denn die Termine reihten sich lückenlos aneinander. Plötzlich kam ihr in den Sinn, daß sie Hildegard und Johannes noch anrufen mußte. Die beiden waren für sie so etwas wie elterliche Ratgeber. Seit sie einen Teil der Ausbildung zur Hundetrainerin bei ihnen absolviert hatte, standen sie in losem Kontakt. Sie hatten Doris beim Aufbau der eigenen Hundeschule geholfen, verhielten sich auch nie abweisend, wenn Doris ein besonders schwieriges Problem nicht alleine lösen konnte. Nun boten Hildegard und Johannes Weiterbildungskurse für Trainer an. Gerade vor dem Hintergrund des neu aufgeflammten Hundehasses schien das sehr sinnvoll und nötig zu sein.

Doris hatte längst beschlossen, an einem einwöchigen Seminar teilzunehmen, obwohl sie in dieser Zeit kein Einkommen hätte. Das einzige, was ihr Sorgen bereitete, war der Kursort: ausgerechnet Hamburg! Mußte das wirklich sein? Sie kannte niemanden dort, müßte sich in einer Pension ein Zimmer mieten, was natürlich ihrem ohnehin schon schlanken Geldbeutel nicht sonderlich bekommen würde. Doris verdrängte die düsteren Gedanken und wählte die Nummer, die auf dem Anmeldeschreiben angegeben war. Nach dem Austausch der wichtigsten Neuigkeiten verabredeten sie, daß Doris einen Tag früher nach Hamburg kommen würde. Johannes wollte ihr unbedingt den jüngsten Wurf seiner Schäferhunde zeigen. Doris rückte nach langem Zögern doch noch mit ihrem Problem, dem finanziellen, heraus. Da würden sie bestimmt eine Lösung finden, beruhigte sie ihr väterlicher Freund. Im Gegensatz zu ihr schien er nämlich die ganze Stadt bestens zu kennen.

Die Reise nach Hamburg verlief ohne Zwischenfälle. Eiko benahm sich wie immer gesittet in seiner Hundebox und konnte sich vor Freude kaum mehr beruhigen, als er Johannes und Hildegard erkannte. Johannes hatte für Doris in einer kleinen Pension ein Zimmer reserviert, die Besitzerin war seine Schwester und selbst eine Hundenärrin. Der Nachmittag verging beim Fachsimpeln über Hunderassen und verschiedene Erziehungsstile wie im Flug. Schließlich konnte sich Doris vor Müdigkeit kaum noch auf den Beinen halten.

»Laß Eiko doch bei uns, dann kannst du morgen etwas länger schlafen«, schlug Johannes vor.

»Du siehst, er versteht sich mit unseren Hunden bestens!« betonte auch Hildegard.

Das Angebot war verführerisch, doch Doris verbrachte kaum eine Stunde des Tages ohne Eiko, sie zögerte. Als sie wieder herzhaft gähnen mußte, lachte Johannes und rief den Malinois zu sich. Er führte Eiko zu dem großzügigen Zwinger hinter dem Haus. Doris bedankte sich bei dem Paar für ihre Gastfreundschaft und fuhr zurück in die Stadt.

Die Pension war klein, sauber und recht gemütlich. Dankbar zog sich Doris in ihr Zimmer zurück, das mit Möbeln vom Trödler eingerichtet zu sein schien, aber durchaus Charme ausstrahlte. Sie ließ sich auf das breite Bett fallen und wollte nur noch schlafen. Das schien ihr jedoch nicht vergönnt zu sein.

Die Uhr an ihrem Handgelenk zeigte erst zehn Uhr abends, als sie zum wiederholten Male darauf schielte, doch ihr schien es, als hätte sie sich seit Stunden in dem fremden Bett hin- und hergewälzt. Sie stand auf, schnappte sich das Badetuch und ging über den Flur ins Badezimmer. Eine warme Dusche würde sie entspannen, dachte sie. Es half alles nichts, sie fand keinen Schlaf.

Da sie nichts zu lesen dabeihatte, nahm sie den Stadtplan zur Hand, den Hildegard ihr mitgegeben hatte, und studierte die Anmerkungen zu den verschiedenen numerierten Straßen und Gebäuden. Röte schoß ihr ins Gesicht, als sie auf eine Bar stieß, die, wie es in der Erklärung hieß, nur für Frauen zugänglich war und auch über einen separaten Raum für etwas mehr Nähe verfügte. ›Etwas mehr Nähe‹, wiederholte Doris in Gedanken. Das wäre doch gar nicht schlecht, überlegte sie. Sicherlich würde sie dort eine willige Frau finden, die für sie diesen Raum interessant machen könnte. An Schlaf war jetzt nicht mehr zu denken. Hastig kleidete sich Doris an, lernte Straße und Hausnummer auswendig, schnappte sich den Schlüssel zu Hintertür der Pension und machte sich ziemlich nervös auf den Weg.

Das liegt mir eigentlich gar nicht, dachte Doris, als sie vor der neutralen Tür stand und auf die Klingel drückte. Die Klappe wurde zurückgezogen, Doris von oben bis unten begutachtet, dann schwang die Tür nach innen auf. Doris trat ein und fühlte sich noch unwohler als in den Minuten zuvor, in denen sie unsicher vor der Bar auf- und abgegangen war. Gedämpfte Musik untermalte die ebenso gedämpften Gespräche der wenigen Frauen, die sich im Raum befanden. Wieder wurde Doris gemustert, doch niemand schien sich sonderlich für sie zu interessieren. Doris setzte sich auf einen Hocker an der langen, geschwungenen Theke und bestellte ein Glas Weißwein. Sie beobachtete die Frauen an der Bar und an den im Raum verteilten kleinen Tischen, die Kellnerin, die einer Werbezeitung für ein Tätowierstudio entsprungen zu sein schien, die Frau hinter dem Tresen, die ihr zwar den Wein servierte, sie ansonsten jedoch nicht beachtete.

Allmählich füllte sich das Lokal. Die Türsteherin schloß den Eingang kaum mehr. Die Frauen, die nun den Raum eng werden ließen, schienen sich wenigstens vom Sehen her zu kennen. Doris saß noch immer in ihrer Ecke an der Bar, beobachtete, ließ den Blick schweifen, suchte nach dem gewissen Etwas, das ihr eine Frau sympathisch genug machen würde, um sie anzusprechen.

Endlich tauchte sie auf. Sie kam allein, schon dies war als gutes Zeichen zu werten, dachte Doris. Die Frau trug ihr langes, rotes Haar offen, ließ es in Wellen über die Schultern fallen. Ihre Figur konnte nicht als schlank bezeichnet werden, kurvenreich traf es besser. Sie bewegte sich sicher, glitt zwischen den herumstehenden Frauen hindurch, schlängelte sich bis zur Bar durch, ohne mit jemandem mehr als einen Blick zu tauschen. Der Stuhl neben Doris war frei. Die Fremde setzte sich selbstverständlich auf den Hocker, sie schien es nicht für nötig zu halten, Doris auch nur mit den Augen um ihr Einverständnis zu bitten. Doris fühlte, wie sie nervös wurde. Die Frau neben ihr trug ein Parfum, das ihr die Sinne verwirrte, oder waren es ihre grünen Augen, die ihr etwas Katzenhaftes verliehen?

Die Unbekannte bestellte ebenfalls Weißwein. Wieder ein Zeichen, dachte Doris. Die Frau trank einen Schluck, stellte das Glas auf den Tresen und drehte sich um. Sie schien im Raum nichts Bestimmtes zu suchen. Genau wie Doris zuvor ließ sie ihren Blick umherschweifen und beobachtete stumm das Publikum. Doris wurde immer unruhiger. Sie sollte etwas sagen, überlegte sie. Doch wie konnte sie die Aufmerksamkeit der Rothaarigen auf sich lenken, ohne allzu aufdringlich zu erscheinen? Nein, der Umgang mit Menschen gehörte nicht zu Doris' Stärken. Sie bemühte sich zwar stets, höflich, wenn nötig auch verständnisvoll zu sein, doch von sich aus unternahm sie selten bis nie Anstrengungen, jemanden kennenzulernen. Bei Tieren, egal, ob es sich dabei um Hunde, Katzen, Pferde oder sonst ein vorzugsweise felltragendes Wesen handelte, wußte sie immer, wie sie sich zu verhalten hatte. Sie verstand, was die Tiere ihr sagen wollten, ebenso wie die Tiere sie zu verstehen schienen. Darin lag auch ihr Erfolg als Hundetrainerin.

Menschen stellten für Doris eine ungeliebte Herausforderung dar, der sie sich nicht besonders gut gewachsen fühlte. Sie hatte Kommunikationskurse belegt, sich auf Gespräche mit Kunden professionell vorbereitet, das klappte meist auch ganz gut, doch wenn es um sie persönlich ging, fühlte sie sich unfähig. Sie stand vor einer Wand, die zu erklimmen oder gar zu überwinden unmöglich schien.

Doris seufzte. Sie fragte sich, wie sie trotz ihrer Introvertiertheit je zu Geliebten, ja gar zu Beziehungen hatte kommen können. Die Antwort lag auf der Hand: Die anderen waren aktiv geworden, nie hatte sie den ersten Schritt machen müssen. Nun aber sah die Situation anders aus. Doris wollte mit der Frau, die sie bis jetzt noch nicht einmal zur Kenntnis genommen hatte, in Kontakt treten. Sie verspürte den unbändigen Wunsch, diese Frau zu berühren, und dies ging schwerlich, ohne nicht zumindest ansatzweise mit ihr ein Gespräch geführt zu haben. Wieder seufzte Doris auf und blickte in das halbvolle Glas vor sich. Die Idee, hierherzukommen, war doch nicht so gut gewesen.

»Was gibt's denn so Trauriges?« fragte eine warme Stimme.

Doris fuhr herum und hätte um ein Haar das Weißweinglas vom Tresen gefegt. Sie blickte in die grünen Augen, die sie fragend anlächelten. Doris schüttelte bedauernd den Kopf, denn ihre Stimme hatte eben beschlossen, nicht mehr vorhanden zu sein. Sie fuhr mit ihren Fingern durch ihr kurzgeschnittenes, sandfarbenes Haar. Eine Verlegenheitsgeste, die bei ihren Freunden immer Erheiterung hervorrief, doch in diesem Falle verhinderte sie, daß Doris in die verlockende rote Haarpracht ihr gegenüber eintauchte. Die Frau ließ ihren Blick über Doris wandern. Was sie sah, schien ihr sehr zu gefallen, denn sie hob anerkennend die Brauen, ihre Augen waren eine Spur dunkler geworden.

»Du bist nicht oft hier in der Bar?« stellte die Fremde fest, obwohl sie am Ende des Satzes die Stimme wie zu einer Frage anhob.

»Nein«, brachte Doris mühsam hervor.

»Dann bist du nicht von hier?«

»Nur vorübergehend.« Allmählich funktionierte das mit dem Sprechen wieder, auch wenn ihre Antwort noch nicht zur Frage paßte.

»Hmm, ich auch«, ergänzte die andere.

»Du kennst dich hier aber aus«, wagte Doris einzuwenden.

»Ich komme vielleicht zwei- oder dreimal im Jahr nach Hamburg. Wenn ich in der Stadt bin, statte ich der Bar selbstredend einen Besuch ab«, erklärte die andere geduldig. Doris nickte verstehend. Konnte sie die Frau nach dem speziellen Raum für etwas mehr Nähe fragen? Dafür war es noch entschieden zu früh, gab sich Doris gleich selbst die Antwort.

Da die Rothaarige das Gespräch nicht weiterführte, schwieg auch Doris. Sie sah sich im Lokal um und stellte fest, daß es bedeutend weniger voll war als noch vor einer Stunde. Wohin hatten sich die Frauen verzogen? Mußten die alle so früh aufstehen, daß sie vor Mitternacht nach Hause gingen? Die Fremde auf dem Nachbarhocker hatte Doris beobachtet. Sie lachte über das angestrengt wirkende Gesicht und erklärte nicht ohne Freundlichkeit: »Da hinten gibt's noch ein Zimmer. Die Damen hatten wohl das Bedürfnis, sich etwas zurückzuziehen.«

Doris fühlte, wie sie errötete. Die Rothaarige bemerkte es und lächelte noch breiter. »Vielleicht hast du Lust«, sie betonte das letzte Wort und schob eine kleine Pause ein, ehe sie den Satz zu Ende führte, »den Darkroom für Lesben kennenzulernen?«

»Darkroom?« fragte Doris nun doch ziemlich verwirrt. »Ich dachte, das gibt's nur für Schwule?«

Ihr Gegenüber schüttelte den Kopf. »Nein, nicht ganz. Zwar sind solche Räume in Lesbenlokalen eher selten, doch sie existieren. Meist wissen es aber nur Eingeweihte, denn es gilt in der Regel als politisch nicht korrekt, das an die große Glocke zu hängen.«

»Ach so«, murmelte Doris, die ihre eigenen Gedanken fortführte, »ein Raum für besondere Nähe‹ . . .«

»Wie meinst du das?« fragte die Fremde, die sich zu Doris herübergebeugt hatte, um sie verstehen zu können.

Die unerwartete Nähe verschlug Doris den Atem. Sie roch das Parfum und bemerkte den tiefen Ausschnitt, der einen ziemlich intimen Einblick unter die Bluse ermöglichte. »Ich, äh«, verzweifelt bemühte sich Doris um die richtigen Worte, »habe das im Stadtführer gelesen.«

Die Rothaarige lachte und setzte sich, wie Doris mit großem Bedauern zur Kenntnis nahm, wieder aufrecht hin. »Wie heißt du eigentlich?« wechselte die andere das Thema.

»Doris«, gab die Angesprochene bereitwillig Auskunft, »und du?«

»Lucia, doch die meisten nennen mich Lucy«, erklärte die andere.

»Da wir uns nun vorgestellt haben, komme ich auf meine Anfangsfrage zurück«, holte Lucy aus, »möchtest du den Raum für besondere Nähe kennenlernen?«

Wieder schoß verräterische Röte in Doris' Gesicht, Lucy schien Gedanken lesen zu können und durchaus bereit, sie auch umzusetzen. In ihrem Bauch hatte bereits ein erwartungsvolles Ziehen eingesetzt. Wieso eigentlich nicht, dachte Doris, wenn sie's mir schon anbietet? Zudem war die Frau hier ziemlich attraktiv, um nicht zu sagen, sie besaß eine durchaus erotische Ausstrahlung. Ein kleines Abenteuer könnte nicht schaden, Doris hatte über ein Jahr lang völlig abstinent gelebt. Lucy war bereits von ihrem Hocker gerutscht. Sie streckte Doris die Hand hin, die diese, noch immer mit ihren eigenen Gedanken beschäftigt, ergriff.

Die unauffällige Tür, die in den Darkroom führte, trug ein kleines Schild mit der Aufschrift *Privat*. Doris zögerte. »Was passiert denn jetzt da drin?« fragte sie unsicher.

Auf Lucys Gesicht erschien wieder das freundliche Lächeln, das sie offenbar für alle nicht informierten Landlesben bereithielt – obwohl Doris selbst ja ein Stadtkind war. »Nichts, was du nicht auch willst«, erklärte sie geduldig.

»Aber wir sind nicht allein?« hakte Doris nach.

»Nein, sicher nicht, doch du wirst sehen, daß das den Reiz nur erhöht.« Mit diesen Worten öffnete Lucy die Tür und zog Doris in den Raum, der den Namen *Darkroom* wahrlich verdiente.

Doris' Knie gaben unter ihr nach. Sie hielt nichts von Gruppenspielen dieser Art, und Voyeure hatte sie noch nie ausstehen können. Jetzt aber stand sie in einem abgedunkelten Raum, erkannte die Hand vor Augen nicht und hörte um sich herum Geräusche, die sie als eindeutig nicht jugendfrei identifizierte.

Lucy war stehengeblieben. Sie wartete, bis sich ihre Augen soweit an das Dunkel gewöhnt hatten, daß sie erkennen konnte, wo noch ein freies Plätzchen vorhanden war. Doris fühlte, wie Lucy sie in eine Ecke drängte. Der Raum, das sah Doris jetzt undeutlich, schien in verschiedene Abschnitte eingeteilt zu sein. Na klar, dachte sie, so kriegt jede ihr Séparée. Im nächsten Moment spürte sie, wie sie gegen eine Wand gedrückt wurde. Sie stellte die lästigen Gedanken ab, denn jetzt übernahm ihr Körper die Führung.

Der Körper, der Doris den Atem nahm, lehnte sich schwer an sie. Hände fuhren über ihr Gesicht, zogen die Konturen nach, strichen über den Hals nach unten zum Ausschnitt ihrer Bluse. Doris tastete nach Lucy. Sie zog sie nahe an sich heran, ließ sich mit ihr auf den weichen Teppichboden sinken. Sie kam Lucys Lippen, die sich über ihre Wangen bewegten, entgegen.

Was für ein Kuß! Doris stöhnte auf, denn die weichen Lippen lösten in ihr ein Kribbeln bis in die Zehenspitzen aus. Sie ließ ihre Zunge über die Lippen fahren, forderte sanft Einlaß, der ihr endlich gewährt wurde. Während Doris sich durch die warme Höhle tastete, Lucys Zunge in sich hineinsaugte, mit ihr spielte, knöpften schnelle Finger ihre Bluse auf. Doris zuckte überrascht zusammen, als sie die Hände über ihre nackte Haut streicheln fühlte.

»Schsch«, hörte sie Lucy an ihrem Mund, »genieß es einfach ...«

O ja, das tat sie! Doris ließ sich zurücksinken. Die warmen Hände glitten über ihren Bauch, schreckten die Schmetterlinge auf, fuhren über den BH, der sie einengte. Lucy strich mit den Fingern über die Brustwarzen, die sich hart gegen den Stoff preßten. Sie ließ sich Zeit, viel zu viel Zeit, wie es Doris vorkam. Endlich faßte Lucy nach hinten, öffnete den Verschluß und befreite die geschwollenen Brüste aus ihrem Gefängnis. Doris fühlte heiße Lippen, die an der einen Brust zu knabbern begannen, während die andere von der streichelnden Hand verwöhnt wurde. Ihre Warzen ragten steil empor, Lucy sog sie abwechslungsweise in ihren Mund, glitt mit der Zunge darüber und reizte sie, bis Doris schwindlig wurde. Sie zog Lucys Kopf zu sich herauf, verschlang sie mit einem hungrigen Kuß, der beide aufstöhnen ließ.

Doris fuhr mit ihrer Hand unter Lucys Bluse. Ihr Körper war warm, weich und samtig. Er schien auf Doris' Berührungen gewartet zu haben und bog sich ihnen entgegen. Doris vergaß ihre Umgebung. Sie hörte nur noch Lucys Stöhnen, das in ihren Ohren schön und verheißungsvoll klang. Schnell entblößte sie Lucys Oberkörper. Sie neigte sich über ihre vollen Brüste, die ihr viel

13

größer und verführerischer als die eigenen erschienen.

Doris verlor das Gefühl für Zeit und Raum. Sie versank in der Weichheit der Brüste, die sie tief in sich hineinsaugte. Lucy genoß es hörbar. Sie drückte Doris' Gesicht stärker an sich, mit fahrigen Händen brachte sie die Strubbelfrisur der großen Frau noch mehr durcheinander. Dann wanderten die Hände über den Rücken nach unten. Sie ließen sich vom Hosenbund nicht aufhalten, sondern fuhren zielstrebig unter den Stoff. Die Knöpfe von Bluse und Hose öffneten sich wie durch Zauberei. Die beiden Frauen nahmen sich nicht die Zeit, sich ganz auszuziehen, dafür war der Hunger nach warmer Haut zu groß.

Doris keuchte, Lucys Hand hatte sich zwischen ihre Beine vorgewagt und strich erregend langsam zwischen ihnen hindurch. In Doris begann das Ziehen ein unerwartetes Ausmaß anzunehmen. Sie drängte sich gegen den weichen Körper, preßte ihre Schenkel gegen Lucys, die sich bereitwillig öffneten. Lucys Erregung äußerte sich in unterdrücktem Stöhnen und – wie Doris überrascht bemerkte – in reichlicher Nässe, die sich auf ihrem Bein verteilte.

Lucy teilte die geschwollenen Schamlippen mit ihren Fingern. Sie glitt schnell hinein und hielt sich nicht lange mit irgendwelchen Vorspielen auf. Doris stand ihr in Sachen Tempo allerdings nicht viel nach. Ihre Hand fuhr zwischen ihren heißen Körpern hinab und preßte sich gegen Lucys Mitte. Lucy drehte Doris auf den Rücken, schob sich auf sie und drückte sich mit ganzem Gewicht gegen ihre Hand. Wäre es im Raum nicht schon dunkel gewesen, Doris hätte geglaubt, jemand hätte den Lichtschalter betätigt. Sie schloß die Augen, die Leidenschaft überwältigte sie. Lucy stieß tief in sie hinein, ließ sie mehr als nur stöhnen und streichelte sie dann fast zärtlich, bis die Erregung Doris hilflos wimmern ließ.

»Ja, komm«, hörte Doris die Frau auf sich flüstern, »komm!« Alle Dämme in Doris brachen. Sie warf sich gegen Lucy, umklammerte sie mit ihrer ganzen Kraft und kam mit einem Schrei, den Lucy im letzten Moment mit ihrem Mund dämpfte.

Zitternd versuchte Doris, ihre Lungen mit Luft zu füllen. Ihr wurde plötzlich bewußt, wo sie sich befand, doch erstaunlicherweise störte sie das nun überhaupt nicht mehr. Sie drehte Lucy, die noch immer auf ihr lag und sich gegen die Finger in ihr bewegte, auf den Rücken. Sie wollte dieser Frau die gleiche Lust und Leidenschaft bereiten, die sie eben erlebt hatte. Ihre Hand versenkte sich tief in das geschwollene Fleisch. Doris glitt mit ihren Fingern über die Perle, die diesen Namen wirklich verdiente. Während sie die Klit mit kaum wahrnehmbarem Druck massierte, streichelte sie mit ihrer Zunge die Lippen ihrer Geliebten, erst die Außen- dann die Innenseiten.

Lucy verlor allmählich die Beherrschung. Sie versuchte Doris anzutreiben, hob sich ihr entgegen, preßte mit ihren Händen ihr Gesäß nach unten, doch Doris ließ sich nicht hetzen. Ihre Berührungen wurden im Gegenteil immer sinnlicher. Sie kostete die Lust der anderen aus im Wissen, daß sie sich wahrscheinlich nie wieder begegnen würden. Hier konnte sie sich gehenlassen, sich mehr Leidenschaft und Sehnsucht zugestehen als sonst. Und hier verwöhnte sie eine Frau, von der sie nicht viel mehr als den Namen wußte, mit einer Sinnlichkeit, die ihr eigentlich fremd war.

Lucy wand sich unter ihr, sie hielt die Augen geschlossen und keuchte abgerissen. Ihre Hände krallten sich in Doris' Pobacken. Plötzlich erstarrte sie, verharrte mit durchgedrücktem Kreuz. Doris rieb leicht über die Perle, dann nochmals etwas stärker. Lucy stieß atemlos einen Schrei aus, der mehr einem Röcheln glich, und sank auf den weichen Teppichboden zurück. Doris ließ sich neben ihr auf den Boden gleiten und zog die bebende Frau in ihre Arme. Lange lagen sie so umschlungen und spürten den Wellen nach, die ihre Körper noch immer zittern ließen.

Allmählich drangen die Geräusche, die den Raum erfüllten, in Doris' Bewußtsein. Sie versuchte, die dazugehörenden Körper auszumachen, doch das war unmöglich, wie sie erleichtert feststellte. Jetzt, nachdem die Erregung soweit zurückgegangen war, daß sie ihren Körper wieder als Ganzes wahrnahm, schoß ihr eine peinliche Röte ins Gesicht. Sie drehte sich zur Seite und suchte nach ihrem Hemd. Lucy hielt sie zurück, beugte sich über sie. Doris erkannte ein seltsames Glühen in ihren Augen.

»Laß uns noch einen Moment entspannen«, bat Lucy mit heiserer Stimme. Als Doris nicht reagierte, fuhr sie amüsiert fort: »Es kann uns niemand sehen. Zudem sind die andern mit sich selbst viel zu beschäftigt.«

Das mochte ja stimmen, doch Doris fühlte sich trotzdem ausgestellt. Sie drückte Lucy einen Kuß auf die Lippen. »Ich muß hier weg«, erklärte sie nach Worten ringend. »Und außerdem habe ich morgen einen anstrengenden Tag vor mir.«

Lucy hinderte sie nicht mehr daran, sich anzuziehen. Hastig stand Doris auf und versuchte in dem diffusen Licht den Ausgang zu finden. Sie spürte Lucys Hand, die sich in ihre schob und sofort wieder ein heißes Kribbeln in ihr auslöste. Lucy hatte sich ebenfalls wieder soweit angezogen, daß sie sich bei normaler Beleuchtung zeigen konnte. Sie führte Doris zur Tür und schloß sie hinter ihnen.

Doris wagte nicht, Lucy anzusehen. Die ganze Situation war ihr unglaublich peinlich. Wieso hatte sie sich dazu hinreißen lassen?

»Tut es dir leid?« fragte Lucy an ihrer Seite. Klang ihre Stimme unsicher? Doris zögerte. Was sollte sie antworten? Etwa, daß es wunderschön gewesen war? Daß sie so etwas Erregendes noch nie erlebt hatte? Sie schüttelte den Kopf. »Du mußt nichts sagen«, hörte sie Lucy weitersprechen. »Ich empfand es als wunderschön.« Nach kurzem Zögern fügte sie hinzu: »Schade, daß wir nur auf der Durchreise sind.«

Fast hätte ihr Doris spontan zugestimmt. Sie konnte sich im letzten Moment daran hindern, denn das hätte doch bestimmt nur Komplikationen nach sich gezogen. Endlich kam die Barfrau, und Doris konnte ihre Zeche bezahlen. Sie sah sich nach Lucy um. Die Rothaarige saß auf ihrem Hocker, blickte gedankenverloren in das Weinglas vor sich und schien nichts um sich herum wahrzunehmen. Doris berührte sie kurz an der Schulter. »Danke«, flüsterte sie ihr ins Ohr, »und mach's gut.«

Ehe Lucy antworten konnte, hatte Doris das Lokal auch schon verlassen.

»Der Hund ist zwar euer Partner, doch niemals darf er als Menschenersatz dienen!« Johannes' Stimme klang bestimmt und ließ, wie es sich für einen Lehrer gehörte, keinen Zweifel an seinen Worten aufkommen. Doris bemühte sich redlich, den Ausführungen an diesem kühlen Frühlingsmorgen zu folgen, doch sie hatte ausgesprochene Mühe damit. Die Nacht war viel zu kurz gewesen.

Nachdem sie die Bar verlassen hatte, war sie in die Pension zurückgekehrt und auch schon bald eingeschlafen. Doch ihre Träume hatten ein derart erotisches Ausmaß angenommen, daß sie immer wieder erwachte und sich mühsam zu beruhigen versuchte.

Nun stand sie unausgeschlafen auf dem Übungsgelände etwas außerhalb Hamburgs – Eiko saß folgsam zu ihrer Linken – und versuchte, nicht allzu übernächtigt auszusehen. »Ihr wißt«, wieder drang die Stimme von Johannes an Doris' Ohr, »daß die Sinnesorgane der Hunde – mit Ausnahme der Augen – wesentlich besser ausgebildet sind als bei uns Menschen. Es ist daher absolut unnötig, einen Hund anzuschreien oder auch zu schlagen. Wir versuchen dem Hund sanft, aber trotzdem bestimmt zu zeigen, welche Verhaltensweisen wir schätzen und welche nicht.«

Doris unterdrückte ein Gähnen. Sie kannte die sanften Methoden, denn sie wandte sie in ihrer Hundeschule selbst an. Johannes lächelte, er hatte die Unaufmerksamkeit seiner Lieblingsschülerin bemerkt.

»Wir alle wissen das – und wir versuchen es der breiten Öffentlichkeit der Hundehalter beizubringen. Nun stellt sich die Frage, wie gelingt uns dies am besten?« Er legte eine bedeutungsschwangere Pause ein. Dann gab er sich die Antwort auf die alles entscheidende Frage selbst: »Indem wir selbst überzeugt sind und mit unseren Hunden ein gutes – ja, das beste Beispiel dafür geben!«

Der Morgen verging rasch bei verschiedenen Übungen, die vor allem der Unterordnung dienten. Ein Hund, so die Maxime, mußte seinem Meister gehorchen. Blinder Gehorsam, derjenige, der mit Stachelhalsband oder Elektroschocker erzwungen wurde, war jedoch bei allen anwesenden Hundetrainern verpönt.

Logisch, dachte Doris, andere hätten sich für einen solchen Kurs nicht angemeldet, denn Johannes und Hildegard waren für ihre etwas unüblichen Methoden in der Welt der Hundeliebhaber bekannt.

Nach der kurzen Mittagspause, die gerade eben ausreichte, sich mit einem einfachen Essen für den Nachmittag zu stärken, ging es weiter mit Theorie. Hier legte der Cheftrainer großen Wert darauf, die Unterschiede zwischen den verschiedenen Rassen hervorzuheben. Ein Altdeutscher Schäferhund war nicht zu vergleichen mit dem Deutschen Schäfer, ein Pyrenäen Berghund nicht mit einem Mastino Napolitano, ein Bernhardiner nicht mit einem Berner Sennenhund. Jede der rund achthundert Hunderassen wies ihre ganz besonderen Eigenheiten auf, schließlich stand hinter jeder Züchtung ja auch ein anderes Ziel, doch alle stammten vom Wolf ab und wiesen noch immer – mal stärker, mal schwächer – Charaktereigenschaften ihres Urvaters auf, was vor allem bei kleinen Rassen häufig einfach vergessen wurde.

Wölfe, so die Quintessenz des Lehrers, seien Gewohnheitstiere. Ihr Rudel, in strenger Rangordnung gehalten, bildet ein soziales Netz, das über Generationen den Fortbestand der Art garantiert. »Wenn ihr euren Hund verstehen wollt«, forderte Johannes seine interessiert lauschenden Schüler auf, »dann studiert die Wölfe!«

Er wies sie an, sich noch an diesem Abend entsprechende Lektüre zu besorgen.

Doch Johannes war kein Unmensch. Er beendete den Tag bereits um drei Uhr nachmittags.

Doris genoß einen ausgiebigen Spaziergang mit Eiko. Sie tollte mit ihm herum und ließ ihn nach Herzenslust Bälle holen. Auf dem Rückweg dachte sie an den Darkroom zurück. Bei der Erinnerung an ihr Erlebnis mit der Rothaarigen stieg das bekannte Kribbeln in ihr hoch. Sie seufzte. Eiko, der neben ihr hertrottete, blieb stehen und blickte fragend hoch.

»Ach, Eiko, was ist bloß mit mir los?« fragte Doris ihn. »Ich habe Sex mit einer Unbekannten und finde es auch noch schön! Soweit ist es mit Doris Birger also schon gekommen!« Eiko sträubte seine Nackenhaare. Ihm mißfiel die Stimmung seiner Meisterin. »Das Verrückteste daran ist«, erklärte nun Doris ihrem Vierbeiner, »daß ich Lucy gerne wiedersehen möchte. Nur den Darkroom, den müßte ich nicht unbedingt nochmals haben!«

Eiko sah, daß er hier nicht viel ausrichten konnte. Er jagte hinter einem Eichhörnchen her, das sich auf den nächsten Baum rettete und ihn aus sicherer Höhe auslachte.

Doris ließ Eiko im Zwinger bei Hildegard und Johannes, da es ihm dort offensichtlich gefiel. Die eigene Art schien ihm halt doch näher zu sein, beruhigte sie sich selbst. In der Stadt besorgte sie sich ein Buch über das Verhalten von Wölfen, das von einem Forscher, der im bayrischen Wald selbst solche Wildtiere aufgezogen und studiert hatte, geschrieben worden war. Die ersten Kapitel verschlang Doris, ohne sich um die verstreichenden Stunden zu kümmern, denn die Erfahrungen, von denen dieser Forscher sehr anschaulich und nicht ohne gewisse Selbstironie berichtete, fesselten sie.

Es wurde dunkel im Zimmer. Als Doris das Licht anmachte und auf die Uhr blickte, stellte sie fest, daß es schon bald acht war. Ihr Magen knurrte, denn seit dem frugalen Mittagsmahl hatte er nichts mehr zum Verwerten gekriegt.

Das kleine Restaurant, das Doris sich für ihr Abendessen ausgesucht hatte, lag ganz in der Nähe der Pension. Sie las, während sie gedankenlos das Menü verschlang. Ihrer Mutter, einer schwer arbeitenden Sekretärin und Mutter von drei – mittlerweile erwachsenen und selbständigen – Kindern, hätte das sehr mißfallen, doch Doris entschuldigte sich in Gedanken mit der Begründung, daß sie hier ja niemanden kannte, mit dem sie sich hätte unterhalten können, und zudem fesselte sie das Buch wirklich.

»Hallo! Wußte ich's doch, du bist es tatsächlich!« hörte Doris plötzlich eine Stimme direkt vor sich sagen.

Sie blickte auf und erkannte die Rothaarige. In ihr geriet ein Gebirge ins Wanken. Mit einem Wiedersehen hatte sie nicht gerechnet. Wie hatte Lucy sie gefunden? War sie ihr etwa gefolgt?

Lucy setzte sich ihr gegenüber an den Tisch. Die Selbstverständlichkeit, mit der sie Platz nahm, erinnerte Doris sehr an ihr letztes Zusammentreffen. War das eine Masche von ihr, oder konnte sie sich schlicht nicht vorstellen, daß es Menschen gab, die keinen Wert auf Gesellschaft legten?

»Was liest du denn?« fragte Lucy, sie versuchte die Spannung, die zwischen den beiden fast greifbar über dem Tisch schwebte, abzubauen.

»Ach, nichts Besonderes«, wich Doris aus und steckte das Buch, auf dessen Umschlag ein beeindruckendes Wolfsgesicht prangte, in ihre bunte Umhängetasche.

Lucy schien die Situation ebenfalls nicht sehr zu behagen. Sie rutschte nervös auf ihrem Stuhl herum, doch sie wollte offenbar das Feld auch nicht räumen. »Du warst gestern so schnell weg«, versuchte sie ein Gespräch in Gang zu bringen. »Ich konnte dich gar nicht nach deiner Adresse fragen.«

Doris zog scharf die Luft ein. Lucy war wirklich attraktiv, eigentlich genau ihr Typ, überlegte sie. Diese rothaarige Frau brachte ihr

Blut ins Wallen, doch sie wollte sich auf keinen Fall in sie verlieben. Trotzdem sehnte Doris sich danach, Lucy zu berühren, sie zu verführen und wie gestern in Ekstase zu versetzen. Ihr ganzer Körper stand in Flammen. »Ich wußte nicht, daß das bei einem Besuch im Darkroom dazugehört«, erwiderte sie nach endlos langen Sekunden des Schweigens ausweichend.

»O nein, das ist nicht unbedingt üblich. Da hast du schon recht«, bestätigte Lucy. Sie klang fast scheu.

Überrascht blickte Doris, die bis jetzt das Kartoffelpüree auf ihrem Teller studiert hatte, auf. Lucys Gesicht erstrahlte in zartem Rot, ihre Augen wichen dem fragenden Blick von Doris aus. Was hat sie? fragte sich Doris irritiert.

»Es ist nur –« Lucy brach ab, suchte nach den passenden Worten, »es ist nur, daß ich dich eben sympathisch finde. Ich glaube, dieses eine Erlebnis hat mir nicht gereicht.«

Doris erwiderte nichts. Ihr hatte das ziemlich direkte Angebot der sinnlichen Frau gegenüber die Sprache verschlagen. In ihr tobte ein heftiger Kampf. Sie wollte auf keinen Fall etwas, das auch nur annähernd einer Beziehung glich. Auf der anderen Seite fühlte sie sich von Lucy auf eine Art angezogen, daß es schon fast an ein Wunder grenzte, daß Doris noch auf ihrem Stuhl saß und sich nicht längst auf die Frau gestürzt hatte.

Sie fühlte Lucys grüne Augen auf sich ruhen. »Ich spreche hier nicht von einer Beziehung«, hörte Doris ihre warme Stimme sagen, »ich möchte mir eigentlich nur meinen Aufenthalt in der Stadt versüßen!«

Erleichtert atmete Doris aus. Sie schaute Lucy ins Gesicht. Ganz sicher war sie nicht, denn in Lucys Stimme hatte noch etwas mitgeschwungen, das zu sehr nach einem aufgezwungenen Kompromiß klang. Lucys Augen blickten sie fragend an. Na gut, dachte Doris, gegen eine Affäre ist nichts einzuwenden. Sie schwor sich im gleichen Moment, weder ihren vollen Namen noch ihre Adresse oder ihren Beruf zu verraten.

Das Abendessen verlief anders, als Doris es geplant hatte. Lucy und sie saßen schweigend vor ihren Tellern, aßen, unterhielten sich über das Wetter, immer ein unverfängliches Thema, wie Doris lakonisch in Gedanken anmerkte.

»Mein Hotel befindet sich nicht weit von hier«, informierte Lucy sie an einem Punkt.

Doris nickte zustimmend. Sie bezahlten und machten sich schweigend auf den Weg durch die frische Frühlingsnacht. In Doris stiegen wieder Zweifel auf. Was, wenn sie sich in Lucy verliebte? Was, wenn Lucy sich in sie verliebte? Sie wollte sie lieben, aber nur ihren Körper, der Rest interessierte sie nicht. Sie wollte in Lucys weichem Körper versinken, sich ihr hingeben und auch ihre Hingabe spüren, doch mehr? Nein, mehr war nicht drin, nicht jetzt. Vielleicht würde sie nie wieder zu mehr, zu allem bereit sein.

Doris betrat die Hotelhalle hinter der Rothaarigen und wartete geduldig vor der Zimmertür, bis sie sich öffnete. Kaum war die Tür ins Schloß gefallen, fand sie sich in Lucys ungestümer Umarmung wieder.

»Ich habe dich vermißt«, raunte die sinnliche Frau in ihr Ohr und bedeckte ihr Gesicht mit zärtlichen Küssen.

»Laß uns zu Bett gehen«, schlug Doris pragmatisch vor.

Lucy lag vor ihr. Nackt, schön und unglaublich verführerisch. Doris betrachtete sie, nahm die Kurven in sich auf, prägte sich das kleinste Detail der fraugewordenen Versuchung tief ins Gedächtnis ein. Ihre Hände tasteten sich langsam über Lucys heißen Körper. Sie zu berühren löste in Doris Wellen der Erregung aus. Daß sie die Frau dabei auch noch im gedämpften Licht der Nachttischlampe anschauen konnte, verlieh ihren Empfindungen noch mehr Reiz.

Das kupferrot leuchtende Dreieck zwischen den vollen Schenkeln zog Doris' Blicke an. Ihre Hand, die bis jetzt die prallen Brüste gestreichelt hatte, folgte den Augen. Lucy stöhnte auf, als Doris mit der flachen Hand über das krause Haar fuhr. Im nächsten Moment fühlte Doris zwei starke Arme, die sie nach unten zogen. Lucys Kuß nahm ihr die Luft zum Atmen. Sie spürte ihre lange Zunge in ihrem Mund, die sie verschlang. Ihre Hand fuhr zwischen die weit geöffneten Beine, berührten die nassen Lippen. Lucy drückte ihr Becken auffordernd nach oben, doch Doris hatte keine Eile. Sie löste sich von Lucys Mund und fuhr mit ihrer Zunge hinab zu den Brüsten, an denen sie mit großem Genuß zu saugen begann.

»Hör nicht auf!« keuchte Lucy, die sich unter den sanften Berührungen zu winden angefangen hatte.

Sie zuckte zusammen, wenn Doris ihre Hand über die warme

21

Haut gleiten ließ, versuchte sich dem Reiz zu entziehen, und gleichzeitig hob sie ihr ihren Körper entgegen. Sie stöhnte abgerissen, biß sich auf die Lippen und versuchte sich enger an Doris zu drängen.

Doris hörte das Blut in ihren Ohren rauschen. Lucys Reaktionen auf ihre Zärtlichkeiten ließen ihre Sinne schwinden. Verzweifelt versuchte sie, die Herrschaft über ihren Körper nicht zu verlieren. Sie überlegte sich beispielsweise verschiedene Formulierungen für ihren nächsten Werbeprospekt. Hunde verstehen = Hunde erziehen? Oder ... Es half nichts! Die Frau, die sich unter ihr wand, war viel zu real und viel zu heiß. Doris verbrannte sich an ihr, sie versuchte ihre Sehnsucht, in Gedanken nannte sie es Lust, mit einem Kuß einzudämmen. Lucy griff nach der Hand, die noch immer enervierend langsam zwischen ihren Beinen hin- und herglitt. Sie preßte sie gegen ihre Mitte und begann sich heftig daran zu reiben.

Diese Aufforderung mußte Doris verstehen. Sie drang mit zwei Fingern in die Nässe zwischen den geschwollenen Schamlippen ein und strich mit langen Bewegungen zwischen ihnen hindurch. »Bitte«, Lucys heisere Stimme brachte kaum mehr als ein Flüstern zustande, »bitte mach schneller!«

Nun war es auch um Doris' Beherrschung geschehen. Sie stieß tief in Lucy hinein, bohrte ihre Finger in das heiße Fleisch. Lucy schien jede Bewegung vorauszuahnen und kam ihr entgegen.

Doris bekam gar nicht mit, daß Lucys Hände nicht mehr über ihren Rücken wanderten. Erst, als sie deren langen Finger zwischen ihre eigenen Beine fahren fühlte, reagierte sie. »Oh, ja!« stöhnte Doris mit trockener Kehle und ohne daß sie es wollte, doch für irgendwelche Zurückhaltung war es jetzt zu spät.

Sie öffnete sich den streichelnden Fingern, drängte sich ihnen entgegen. Lucy fand mit schlafwandlerischer Sicherheit die empfindlichsten Punkte in ihr, die sie erst fast vorsichtig reizte. »Mehr!« keuchte Doris – oder war es Lucy gewesen?

Die Leidenschaft riß beide Frauen in die Tiefe, sie konnten dem Strudel, der sie erfaßt hatte, nicht mehr entkommen und gaben sich ihm hin. Das Keuchen, das den Raum erfüllte, wurde lauter. Lucys Körper spannte sich unter Doris, sie glitt noch einmal mit dem Daumen über die Klit und fühlte, wie sich im gleichen Moment das heiße Fleisch pochend um ihre Finger schloß. Lucy schrie nicht, sie stöhnte nur und preßte ihren zitternden Körper gegen Doris.

Lucys Hand war noch immer in ihr, doch sie verharrte reglos zwischen den tropfnassen Lippen. Doris hielt die Spannung nicht mehr aus. Sie rieb sich an ihr, bis die Welle des Orgasmus auch sie über die Klippe schleuderte – und sie auf den weichen Körper unter sich fallen ließ.

Die Erholung dauerte jedoch nicht lange.

»Nein, das mußt du nicht …« Doris versuchte Lucy aufzuhalten.

Sie hatte keine Kraft, nach ihr zu greifen und sie an ihrer erneuten sinnlichen Erkundung des schlanken, athletischen Körpers zu hindern. Ihre Gliedmaßen fühlten sich an, als wären sie mit Weichspüler gewaschen worden. Sie spürte Lucys Lippen, die langsam nach unten fuhren, ihre Zunge, die den Schweiß kostete. Doris wollte sich wegdrehen, wollte nur einfach ausruhen, die Entspannung und die Schwere, die ihren Körper auf die Matratze drückten, genießen. Lucy schien davon nicht viel zu halten. Sie glitt über Doris' Bauch hinab und öffnete ihre kraftlosen Beine.

»Mmmh, ich glaube, ich habe Lust auf eine Nachspeise«, flüsterte Lucy mit einem begehrlichen Blick zwischen die Schenkel.

Doris errötete, ihr schoß ein Blitz genau dorthin, wo Lucy ihre Augen versenkt hatte. Durch die halbgeschlossenen Lider beobachtete Doris, wie sich Lucys Kopf langsam senkte. Sie begann zu schwitzen, während in ihrem Bauch wieder ein erwartungsvolles Ziehen einsetzte. Lucys Zunge war heiß, lang und unglaublich sanft. Doris sank willenlos in die Kissen zurück und ließ ihrer Lust freien Lauf …

»Hörst du mir eigentlich zu?« fragte Dagmar am Telefon.

»Oh, ich … ja, natürlich!« antwortete Doris. »Was hast du eben gesagt?«

»Schätzchen, paß auf dein Herz auf!« riet ihr die Freundin mit kaum versteckter Erheiterung. »Ich habe den Eindruck, daß du auf dem besten Weg bist, es zu verlieren. Wie heißt sie gleich? Lucy?«

»Ja, sie heißt Lucy! Und nein, ich werde mein Herz bestimmt nicht an sie verlieren!« widersprach Doris. Sie zeichnete dabei gedankenverloren Herzchen an die beschlagene Scheibe der Telefonzelle, in der sie inzwischen recht kalte Füße bekommen hatte.

»Es ist für uns beide eine Affäre«, versuchte sie zu erklären, »wir beide sind nur besuchsweise hier in Hamburg. Sie fährt morgen, ich ebenfalls. Was also kann mir passieren?«

»Jede Menge, Doris, jede Menge«, lautete die prompte Antwort. »Nicht, daß ich dir ein neues Liebesglück mißgönnen würde«, fuhr Dagmar fort, »doch wenn ich da an eine gewisse Veronika denke...«, sie schob eine Pause ein, damit ihre Worte mehr Gewicht bekamen, »dann ist es mir schon lieber, wenn du noch eine Weile ohne Beziehung durchs Leben wandelst!« schloß sie.

»Dagmar, ich sag's dir gerne noch mal: ich bin nicht verliebt. Ich genieße den besten Sex, den du dir vorstellen kannst, doch mehr auch nicht. Ich weiß noch nicht mal, wie Lucy mit Nachnamen heißt, wo sie wohnt oder was sie beruflich macht.« Sie holte Luft: »Lucy weiß übrigens gleich viel von mir, nämlich nichts!« Damit sollte auch Dagmar klar werden, dachte sie, daß sie sich nicht ansatzweise in Gefahr befand. Dagmar seufzte, dann wechselte sie das Thema, sehr zur Erleichterung der Anruferin, denn Doris fühlte in sich schon wieder die Sehnsucht nach Lucy erwachen.

Sie würde sie heute zum letzten Mal sehen, definitiv zum letzten Mal die Nacht mit ihr verbringen. Sie würde sie lieben, sie in den Himmel streicheln – und dann gehen... Sicher war es besser so, denn inzwischen hatten ihre Konzentrationsschwierigkeiten Ausmaße angenommen, die auch Johannes als väterlicher Freund nicht mehr übersehen konnte.

Trotzdem, sie profitierte von der Weiterbildung. Viele Dinge, die ihr bisher nur gefühlsmäßig klar gewesen waren, wurden hier in Worte gefaßt, die sie sich einprägte, um sie in ihrer Schule weiterzugeben. Eiko gefiel es nach wie vor im Zwinger, obwohl er Doris jeden Morgen mit einer Begeisterung begrüßte, die nahelegte, er hätte sie schmerzlich vermißt.

»Das war's?« fragte Lucy. Sie saß nackt auf dem Bett und fixierte Doris mit ihren durchdringenden grünen Augen. Die roten Haare hingen wirr über das erhitzte Gesicht, sie verliehen ihm einen wilden Ausdruck.

»Ja«, antwortete Doris mit leiser Stimme, »das war's.« Sie schlüpfte in ihre Jeans, knöpfte das warme Flanellhemd zu und suchte nach ihren Schuhen.

»Schade.« In Lucys Stimme klang echte Enttäuschung mit und

noch etwas anderes, das Doris auf die Schnelle jedoch nirgends einzuordnen vermochte. »Nur eins noch«, hielt Lucy Doris zurück, die ihre Schuhe gefunden und bereits angezogen hatte, »ich habe noch nie mit einem Menschen so viel Nähe und Leidenschaft erlebt wie mit dir. Ich danke dir dafür. Auch wenn du mich vergißt, ich werde mich immer an dich erinnern und mich fragen, wieso wir nur eine Affäre hatten.«

»Lucy, bitte . . .« Doris kämpfte mit sich. Sie hätte Lucy sehr gerne gesagt, wie viel ihr diese Nächte wirklich bedeuteten, doch dann würde sich Lucy vielleicht falsche Hoffnungen machen. Daß sie diese sinnliche Frau aber je vergessen würde, bezweifelte Doris. »Wir wußten, worauf wir uns eingelassen haben. Wir haben es nicht anders gewollt. Ich habe dir nie etwas versprochen.« Doris merkte, daß ihre Wortwahl verletzend wurde, doch sie konnte sich nicht bremsen. »Wenn du eine Beziehung gewollt hättest, wärst du mit mir sicher nicht in den Darkroom gegangen. Du wolltest meinen Körper, so wie ich deinen begehrte. Mehr war nicht und wird auch nie sein.«

Lucy blickte sie noch immer an. Sie sagte nichts, doch sie schüttelte den Kopf. Schließlich stand sie auf, warf einen Morgenmantel über ihre Schultern und trat ans Fenster. Es würde ein schöner Tag werden, die Sonne war bereits aufgegangen, obwohl der Wecker erst sechs Uhr anzeigte.

Doris trat hinter sie, berührte sie sacht. »Ich wünsche dir . . .« Ihr fiel kein Wunsch ein, der nicht zu persönlich gewesen wäre.

»Ja, das wünsche ich dir auch«, antwortete Lucy. Sie drehte sich nicht um, als Doris sie auf den Nacken küßte. Sie stand noch immer unbeweglich am Fenster und starrte hinaus, als Doris die Tür öffnete. Sie regte sich nicht, als Doris die Tür endlich leise ins Schloß schnappen ließ.

Es ist wirklich vorbei, dachte Doris, als sie die Straße überquerte und die Pension leise durch die Hintertür betrat. Eigentlich müßte ich froh sein, daß es ohne Szene und ohne Tränen abging, überlegte sie weiter. Doch sie fühlte sich erschlagen, irgendwie völlig unzufrieden. In ihrem Bauch hatte sich ein unangenehmer Kloß festgesetzt. Wieso hatte ihr Lucy nicht wenigstens einen Abschiedskuß zugestanden? Nach dieser Nacht? Ärgerlich schüttelte Doris die aufsteigenden Gefühle ab. Was hatte sie erwartet? Sie hatte es so gewollt, genau so. Und überhaupt, wer konnte denn schon Gefühle gebrauchen? Die waren überflüssig. Sie hatte sich um andere, viel wichtigere Dinge zu kümmern. Als nächstes würde sie neue Kurse ausschreiben. Das erworbene Wissen und die Erfahrungen – natürlich nur die, die für die Hundeschule von Nutzen waren – mußten unter die Leute gebracht werden.

Doris fuhr ohne Pause zurück nach Bielefeld. Sie überlegte sich bereits einen Plan, nach dem sie verfahren würde, sobald sie angekommen war. Auf keinen Fall sollten irgendwelche Lücken in dieser Zeitplanung sein, denn dann bestünde die Gefahr, daß ihre Gedanken zu einem Thema abschweiften, das grüne Augen, rotes Haar und den sinnlichsten Körper hatte, den frau sich vorstellen konnte …

Neuer Tagesplan

Schon seit Ewigkeiten stand Lucia in der warmen Sonne vor dem Bahnhof. Sie hielt nach einem Taxi Ausschau, das sie nach einer anstrengenden und langen Bahnfahrt nach Hause bringen würde. Endlich tauchte eins auf und stoppte neben ihr. Lucia warf ihre Tasche auf den Rücksitz und setzte sich dazu. Die Zeiten, in denen ein Taxifahrer höflich ausgestiegen war, das Gepäck mit Sorgfalt einlud und dem Passagier die Tür aufhielt, die waren vorbei, dachte sie nicht ohne Wehmut. Sie nannte dem Fahrer ihr Ziel und ließ sich ins Polster zurücksinken.

Eine verrückte Welt, überlegte sie. Da triffst du die Frau, auf die du dein Leben lang gewartet hast, und was machst du? Schleppst sie in einen Darkroom ab. Viel dümmer hätte ich mich nicht anstellen können, schimpfte sich Lucia bitter. Vielleicht wären sie einander anders näher gekommen? Möglicherweise hätte die Chance bestanden, diese Frau wirklich kennenzulernen? Aber nein, sie mußte ihr ja gleich an die Wäsche, und nicht nur das, sie sagte ihr auch noch, daß sie keine Beziehung wolle. Diese Lüge, soviel stand fest, hatte ihr die sinnlichsten Nächte beschert, die sie sich vorstellen konnte, doch sie verhinderte, daß sie ihre Gefühle für Doris hatte benennen dürfen.

Lucia seufzte. Sie versuchte ihre Gedanken auf ein anderes Ziel zu konzentrieren. Hamburg hatte sie angestrengt. Die Recherchen in den Fabriken am Hafen waren kompliziert und nervenaufreibend gewesen. Doch nun hatte sie alle Fakten zusammen. Sie würde eine Reportage schreiben, die unter die Haut ging. Soviel Verlogenheit konnte nicht einfach unter den Tisch gekehrt werden. Lucia spürte, wie sie schon wieder wütend wurde. Kaminschlote, mit den teuersten und technisch ausgefeiltesten Filteranlagen schützten die Umwelt vor giftigen Gasen, wie lobenswert. Doch daß die gleichen Betriebe alle ihre Abwässer ungeklärt im Hafenbecken entsorgten, das wurde mit dem Mantel des Schweigens bedeckt.

Lucia hatte in ihrer Karriere als freie Journalistin einen feinen Sinn für Stimmungen entwickelt und erkannte eine Unwahrheit eine Meile gegen den Wind. Sie besaß die Fähigkeit, den Menschen zuzuhören, ließ ihnen ungeteilte Aufmerksamkeit zukommen, und das verführte die meisten ihrer Gesprächspartner dazu, mehr über sich oder ein Thema preiszugeben, als sie es eigentlich geplant hatten. Natürlich gab es Ausnahmen, Doris war eine davon. Bei den Geschäftsführern der verdächtigen Firmen jedoch hatte diese Taktik wunderbar funktioniert. Zita, Chefredakteurin einer überregionalen Zeitschrift, würde vom Ergebnis ihrer Arbeit begeistert sein, dachte Lucia und gestattete sich noch einen kleinen Seufzer.

Das Taxi hielt in dem ruhigen Viertel am Stadtrand, in dem sich die Reihenhäuser kaum voneinander unterschieden. Gepflegte Vorgärten, weiße Vorhänge, saubere Autos auf aufgeräumten Abstellplätzen, sorgsam zurückgeschnittene Hecken, so sollte ein Vorort aussehen, dachte Lucia nicht ganz frei von Ironie. Sie prangerte das Spießige ihrer Umgebung zwar an, sah, daß vielfach nur gerade die Fassade sorgfältig gepflegt wurde, die Menschlichkeit jedoch auf der Strecke blieb, aber hier konnte sie unbehelligt leben. Niemand interessierte sich dafür, wie sie ihr Geld verdiente, wieso sie tagelang zu Hause saß und dann wieder wochenweise verschwand. Sie liebte die Ruhe, die hier zum guten Ton gehörte, das freundliche Nicken der Nachbarn, wenn man sich doch mal zufällig über den Weg lief, schließlich kann man auch wohlerzogen uninteressiert sein.

Der Anrufbeantworter informierte Lucia über die Anzahl dringender Botschaften, die er für sie bereit hielt. Als erstes erklang Zitas Stimme vom Band: »Ruf mich sofort an, wenn du zurück bist. Es gibt einige Neuigkeiten und – du wirst es kaum glauben, ich habe wieder mal einen ganz langweiligen Auftrag für dich.«

Diesen Auftrag konnte Lucia sich lebhaft vorstellen. Nach Zitas Ankündigung würde es so etwas wie ein Besuch in der Löwengrube sein, oder vielleicht sollte sie sich für eine Reportage im Frauengefängnis einsperren lassen. Zitas Ideen waren mit Vorsicht zu genießen, denn diese Frau kannte keine Grenzen. Eigentlich ein Wunder, daß sie ihre Stelle noch nicht verloren hatte.

Der zweite Anruf kam von Stefan. Ihr Freund und Kumpel, den sie länger kannte als sich selbst, war frisch verliebt. Er hatte das letzte Mal angedeutet, daß er sich überlege, zu seinem Liebsten zu ziehen. Lucia erinnerte sich noch lebhaft an Stefans Coming-out.

Er hatte es Heinz, ihrem Bruder, und ihr bei einem gemeinsamen Ausflug eröffnet, als sie eigentlich auf die neue Stelle von Heinz in den USA anstoßen wollten. Im Gegensatz zu Lucia fand ihr Bruder das überhaupt nicht witzig. Er fühle sich verarscht, ein Ausdruck, der dem gebildeten Herrn eher selten über die Lippen rutschte, was sich Stefan dabei denke? Er habe immer geglaubt, ihn zu kennen, schließlich seien sie seit dem Sandkasten besten Freunde ... Nun, seither waren Lucia und Stefan beste Freunde, obwohl sich Heinz später beruhigte und wieder einen losen Kontakt zu Stefan aufbaute. Die weiche Stimme auf dem Anrufbeantworter klang ziemlich aufgeregt. »Lucia, ruf mich an, sobald du kannst. Unbedingt! Es ist wirklich ganz, ganz dringend. Ich weiß nicht, an wen ich mich sonst wenden könnte. Bitte, laß mich nicht hängen ...«

Was das für ein Problem sein konnte, fragte sich Lucia irritiert, denn Stefan war ein Typ, der sich durch alle Schwierigkeiten mit unvergleichlicher Eleganz hindurchschlängelte. Bestimmt steckte da ein Mann dahinter.

Aus Pflichtgefühl galt Lucias erster Anruf der Chefredakteurin Zita. »Toll, daß du dich gleich meldest«, begrüßte sie diese enthusiastisch. »Wieviel hast du in Hamburg herausgefunden? Ist es spruchreif oder brauchst du noch Hintergrundinformationen? Wann kannst du liefern?«

Die Fragen kamen in gewohnt schneller Abfolge, so daß sich Lucia wie jedes Mal an eine Schnellfeuerwaffe erinnert fühlte. Sie lachte und antwortete: »In Hamburg habe ich jede Menge herausgefunden, das sich zu einer guten Reportage verwerten läßt. Und ja, es ist spruchreif, ich muß allerdings erst meine Notizen in eine lesbare Form bringen, das dürfte noch einige Zeit in Anspruch nehmen. Aber«, sie holte nur kurz Luft, um Zita nicht die Möglichkeit zu geben, mit neuen Fragen ihre Ausführungen zu unterbrechen, »was ist denn so dringend, daß du mir mit deiner Lautstärke den Anrufbeantworter fast« zum Explodieren bringst?«

Nun mußte Zita am anderen Ende der Leitung lachen. »Übertreib nicht so maßlos! Aber ich habe in der Tat etwas wirklich Interessantes. Doch dazu nachher mehr. Zuerst möchte ich Details über deine Geschichte hören, denn ich hatte einige Anrufe von ziemlich erbosten Herren, die sich offenbar durch deine Schnüffelei auf den Schlips getreten fühlen.«

Lucia grinste in sich hinein. Sie stellte sich die blonde Zita vor, die, mit einer Zigarette und einem Kugelschreiber bewaffnet, die besagten Herren erst geduldig anhörte und sie anschließend mit treffenden, beißenden Ausführungen über das Recht der Meinungsfreiheit und die Pflicht der Medien, die Öffentlichkeit über alles Wichtige, Interessante und vor allem auch eventuell Unrechtmäßige zu informieren, bombardierte. Das kalte Lächeln, das dabei ihre rotgeschminkten Lippen umspielte, konnten die beschlipsten Herren leider nicht sehen. Doch, Zita würde ihnen ganz bestimmt erklärt haben, daß sie bei ihr mit Drohungen entschieden an der falschen Adresse waren.

Lucia gab der Redakteurin einen kurzen, doch ziemlich vollständigen Abriß über ihre Aktivitäten im Hamburgs Hafenindustriezone. Zita lauschte gespannt und ließ ab und an ein »Oh«, »Nein, so was« oder »Unglaublich!« hören. Nachdem Lucia mit ihrem Bericht fertig war, besprachen sie den Rahmen für die Reportage.

»Und nun erzähl«, verlangte Lucia, »was hast du denn Interessantes für mich? Du klangst so verheißungsvoll.«

Zita fragte: »Kennst du Chatrooms?«

Lucia bejahte und dachte im gleichen Moment an Darkrooms, das klang ziemlich ähnlich, doch beim ersten Begriff geriet ihr Blut nicht in Wallung, beim zweiten allerdings dafür um so mehr. Fast hätte sie Zitas Erklärungen zu ihrer Frage verpaßt. Lucia griff sich einen Stift und den Notizblock, den sie immer neben dem Telefon liegen hatte.

»Es gibt da einen Chatroom für einsame Herzen – natürlich gibt es seit der Erfindung des Internets solche Einrichtungen, doch der, den ich meine, ist etwas ungewöhnlich. Da kommen beide Geschlechter voll auf ihre Rechnung, egal, ob sie hetero, homo oder bi sind. Das solltest du dir mal ansehen.«

Lucia unterbrach Zita ungehalten: »Willst du mich etwa auch noch verkuppeln? Reicht es nicht, wenn das meine sogenannt besten Freundinnen versuchen?« Sie hielt absolut gar nichts von einer Chatbekanntschaft. Im Gegenteil, seit sie Doris begegnet war, konnte sie sich nicht vorstellen, sich überhaupt in eine andere Frau zu verlieben.

Zita holte Lucia aus ihren Gedanken zurück: »Nein, Süße, ich spiele sicher nicht deine Kupplerin, obwohl ich dir eine nette Frau wirklich gönnen würde. Hier geht's um Arbeit und um nichts anderes.«

»Arbeit?« fragte Lucia irritiert nach. Bestimmt übten diese besonderen Chatrooms einen großen Reiz auf einsame Herzen aus, doch was sollte sie damit?

Zita lachte und fuhr fort, Lucia ihre neueste Idee zu erläutern. Zitas Ideen wiesen meistens einen Haken auf, das wußte Lucia, doch genau das machte sie auch spannend. »Ich stelle mir eine mindestens dreiteilige Serie vor mit zwei völlig verschiedenen Gesichtspunkten. Erstens interessiert die Leserschaft sicher, wer sich in solchen Chatrooms herumtreibt – und zwar in allen Sparten. Du verstehst?« Zita lachte ihr verschwörerisches Lachen, das sie, seit sie um Lucias Liebe zu Frauen wußte, des öfteren hören ließ. Sie selbst bekannte sich seit Urzeiten zum Lesbischsein.

»Hmhm«, machte Lucia bestätigend und stellte sich vor, wie sie stundenlang auf der Tastatur herumhackte, um mit irgendwelchen unbekannten, meist nur unter Nicknames erscheinenden Personen zu kommunizieren. Sie müßte sich als Mann ausgeben, der auf Männer steht, als Heterofrau und als Lesbe. Glücklicherweise verfügte sie über genügend Fantasie, um dieser Aufgabe gewachsen zu sein, doch bis jetzt hatte Zita ihr Interesse noch nicht wirklich wecken können.

»Es geht weiter«, informierte Zita sie. »Finde heraus, mit welchen

Absichten die Menschen sich in Chatrooms einloggen. Und, das wäre selbstredend das Tüpfelchen auf dem i, haben Chatbekanntschaften in der Realität eine Chance? Treffen sich die Leute, erkennen sie sich? Wieviel von dem Geschriebenen entpuppt sich als Lüge? Können tatsächlich Beziehungen entstehen?« Zita mußte Atem holen.

Lucia überlegte sich, wie sie die Antworten auf diese doch ziemlich schwierigen Fragen finden könnte. Immerhin müßte sie stark in die Intimsphäre der Chatter eindringen, das behagte ihr nicht, doch sie merkte auch, daß gerade das auch den Reiz der Idee ausmachte. »Welches sollte der zweite Gesichtspunkt sein?« fragte Lucia, ohne ihr Interesse, das sie nun verspürte, kundzutun.

»Dein Vater ist doch Sprachwissenschaftler?« fragte Zita.

»Ja, aber was haben Chatrooms mit meinem Vater zu tun? Ich denke nicht, daß ihn so etwas interessiert. Er ist Hochschuldozent«, wandte Lucia ein.

Zita ging nicht darauf ein. »Du selbst«, fragte sie statt dessen, »hast auch Germanistik studiert?« Lucia stimmte zu, doch sie wußte noch immer nicht, warum Zita plötzlich ein solches Interesse an ihrer Ausbildung bekundete. »Die Chatsprache«, fuhr Zita ungerührt fort, »weist einige Besonderheiten auf. Sie besteht aus Abkürzungen, verschiedenen Zeichen und Ausdrücken, die nur wirkliche Chatter richtig lesen können. Als zweiten Gesichtspunkt für die Reportage dachte ich mir, wäre die Entwicklung dieser Sprache anzuschauen. Wie entstand sie? Wer führte die Zeichen ein? Werden in allen Chatrooms die gleichen Abkürzungen verwendet? Wie sieht es zum Beispiel in englischsprachigen Rooms aus? Du hast bestimmt noch Kontakt mit deinen amerikanischen Kolleginnen, vielleicht können die dir ein bißchen unter die Arme greifen?«

Lucia überlegte krampfhaft. Natürlich bestanden noch Kontakte in die USA, immerhin hatte sie ein Jahr lang dort gelebt und gearbeitet, doch ob sie die zu solchen Zwecken einspannen konnte? Ihr Bruder, kam ihr in den Sinn, der würde sich vielleicht als hilfreich erweisen. Er lebte jetzt in den Staaten und klagte häufig, daß sein Schwesterchen sich viel zu wenig melden würde. Nun bekäme er eine Chance, fast dauernd mit ihr in Verbindung zu stehen. Lucia grinste bei dem Gedanken an das wohl entgeisterte Gesicht, das Heinz machen würde, wenn sie ihm ihre Bitte vortrug.

»Na, was sagst du?« fragte Zita in das Schweigen hinein.

»In Ordnung«, meinte Lucia, »aber«, beeilte sie sich einzuschränken, »es wird ziemlich viel Zeit in Anspruch nehmen. Die Liste der Fragen ist lang, sehr lang.«

»Kein Problem«, beruhigte Zita sie, »du hast fast alle Zeit der Welt. Ich denke aber, wenn du erst mal mit den Recherchen beginnst, wird dich das Thema nicht mehr loslassen.«

Das befürchtete Lucia allerdings auch.

Nach dem Abendessen, Lucia hatte plötzlich ziemlichen Hunger verspürt und festgestellt, daß sie seit dem Frühstück nichts mehr zu sich genommen hatte, rief sie Stefan an. Er freute sich, daß Lucia sich endlich meldete, und schwärmte ihr sofort unaufgefordert von seiner großen Liebe vor. Daß diese nicht das Problem sein konnte, war Lucia klar. Sie unterbrach ihren besten Freund und fragte, wo denn nun der Hund begraben liege.

»So Gott will, wird er nicht begraben«, seufzte Stefan melodramatisch. Lucia verstand nur Bahnhof. »Ich habe dir doch gesagt, daß Robert einen neue Stelle angeboten bekommen hat«, holte Stefan aus. »Er würde den Job gerne annehmen, aber er sagt, er möchte nicht ohne mich gehen.«

»Gehen?« hakte Lucia, Unannehmlichkeiten ahnend, nach.

»Ja, eben, das ist das Problem. Die neue Stelle wäre in Chicago.« Stefan seufzte schon wieder.

»Chicago? Du meinst, ihr wollt beide auswandern?«

»Na ja, nicht gerade auswandern, aber wir würden für mindestens fünf Jahre auf der anderen Seite des großen Teichs leben«, erklärte Stefan beschwichtigend.

»Und wo ist das Problem?« fragte Lucia, »findest du in den USA keine Stelle? Da könntest du sicher Heinz um Hilfe bitten.«

»Nein, nein, das mit der Arbeit ist bereits geregelt. Das Architekturbüro, bei dem ich angestellt bin, hat eine Niederlassung ganz in der Nähe von Chicago. Ich werde dort mitarbeiten. Das Problem ist Asta.« Stefan ließ mit einem Seufzer endlich die Katze aus dem Sack.

»Asta?« Lucia bemühte ihre grauen Zellen, doch es dauerte eine ganze Weile, bis ihr in den Sinn kam, wer Asta war. Stefan hatte sich die langhaarige Schäferhündin vor zwei Jahren gekauft, um nach einer zerbrochenen Beziehung nicht in Depressionen zu verfallen. Lucia erinnerte sich an die fröhliche Hündin, die ihr zutraulich entgegengelaufen war, mit ihr spielen wollte und sich ziemlich beleidigt zurückgezogen hatte, als Lucia nach Stunden schließlich keine Lust mehr zum Stöckchenwerfen, Ballrollen oder Seilziehen aufbringen konnte.

»Was ist mit Asta?« fragte sie besorgt.

»Ich kann sie nicht nach Amerika mitnehmen. Die haben rigorose Bestimmungen, was die Einfuhr von Tieren, auch besonders gut erzogenen Haustieren, anbelangt«, erklärte Stefan mit unüberhörbarer Trauer in der Stimme.

Lucia schwante etwas. Sie fühlte sich bei dem Gedanken, der in ihr aufstieg, unwohl und überfordert. »Nun red doch mal Klartext«, forderte sie Stefan ungeduldig auf.

»Es gibt drei Möglichkeiten«, begann ihr Freund etwas langatmig. »Erstens: ich gebe Asta ins Tierheim, von wo aus sie an einen neuen Besitzer vermittelt wird; zweitens: ich erspare ihr diese möglicherweise seelenschädigende Tortur, gehe zum Tierarzt und lasse sie einschläfern«, wieder schob Stefan einen tiefen Seufzer ein, der auf der anderen Seite seine Wirkung nicht verfehlte. Er machte eine kleine Pause. »Oder drittens: du nimmst sie zu dir«, ließ er die Bombe platzen.

»Wie?« fragte Lucia etwas atemlos. »Zu mir? Ich? Einen Hund? Aber ...« Ihr fiel nichts mehr ein.

»Hör zu, Süße«, säuselte Stefan, »du bist doch eine Tiernärrin. Asta hat sich sofort in dich verliebt, erinnerst du dich nicht mehr? Sie würde dich von deinem tristen Liebesleben ablenken.« Stefan schwieg, um seine Worte, vor allem die letzten, wirken zu lassen.

Ja, ohne Zweifel, ihr Liebesleben lag kläglich darnieder, doch ob ein Hund, so lieb und nett er auch sein mochte, daran etwas ändern würde? Lucia atmete tief ein, dann sagte sie: »Stefan, ich mag dich wirklich, doch das mit Asta, das geht einfach nicht. Du weißt, mein Tagesablauf ist manchmal recht chaotisch. Oft bin ich stundenlang, tagelang weg, um zu recherchieren. Ich liebe Tiere, doch ich habe noch nie ein Haustier gehabt. Ich weiß gar nicht, wie ich mit einem Hund umgehen muß.« Diese Argumente sollten überzeugen, dachte sie.

»Lucy bitte«, flehte Stefan, »ich möchte doch nur, daß du es versuchst, probeweise.«

Lucia geriet ins Schleudern. Wie oft hatte sie ihre Eltern als Kind bekniet, einen Hund, eine Katze oder doch wenigstens einen Hamster halten zu dürfen. »Mir kommt kein Tier ins Haus«, hatte ihr die Mutter, die den schönen Künsten zugeneigt war und mit Leidenschaft dem Klavierspiel und der Rosenzucht frönte, unerbittlich klargemacht. »Dieser Dreck, die Kosten für Futter und Tierarzt. Nein, auf keinen Fall, nicht in meinem Haus.« Ihr Vater hatte sich ihrer Meinung angeschlossen, was selten genug vorkam.

»Lucy, Schatz, bist du noch dran?« riß Stefan sie aus ihren unerquicklichen Erinnerungen.

»Wie lange?« hörte sich Lucia fragen.

»Was meinst du mit: wie lange?«

»Nun, wie lange soll die Probezeit denn dauern?« konkretisierte sie ihre Frage.

»Wir fliegen in zwei Monaten. Ich denke, das sollte dir reichen, um zu sehen, ob du mit dem liebsten Hund der Welt klarkommst«, erklärte Stefan.

Offensichtlich hatte er den Coup gut vorbereitet. Lucia erkannte, daß sie dem Vorhaben, zumindest der Hundehaltung auf Probe, bereits zugestimmt hatte. Sie vereinbarte mit Stefan, die Altdeutsche Schäferhündin am nächsten Morgen abzuholen, einen ausgedehnten Spaziergang mit ihr zu machen und sie dann mit nach Hause zu nehmen. Futter, Decke, Napf und Pflegeutensilien würde Stefan in der Zwischenzeit in ihre Wohnung schaffen, damit Asta sich gleich wie zu Hause fühlen sollte. Wenn das so einfach wäre, dachte Lucia mit leisen Zweifeln.

Der Morgen begann strahlend schön. Lucia quälte sich aus dem Bett und stellte sich unter die Dusche. Die Nacht hatte ihr Alpträume beschert von Hunden, die nicht gehorchten, wahllos Dinge zerstörten und – besonders das trieb ihr den Angstschweiß ins Gesicht – die Doris anfielen. Nein, ein Hund lenkte sie nicht von ihrer Sehnsucht nach der großen Frau ab, im Gegenteil.

Ein Versprechen jedoch blieb ein Versprechen, aber zwei Monate, so orakelte Lucia unter dem warmen Wasserstrahl, gingen schnell vorbei, und dann würde sie in ihr normales, ruhiges Privatleben ohne die geringste Aufregung zurückkehren. Lucia kleidete sich an, suchte nach festen Schuhen, fand jedoch nur Turnschuhe,

34

die für ihr Vorhaben wenigstens halbwegs tauglich erschienen. Mit einem Vierbeiner, den sie täglich ausführen mußte, würde sie sich eine wetterfeste Ausrüstung zulegen müssen, überlegte sie und hielt erstaunt inne. War für sie der Gedanke, einen Hund als Begleiter zu haben, nicht mehr abwegig?

Asta begrüßte Lucia wie eine lang vermißte Freundin. Sie sprang an ihr hoch, drehte sich um die eigene Achse und konnte sich nicht mehr beruhigen. Lucia lachte über die Kapriolen der Hündin und versuchte, sich gegen die freudigen Angriffe zu schützen.

»Siehst du«, bemerkte Stefan, nachdem Asta endlich seinem Befehl gehorcht und sich auf ihren Platz zurückgezogen hatte, »sie kennt dich und sie liebt dich.«

»Ach komm, sie führt sich doch bei allen so auf«, meinte Lucia, die sich trotz ihrer Überzeugung aufgrund der enthusiastischen Begrüßung geschmeichelt fühlte.

»O nein, Süße, ganz bestimmt nicht. Robert akzeptiert sie zwar, andere jedoch verbellt sie, oder sie ignoriert sie einfach«, erklärte Stefan mit Nachdruck.

»Na, wenn das so ist . . .« Der Besucherin fiel nichts mehr ein. Sie sah sich nach der Leine um, denn sie wollte den ersten Spaziergang hinter sich bringen, solange sie noch den Mut dazu hatte und glaubte, der Situation gewachsen zu sein. Asta schien über einen siebten Sinn zu verfügen. Sie sprang auf und setzte sich Lucia zu Füßen, noch ehe diese nach ihr gerufen hatte. Schnell legte Lucia der Hündin die Leine an und verabschiedete sich von Stefan, der den beiden mit wohlwollendem Lächeln hinterhersah. Das geht bestimmt gut, schien sein Gesichtsausdruck zu sagen.

Lucia schlug den Weg zum Wald hin ein. Sie kannte sich in Stefans Wohngegend nicht sonderlich gut aus, doch Asta kannte offenbar die Spazierwege bestens. Sie lief in leichtem Trab vor Lucia her, die sie bald schon von der Leine ließ.

Sie erinnerte sich an einige Kommandos, die sie aus einer Fernsehsendung über Hunde mitbekommen hatte. Aufs Geratewohl hin probierte sie einen aus. »Fuß!« rief sie etwas unsicher.

Asta hielt sofort an, kam zu ihr zurück und blieb an ihrer linken Seite stehen. Verblüfft schaute Lucia die Hündin an, die auf einen nächsten Befehl zu warten schien. »Sitz?« probierte Lucia. Asta setzte sich.

»Na so was«, staunte Lucia. »Ich werde Stefan fragen, was er dir sonst noch so beigebracht hat«, informierte sie den Schäferhund, der sie erwartungsvoll anblickte. »Lauf«, befahl Lucia schon mit etwas mehr Lockerheit in der Stimme. Fröhlich stob Asta davon, doch sie wendete immer wieder und lief zu ihr zurück, um sich zu vergewissern, daß sie auch wirklich den richtigen Weg nahm.

Auf ihrem Spaziergang begegneten sie einem Jogger, der Asta nicht interessierte, einer Frau mit Kinderwagen, die ebenfalls ignoriert wurde, und einem Mann, der einen Rottweiler an der Leine führte. Glücklicherweise war Asta durch eine Spur, die sie interessiert beschnupperte, abgelenkt. Lucia rief den Hund zu sich und leinte ihn an. Als sie mit dem Rottweiler auf gleicher Höhe waren, riß Asta an der Leine, knurrte böse und sträubte das Nackenhaar. Sie machte zwar einen bedrohlichen Eindruck, doch Lucia wurde das Gefühl nicht los, daß sie eigentlich Angst hatte. Sie hielt die Leine sehr kurz und ging an dem Mann, der seinen Hund ebenfalls zurückhalten mußte, vorbei, ohne daß es zu einer Auseinandersetzung gekommen wäre. Den Rest des Weges ließ Lucia Asta nicht mehr frei, denn sie fühlte sich nicht mehr ganz so sicher, was den Gehorsam des Tieres betraf.

Lucia gratulierte sich in Gedanken zu ihrer Weitsicht, der sie es verdankte, daß sich in ihrem Kleinwagen eine alte Decke befand. Asta sprang ins Auto, noch bevor Lucia sie dazu auffordern konnte. Sie liebte Autofahren, das wußte Lucia, die lächelnd den Kofferraumdeckel schloß. Sie fuhr heim und stellte den Wagen auf den Abstellplatz vor ihrem Haus, wo sie Asta aussteigen ließ. Die Hündin beschnupperte neugierig die Hecke und den Weg, der zur Haustür führte.

»Na, komm«, rief Lucia, die die Tür schon geöffnet hatte. »Schau mal, wo dein Plätzchen ist.«

Asta nahm die neue Umgebung mit Interesse in sich auf. Stefan war offenbar der Meinung, der Platz im Wohnzimmer unter dem Fenster wäre für seine Hundedame ideal, denn die Decke lag dort sorgfältig ausgebreitet und mit einem Kauknochen dekoriert. Asta stürzte sich auf das Beißobjekt, legte sich hin und ließ sich für die nächsten Minuten weder von der umhergehenden Lucia noch von den fremden Geräuschen und Gerüchen ablenken.

Lucia rief Stefan an, um ihm vom Spaziergang zu berichten. Als sie die Begegnung mit dem Rottweiler erwähnte, meinte er, das sei halt eine Macke, die Asta schon ewig hätte, er wüßte leider auch nicht, wie dem beizukommen wäre. Bereitwillig diktierte er dann die verschiedenen Befehle und Kommandos, die der Hund beherrschte.

»Asta ist ein guter, sensibler und intelligenter Hund«, lobte er die Hündin. » Sie hat bereits eine solide Grundausbildung. Wir haben den *Begleithund 1* zusammen absolviert, sie wäre problemlos in der Lage, die zweite Stufe zu schaffen. Ich denke, für den Moment ist es aber wichtiger, daß ihr euch aneinander gewöhnt, ehe du mit ihr auf irgendwelche Prüfungen hin arbeitest«, schloß er seine Ausführungen.

Lucia stimmte ihm aus ganzem Herzen zu, denn sie hatte keine Ahnung, was er mit Begleithund und Prüfung meinte. Das, so dachte sie, würde sie, wenn es nötig wäre, schon selbst in Erfahrung bringen.

Nachdem Stefan die frischgebackene Hundebesitzerin auf Probezeit über die Eßgewohnheiten des Vierbeiners aufgeklärt hatte und nicht ausließ, Lucia die Wichtigkeit des täglichen Spaziergangs einzuschärfen, verabschiedete er sich. Lucia machte sich sogleich an die Futterzubereitung und überlegte, wie ihr Tagesplan künftig aussehen müßte, damit Asta auf ihre Rechnung kam. Gut, daß sie zu Hause arbeiten konnte. Bei Außenterminen, Lucia grinste bei diesem Ausdruck, könnte sie den Hund mitnehmen und unter Umständen im Auto warten lassen. Eigentlich, dachte sie, würde sie gar nicht soviel in ihrem Leben umstellen müssen.

Die sinnlichen Lippen näherten sich ihrem Gesicht. Lucia kam ihnen entgegen. Sie griff nach Doris, zog sie zu sich herab und spürte endlich die Zärtlichkeit, nach der sie sich so lange gesehnt hatte. Sie fuhr mit ihrer Zunge über die geschlossenen Lippen, bis diese sich öffneten, und drang in den warmen Mund ein. In ihrem Körper begann es zu kribbeln, so als ob Tausende von Ameisen sich ein Wettrennen lieferten. Der nackte, heiße Körper legte sich auf sie, setzte sie in Flammen. Lucia stöhnte auf. Etwas Nasses glitt über ihr Gesicht. Verwirrt schlug sie die Augen auf. Sie blickte in funkelnde Augen, hörte ein fremdes Hecheln an ihrem Ohr und fuhr erschrocken hoch. Entsetzt starrte sie das Untier, das einem Horrorfilm entsprungen sein mußte, mit angstgeweiteten Augen an.

Ein Winseln holte sie in die Wirklichkeit zurück. Sie erkannte Asta, die mit ihren Vorderpfoten noch immer auf dem Bettrand stand und Lucia mit fragendem Blick ansah. »Oh Asta, hast du mich erschreckt!« lachte Lucia erleichtert.

Sie streichelte den Hund, der ihr freudig das Gesicht leckte. Ob Hunde etwas gegen erotische Träume einzuwenden hatten, fragte sie sich. Die Morgensonne brach bereits durch die Wolken. Lucia sah auf die Uhr, erst halb sechs, stellte sie aufatmend fest, zum Aufstehen war's noch viel zu früh. Asta vertrat offenbar eine ganz andere Meinung. Sie sprang am Bett hoch, winselte, ging durch den Flur zur Tür, kehrte zurück und forderte Lucia unmißverständlich auf, endlich die müden Glieder in Schwung zu bringen.

Da sich Asta nicht mehr beruhigen ließ, stand Lucia mit großem Widerstreben auf. Sie schlüpfte in ihre alten Jeans, zog sich ein Hemd über und schnappte sich Turnschuhe und Windjacke, denn morgens konnte es im Mai noch ziemlich frisch sein. Gähnend trat sie mit dem Hund an der Leine nach draußen. Sie fröstelte und überlegte, wohin sie nun gehen sollte. Sie mußte weiter aus der Stadt, damit sie die Hündin frei laufen lassen konnte, also holte sie den Autoschlüssel. Gut, daß um diese Zeit kaum Verkehr auf den Straßen rund um die Stadt herrschte, denn Lucia fühlte sich noch überhaupt nicht wach.

Ich werde künftig früher von Doris zu träumen beginnen, nahm sie sich nicht ganz ernsthaft vor, als ihr der Traum, aus dem Asta sie unsanft geweckt hatte, in den Sinn kam.

Diesmal verlief der Spaziergang ohne besondere Vorkommnisse. Asta tollte herum, wollte mit Lucia spielen, die sich nach anfänglichem Zögern dazu überreden ließ und merkte, wie großen Spaß ihr das eigentlich bereitete. Als sie an eine Abzweigung kamen, sah Lucia eine Person, die sich ebenfalls mit Hund auf der Morgentour befand. Eingedenk der unschönen Begegnung vom Vortrag, schlug Lucia den entgegensetzten Weg ein, um den beiden Frühaufstehern nicht begegnen zu müssen.

Nach zwei Stunden ausgelassenen Spiels beschloß Lucia, daß es nun mit den morgendlichen Aktivitäten reichte. Sie kehrte zum Auto zurück und ließ Asta einsteigen. Neben ihrem Wagen hatte jemand anders sein Fahrzeug abgestellt, auf dem auffällige Aufkleber prangten. Der eine machte Werbung für eine Hundeschule, der andere zeigte das Emblem der kynologischen Gesellschaft, ein dritter schließlich war in der Form eines Hundekopfs gefertigt. Neugierig beugte sich Lucia nach vorn, um den Namen der Rasse, die darunter genannt war, lesen zu können. Malinois, stand in feinen Lettern geschrieben. Diese Rasse kannte Lucia nicht. Ihr Wissen erstreckte sich von Labrador über Golden Retriever bis zu Pudel und Dackel, auch ein paar von den in Verruf geratenen Kampfhunderassen waren ihr notgedrungen geläufig, doch Malinois? Noch nie gehört. Sie würde sich zu gegebenem Zeitpunkt damit auseinandersetzen, beschloß sie, dann nämlich, wenn sie entschieden hatte, daß sie Asta behalten würde. Die Möglichkeit, sie nach zwei Monaten in einem Tierheim abzuliefern, kam ihr in dem Moment überhaupt nicht in den Sinn.

Lucia wendete den Wagen und fuhr nach Hause zurück. Da sie jetzt nicht mehr den leisesten Hauch von Müdigkeit verspürte, machte sie sich an die Arbeit. Asta lag auf ihrer Decke, blickte von Zeit zu Zeit auf, manchmal erhob sie sich, kam in das kleine Büro, das ans Wohnzimmer angrenzte, legte ihren Kopf auf Lucias Beine und ließ sich von ihr streicheln. Ein wirklich friedlicher Morgen, dachte Lucia, die ihre Reportage bis zur Mittagszeit schon fast beendet hatte. Morgenstund' hat Gold im Mund, vielleicht war ja doch was dran? Sie mußte einkaufen gehen, stellte sie als nächstes fest. Mit dem Hund an der Leine machte sie sich auf zum nächsten Supermarkt, der bequem zu Fuß erreichbar war.

Während Lucia eilig das Nötigste in den Einkaufswagen warf, hoffte sie, daß Asta, die draußen festgebunden war, nicht die Leine zerbiß und davonraste oder einen ahnungslosen Kunden anfiel. Als sie den Supermarkt verließ, fand sie den Hund friedlich vor sich hindösend an der gleichen Stelle, an der sie ihn zurückgelassen hatte. Sie atmete erleichtert auf, dieses Experiment schien geglückt zu sein. Auf dem Rückweg, Lucia hatte in weiser Voraussicht einen Rucksack mitgenommen, machte sie, um Asta einen Gefallen zu tun, einen Umweg durch die Grünanlage, die zu jedem Wohnviertel, das etwas auf sich hielt, gehörte.

Der Nachmittag verlief ebenso friedlich wie der Morgen. Nach dem Abendspaziergang, der mit einer etwas schwierigen Begegnung mit einer Pudeldame geendet hatte, fühlte sich Lucia seltsam zufrieden. Sie setzte sich in den Garten auf einen der, wie sie erst jetzt bemerkte, unbequemen Stühle. Die sahen zwar gediegen aus, doch sie boten keinen Sitzkomfort. Asta legte sich neben den Stuhl. Sie schien sich ebenso wohl zu fühlen wie Lucia. Ein wirklich schöner Tag, sinnierte Lucia. Heute nacht würde sie gut schlafen können und, sie spürte ein Lächeln aufsteigen, sie würde nicht alleine einschlafen und aufwachen. Ob sie wieder von Doris träumte? Mit Sicherheit, denn sie träumte ja schon jetzt von ihr, mit offenen Augen. Lucia seufzte auf, das hatte doch alles keinen Zweck, schalt sie sich. Asta legte ihren Kopf auf Lucias Oberschenkel.

»Ja, Asta, wir Menschen haben es nicht leicht«, erklärte sie der Hündin, die aufmerksam zuzuhören schien. »Wir verlieben uns und sagen es nicht, wir spielen die Unnahbare, obwohl wir eigentlich genau das Gegenteil sind. Wir legen uns ständig selbst Steine in den Weg und verpassen unser Glück.«

Obwohl Lucia bewußt war, daß Asta sie nicht verstand, fühlte sie sich doch erleichtert, daß sie ihren Frust aussprechen konnte.

Die Tage begannen einander zu gleichen. Morgens hieß es immer schon recht früh: Raus aus den Federn und ab in die noch frische Luft. Der Sommer versprach, heiß und trocken zu werden, trotzdem hing in den frühen Morgenstunden meist Dunst über der Landschaft, der Frühaufsteher unangenehm frösteln ließ. Lucia kannte inzwischen die geeigneten Spazierwege am Rande der Stadt. Sie mied nach wie vor andere Hundehalter, denn die Erfahrungen zeigten, daß Asta auf fast alle Hunde aggressiv reagierte. Sollte sie den Vierbeiner behalten, müßte sie sich überlegen, wie diesem Verhalten beizukommen war. Jeden Morgen sah sie von ferne die andere Person mit Hund, die offenbar den gleichen Tagesbeginn wie sie hatte. Lucia wich immer aus und bekam allmählich doch das Gefühl, diese andere Person, deren Geschlecht sie auf die Distanz nicht ausmachen konnte, zu kennen, auf geheimnisvolle Weise mit ihr verbunden zu sein.

Nach einer Woche zeigte Asta erstmals einen Anfall von Heimweh. Sie legte sich nicht auf ihre Decke unter dem Fenster, sondern saß stundenlang vor der Wohnungstür und schien auf jemanden, wahrscheinlich auf Stefan, zu warten. Sie verweigerte ihr Futter und kam immer wieder winselnd zu Lucia. Was sollte sie tun? Stefan rief zwar jeden Tag an, er vermißte Asta, die zwei Jahre lang ein Teil seines Lebens gewesen war, doch er freute sich sehr über die Fortschritte, die Lucia mit dem Hund machte. Für ihn stand fest, daß er mit Robert nach Amerika gehen würde, und dies unabhängig vom Ausgang der Probephase. Lucia kümmerte sich aufopfernd um den heimwehkranken Hund. Sie unternahm mit ihm noch ausgedehntere Spaziergänge, holte sich einen Muskelkater im Arm vom vielen Stöckchenwerfen und mußte ihre Kleider zweimal täglich wechseln, da Asta eine große Affinität zu fließenden, aber auch zu stehenden, meist schmutzigen, Gewässern bekundete.

Schließlich legte sich das Heimweh, und Asta kehrte auf ihren Platz auf der Decke zurück. Sie begann den Hausteil, den sie jetzt offenbar als ihr Revier betrachtete, zu bewachen. Klingelte es an der Tür, raste sie in den Flur und bellte böse. Auf Lucias Kommando setzte sie sich und wartete mit aufgestellten Ohren. Meist war es der Briefträger, der etwas abzugeben hatte, oder ein Vertreter, der Lucia etwas andrehen wollte. Alle wichen zuerst einen Schritt zurück, wenn sie den langhaarigen Schäfer im Gang erblickten, der Briefträger gewöhnte sich aber bald schon daran und unternahm sogar einen Bestechungsversuch mit Hundebiskuits, den Asta freudig akzeptierte.

Von Lucias Familien- und Freundeskreis wußte noch niemand um den Zuwachs in ihrem Leben. Sie hatte mit Heinz telefoniert, um ihn um seine Unterstützung bei den Nachforschungen in Sachen Chatrooms zu bitten, doch von Asta erzählte sie ihm nichts, da sie die Meinung vertrat, das sei Stefans Sache. Zita schien sich über die plötzliche Arbeitswut ihrer freien Journalistin zu wundern. Nicht, daß Lucia vorher faul gewesen wäre, sie hielt ihre Abgabetermine immer ein, doch das Tempo, das sie jetzt vorlegte, erschien der Redakteurin beinahe verdächtig. Lucia hatte aus Hamburg sehr viel Material mitgebracht. Sie einigten sich darauf, die Reportage in mehreren Teilen erscheinen zu lassen. Dies, so die Überlegung, hielt die Leser bei der Stange und ermöglichte es den Betroffenen, die davon sicher Wind bekämen, zu reagieren. Daß ihre Reaktionen wahrscheinlich umsonst wären, stand von vornherein fest. Nach zwei Wochen lag das Gesamtwerk mit der Bezeichnung *Augenwischerei in Hamburg* in der Redaktion der Zeitschrift. Nun konnte sich Lucia an das neue Projekt *Chatroom* machen.

Lucia hatte einen Plan erstellt, nach dem sie vorzugehen gedachte. Als erstes informierte sie sich über die verschiedenen Abkürzungen und Ausdrücke, die typisch für Chatter waren. Sie wollte sich nicht schon beim ersten Versuch, sich in einen Chat einzuklinken, als Anfängerin outen. Der Germanistin, die ihre Abschlußarbeit über das Thema *Neue Jugendsprachen* verfaßt hatte, blieb die Spucke weg. Daß man Gefühlsäußerungen mit *g* für grinsen bis zu *grmpf* für »ich beiße in die Tischplatte vor Ärger« irgendwie in leicht verständlicher Form zu übermitteln versuchte, erschien ihr logisch, auch die Emoticons, die aus Satzzeichen bestanden und den bekannten Smileys glichen, verstand sie, doch bei den offenbar gebräuchlichen Abkürzungen wie *woen* für Wochenende oder *t2u l8r* für »talk to you later« geriet sie ziemlich ins Schwitzen. Wie sollte sich eine in der deutschen Sprache gebildete Frau solche aberwitzigen Dinge merken können? Die Liste, die sie mit den Zeichen und Ausdrücken angelegt hatte, wurde immer länger. Mit einem Leuchtfilzstift markierte sie diejenigen, die ihr am wichtigsten erschienen, doch sie war sich ihrer Sache ganz und gar nicht sicher.

Vor dem nächsten Schritt hatte Lucia etwas Angst. Sie mußte sich in einen Chat einschalten, zuerst mal zuhören – oder sagte man zuschauen? Inaktive Lauscher wurden in Chatrooms jedoch nicht lange geduldet, sie müßte also wirklich auch mitmachen. Welchen Nickname sollte sie sich zulegen? Einen solchen mußte sie schon haben, um auch echt zu wirken. Nach einiger Überlegung, sie probierte es erst mit Asta, mit Aicul und anderen Abwandlungen ihres Namens, wählte sie Marone. Die eßbare Kastanie liebte sie, und zudem lag dieser Begriff nahe bei ihrem Nachnamen Marran, doch das würden ihre Chatpartner ja nicht wissen.

Die beste Zeit, um sich in einen Chatroom einzuloggen, hatte Lucia einem Führer für moderne Kommunikation entnommen, war der Abend. Sie schaltete also nach dem ausgedehnten Spaziergang mit Asta ihren Laptop ein und suchte nach dem von Zita ausgesuchten Chatroom. Nach der Begrüßung durch den Betreiber dieser Page durfte sie sich einen virtuellen Raum auswählen, in dem sie auf Gleichgesinnte treffen würde. Lucia entschied sich für den Chatroom der Lesben, denn als erstes wollte sie mit Frauen kommunizieren, die so wie sie veranlagt waren. Es herrschte schon reger Betrieb. Die Teilnehmerinnen schienen sich bereits ziemlich gut zu kennen, jedenfalls blinkten die Mitteilungen in schneller Abfolge auf dem Bildschirm auf und wurden immer auch von verschiedenen Frauen kommentiert.

Nach einer Weile, das Gespräch drehte sich um die verschiedenen Arten, mit denen frau eine andere Frau auf sich aufmerksam machen konnte, wagte Lucia den nächsten Schritt. Sie meldete sich erstmals zu Wort und stellte sich mit vielen Abkürzungen und Emoticons vor. Die Begrüßung durch die anderen fiel herzlich aus. Natürlich wollten sie von Lucia wissen, wie sie zum Chatroom gekommen sei, wo sie so lange gesteckt habe, ob sie in einer festen Beziehung sei. Es wurde ziemlich persönlich, wie Lucia mit steigender Nervosität feststellte. Sie antwortete ausweichend, schwindelte ein bißchen, um nicht erkannt zu werden. Andererseits, dachte sie, wer sollte sie schon kennen? Sie wußte selbstverständlich ebensowenig, wer hinter den klingenden Namen wie Cleopatra, Sissi, Lupa, Murmel oder Xena steckte.

Schließlich kehrten die Frauen zu ihrem Thema zurück. Lupa verabschiedete sich, Cleopatra ebenfalls, dafür kamen neue Teilnehmerinnen dazu. Lucia fand das Gespräch anregend, doch mit der Zeit begann sie sich zu langweilen. Die Frauen vermittelten nicht den Eindruck, als ob sie auf der Suche nach einer Beziehung, einem Flirt oder einer Affäre wären. Nach drei Stunden, Lucias Gähnen übertönte das leise Schnarchen von Asta, die sich zu ihren Füßen niedergelassen hatte, klinkte sie sich aus. Sie versprach, am nächsten Abend wieder dabeizusein. Das mußte sie ja ...

Die Recherchen im Chatroom gestalteten sich wesentlich schwieriger, als Lucia es sich vorgestellt hatte. Sie brauchte eine ganze Woche, bis sie endlich eine der anderen Teilnehmerinnen in einen speziellen Raum einlud, in dem sie sich, so die Versicherung des Anbieters, von anderen ungestört unterhalten konnten.

Cleopatra kam gleich zur Sache. So zurückhaltend sie sich vorher gegeben hatte, jetzt legte sie kein Blatt auf die Tastatur. Lucia errötete, als sie die direkten Angebote auf ihrem Bildschirm aufflammen sah. Bei der Vorstellung, wo sie Lucia überall berühren, streicheln und küssen wollte, flammte die Hitze nicht nur im Gesicht auf, sondern auch in einer tiefer gelegenen Körperregion. Sie versuchte Cleopatra zu bremsen und erst herausfinden, was für ein

Typ Mensch sie war. Ihre Chatpartnerin ließ sich nur widerwillig auf das Frage- und Antwortspiel ein. Lucia hegte den Verdacht, daß die andere ihr ein Lügenmärchen nach dem anderen auftischte, doch sie selbst handelte ebenfalls nach diesem Prinzip.

Nachdem die beiden Frauen sich über lange Zeit die fantastischsten Geschichten erzählt hatten, verabschiedete sich Lucia aus dem Room, nicht ohne Cleopatra für das anregende Gespräch, das über weite Strecken durchaus als Flirt hätte bezeichnet werden können, zu danken. Aufatmend schaltete sie ihren Computer ab. Sie fühlte sich, als ob sie eben einer großen Gefahr glücklich entronnen wäre. Lucia beschloß, ihr Experiment weiterzuführen, doch mit Cleopatra würde sie sich nicht mehr einlassen, die war ihr entschieden zu direkt.

Lucia wurde plötzlich bewußt, daß die zwei Monate Probezeit mit Asta bald abgelaufen waren. Der Sommer hatte ins Land Einzug gehalten. Es herrschten schon am frühen Morgen angenehme Temperaturen, die Spazierwege bevölkerten sich immer mehr mit Joggern und anderen Sportfanatischen, die sie und Asta mit ihren Spielzeugen manchmal ziemlich in Bedrängnis brachten. Lucia hatte sich an den Hund gewöhnt. Sie konnte sich nicht mehr vorstellen, wie ihr Leben ohne Asta ausgesehen hatte. Jeden Tag machte sie neue Erfahrungen, allmählich fühlte sie sich mit ihrer vierbeinigen Begleiterin sehr vertraut. Asta hörte auf sie, gehorchte in neun von zehn Fällen tadellos und sorgte für jede Menge Abwechslung und auch Bewegung. Erfreut stellte Lucia fest, daß ihre Kurven etwas weniger füllig waren als im Frühling. Sie sah besser aus, entschied sie nach einem kritischen Blick in den Spiegel. Die etwas blasse Gesichtsfarbe war einem gesundem Teint gewichen, der ihre grünen Augen gut zur Geltung brachten. So hätte sie Doris sehen sollen, dachte sie mit Wehmut.

Überhaupt, Doris. Obwohl Lucias Tag mit ihren vielen Aufgaben mehr als ausgefüllt war, dachte sie noch immer an diese Frau, die ihr das Herz gestohlen hatte. Sie versuchte zwar, die große Frau mit dem sandfarbenen Haaren zu vergessen, doch sie wußte, daß dies ein sinnloses Unterfangen war. Auf ihren Spaziergängen wanderten ihre Gedanken in schönster Regelmäßigkeit zu den sinnlichen Nächten mit ihr zurück. Sie wünschte sich zum ungezählten Male, sie hätte sich anders verhalten, ihre Gefühle nicht verleugnet.

Doch dazu war es zu spät. Doris hatte sich ebenso unspektakulär aus ihrem Leben verabschiedet, wie sie es betreten hatte.

Vielleicht, seufzte Lucia nicht sehr überzeugt, würde sie ja doch im Chatroom auf jemanden treffen, der sie diese Frau vergessen ließ. Das mit dem Chatroom dauerte jetzt schon ziemlich lange, aber Lucia hatte noch immer nicht genügend Material zusammen, um sich ans Schreiben einer Reportage zu machen. Sie müßte sich mit einer Frau verabreden, eine Frau aus dem Room in Realität kennenlernen, um an die Substanz, die Zita forderte, heranzukommen. Davor scheute Lucia zurück, denn sie wollte ihre sichere Anonymität nicht aufgeben. Sich vor Menschen, die man kannte, zu outen, war eine Sache, doch damit hausieren zu gehen lag ihr gar nicht – und doch, es führte kein Weg daran vorbei.

Stefan überschlug sich fast vor Begeisterung, als Lucia ihm mitteilte, sie werde Asta behalten. »Siehst du? Was habe ich gesagt!« triumphierte er. »Ihr zwei seid füreinander geschaffen, das habe ich schon beim ersten Mal gedacht. Asta fühlt sich wohl bei dir – und weißt du was, Schätzchen, seit du sie hast, siehst du viel besser aus. Wenn ich eine Frau wäre ...« Was dann geschehen würde, ließ er offen, doch Lucias Fantasie reichte aus, um sich die Fortsetzung des Satzes vorstellen zu können.

Sie verabschiedete sich von Stefan, der ihr noch Astas Impfzeugnis und ihre Geburtsurkunde aushändigte. »Du wirst mit ihr nicht züchten können, obwohl sie reinrassig ist«, erklärte er ihr, »denn die Altdeutschen Schäferhunde werden von den meisten kynologischen Vereinen nicht anerkannt.«

»Oh, das ist nun wirklich kein Problem. Zur Züchterin fühle ich mich nicht berufen, mir reicht ein solches Monster«, erwiderte Lucia lachend.

Zu Hause informierte sie Asta, die aus nachvollziehbaren Gründen nicht hatte mitkommen dürfen, über die geänderten Besitzverhältnisse. Asta hörte ihr höflich zu, musterte die Rothaarige mit ihren großen, braunen Augen und sprang, nachdem Lucia geendet hatte, an ihr hoch. Vielleicht verstanden Hunde doch mehr, als man gemeinhin annahm? Lucia schüttelte ihr langes Haar und lachte über sich. Sie mußte noch arbeiten. Und heute, so hatte sie beschlossen, würde sie endlich Nägel mit Köpfen machen.

Lucia loggte sich im Chatroom ein. Sie begrüßte die Anwesenden, erkundigte sich wie eine alte Häsin nach deren Befinden. Heute war ein illustre Schar von Frauen anwesend. Zu Lucias Leidwesen tummelte sich auch Cleopatra unter den Gesprächigen, doch sie würde sich erfahrungsgemäß nach einiger Zeit mit jemandem absetzen. Vielleicht hat sie mit anderen ja mehr Glück als mit mir prüdem Ding, dachte Lucia mit einem Lächeln auf den Lippen, dann studierte sie die auftauchenden Namen am Bildschirm: Sissi, Murmel, Xena und Lupa kannte sie schon recht gut, wenn es denn im Bereich des Möglichen lag, jemanden auf diese Art überhaupt kennenzulernen. Glöcklein war neu, Voyager, Schweigerin, Playmate und Starky klinkten sich in unregelmäßigen Abständen in den Chatroom ein und verpaßten so natürlich die spannenden Fortsetzungsgeschichten, die sich über Tage und Wochen in der virtuellen Welt ereigneten.

Am liebsten hätte sich Lucia an Glöcklein herangemacht, denn die schien noch ziemlich schüchtern zu sein. Sie gab ihr Alter mit zarten zwanzig Jahren an, was Lucia, die die Dreißig schon seit einiger Zeit hinter sich gelassen hatte, witzig fand. Glöcklein hätte sie bestimmt viel beibringen können, dachte sie, denn immerhin kannte sie sich in der Welt doch recht gut aus. Sie verwarf den Gedanken so schnell wieder, wie er gekommen war, denn sie wollte Recherchen anstellen und sich nicht auf amouröse Abenteuer einlassen. Sissi schien ihr zu sehr nach dem Äußeren zu gehen, denn ihr Lieblingsthema war Mode, Mode, Mode und nochmals Mode. Xena wurde ihrem kämpferischen Vorbild, von dem sie sich den Namen geliehen hatte, gerecht, zumindest eiferte sie ihr in ihren Aussagen offensichtlich nach. Lupa konnte Lucia nicht einordnen. Irgendwie klangen die Kommentare, die diese Frau abgab, intelligent, manchmal ironisch bis sarkastisch, doch sie bewegte sich zu sehr auf Allgemeinplätzen, als daß sich für Lucia ein Bild von ihr herauskristallisiert hätte.

Lucia beschränkte ihr Engagement auf wenige, kurze Sätze, die sie einschob, wenn gerade mal nichts lief. Ansonsten beobachtete sie die Aktionen und Reaktionen der anderen und versuchte abzuschätzen, wer für ihre Zwecke am geeignetsten wäre.

Starky gefiel ihr gut. Sie gab sich humorvoll, bescheiden und doch selbstbewußt. Wenn sie die Wahrheit nicht frisiert hatte, war sie knapp vierzig Jahre alt und – altmodisch ausgedrückt – alleinstehend. Lucia begann gezielt auf ihre Beiträge zu antworten und sie zu neuen Meinungsäußerungen zu motivieren. Nach einiger Zeit entwickelte sich ein Zwiegespräch zwischen ihnen. Cleopatra, die sich entgegen aller Vermutungen noch immer im Chatroom aufhielt, forderte die beiden, wie sie sagte: Turteltauben auf, sich zurückzuziehen. Mit vielen *g* und *fg* (freches Grinsen) verabschiedeten sich Starky und Marone und klinkten sich im Zweier-Chat ein.

»Freu mich, dich kennenzulernen ;-)«, begann Lucia.

»Dito, erzähl was von dir.« – »Was willst du wissen??« – »Alter, Beruf, Vorlieben, Zivilstand, Anzahl Kinder, Männer, Eltern, Vorstrafen ... *mfg*« – »Bald 33, schreibende Zunft, gutes Wetter & Essen & Gespräche & Sex *g* , ungebunden, Null, Null, zwei Teile, Null. Sonst noch was?«

»Können wir uns auf ganze Sätze einigen?« fragte Starky.

»Von mir aus gerne, ich mag die Chatsprache eigentlich nicht sonderlich«, antwortete Lucia erleichtert.

Sie hatte sich in Starky nicht getäuscht, welche Freude. »Also, dann laß uns nochmals von vorn beginnen: wer bist du und wie lebst du? Würdest du dich mir bitte beschreiben?« bat Starky höflich.

Lucia kam der Bitte nach und war positiv überrascht, wie ernsthaft Starky ihre nun ebenfalls ziemlich persönlichen Fragen beantwortete. Nach einer Stunde mußten sie den Chat verlassen, die Anzahl Zweierräume war begrenzt. Die beiden verabredeten sich für den nächsten Abend, sie würden sich gleich zu zweit treffen, ohne den Umweg über den großen Chatroom zu machen. Lucia schaltete ihren Laptop zufrieden aus. Endlich hatte sie die ideale Person gefunden, die ihr bei ihren heiklen Recherchen weiterhelfen konnte. Wie würde Starky reagieren, wenn sie herausfand, um was es Lucia ging? Diesen unbequemen Gedanken schob Lucia weit von sich, noch lag dieser Tag noch in ferner Zukunft, es würde sich schon ein Weg finden.

Herzschlag und Computerfieber

Seit sich Doris mit ihrem neuen Kursprogramm an die interessierte Öffentlichkeit gewandt hatte, stand das Telefon in ihrem kleinen Büro kaum mehr still. Sie hatte ein Bedürfnis erkannt und bot nun verschiedene, auf die Interessen der einzelnen abgestimmte Kurse an. Dies bedeutete für sie, daß sie nach dem morgendlichen Spaziergang mit Eiko, der einzigen Zeit des Tages, die sie für sich genießen durfte, ununterbrochen mit Unterrichten und Beraten beschäftigt war. Allmählich wuchs ihr die Sache über den Kopf.

Anfänglich, das gab sie gegenüber ihrer Freundin Dagmar auch zu, hatte sie die viele Arbeit von den lästigen Erinnerungen an Lucy abgelenkt, doch diese Geschichte lag nun schon einige Wochen zurück, genau gesagt: vier Wochen und drei Tage waren seit dem unsentimentalen Abschied vergangen, und Doris glaubte, darüber hinweg zu sein.

Dagmar hegte ernsthafte Zweifel an dieser zu heftig vorgebrachten Aussage. »Denkst du noch an sie?« fragte sie Doris an einem bereits hochsommerlich heißen Morgen.

»Nur, wenn du mich an sie erinnerst«, gab die Angesprochene unwirsch zurück. »Du hast dir eingeredet, ich hätte mich in sie verliebt. Quatsch, da war nie etwas, wie oft muß ich dir das noch sagen?«

Dagmar seufzte und redete beschwichtigend auf sie ein. Hätte sie Kinder gehabt, wäre ihr Tonfall in einer annähernd ähnlichen Situation wohl genauso gewesen, überlegte Doris gereizt. Sie brauchte eine Freundin, bei der sie ein bißchen jammern konnte, die sie unterstützte und ihr Selbstwertgefühl schonte. Doch Dagmar schien sich exakt das Gegenteil in den Kopf gesetzt zu haben.

»Ach komm schon«, rief sie jetzt in den Hörer und holte Doris aus ihren Gedanken. »Du konntest dich nach deiner Rückkehr aus Hamburg kaum vernünftig äußern, wenn das Gespräch auf die fremde Schöne kam. Du bist verliebt, zumindest warst du es. Wieso gibst du nicht endlich zu, daß du sie vermißt, daß sie dir fehlt?« Dagmar wartete vergeblich auf eine Antwort, denn Doris hüllte sich in stures Schweigen. »Du machst dir Vorwürfe, habe ich recht?« In der Stimme ihrer Freundin hörte Doris einen triumphierenden Unterton heraus. Ehe sie das Telefonat, das ihr je länger je mehr auf die Nerven ging, beenden konnte, fuhr Dagmar fort: »Du hast dich vor ihr verleugnet, deine Gefühle verleugnet. Wahrscheinlich hast nicht mal du selbst bemerkt, wie sehr dir diese Frau unter die Haut ging. Und als du endlich darauf gekommen bist, na? Da war's zu spät, die Traumfrau hat sich in Luft aufgelöst, hat dabei noch dein Herz in Rauch aufgehen lassen. Doch was soll's? Doris schafft das schon, sie ist hart im Nehmen. Mensch, du bist so was von verbohrt, ich –«

»Stop. Halt. Jetzt reicht's«, intervenierte Doris, die ihren Ärger nicht mehr zurückhalten konnte. Was bildete sich Dagmar eigentlich ein? So ließ sie nicht mit sich umspringen. Sie erklärte ihrer Freundin unmißverständlich, daß dieses Thema ein für allemal abgeschlossen sei und sie, Doris, den Hörer einfach auflegen werde, wenn sie, Dagmar, noch ein Wort über Lucy oder eine verlorene Liebe, die sie sich einbildete, verlauten lasse. Tatsächlich knallte sie das Telefon auf den Tisch, nachdem sie, ohne eine Erwiderung abzuwarten, die Austaste gedrückt hatte.

Doris kochte innerlich. Sie wollte nichts mehr von dieser Affäre wissen, Lucy sollte aus ihren Gedanken verschwinden. Sie mußte sich um die wirklich wichtigen Dinge des Lebens kümmern, um Eiko, ihre Hundeschule, ihre Familie, da blieb kein Platz für verlorene Träume. Sie wandte sich dem Papierberg zu, der sich auf dem Tisch schon seit Tagen in immer schwindelerregendere Höhen türmte. Bald muß ich mir eine Sekretärin leisten, überlegte sie seufzend.

Die ersten Kurse fanden am Nachmittag statt. Da auf dem Übungsplatz keine schattenspendenden Bäume standen, brannte die Sonne erbarmungslos auf die kleine Truppe, die sich dort versammelte. Doris beschloß, die Stunde in den Wald zu verlegen. Die Gruppe bestand vorwiegend aus Frauen, die kleine Hunde an der Leine führten. Sie bewegten sich noch ziemlich unsicher, wie Doris feststellte. Für die meisten war es das erste Mal, daß sie sich einen Hund hielten und mit ihm eine Hundeschule besuchten. Da jedoch die Öffentlichkeit momentan sehr stark Stimmung gegen alle Hundehalter machte, erschien es auch den Kleinsthundbesitzern, wie Doris diese Gattung Leute in Gedanken nannte, als sinnvoll, sich mit einem Erziehungskurs gegen eventuelle Klagen abzusichern.

Dies war ohne Zweifel der einzige angenehme Nebeneffekt der ansonsten fruchtlosen Debatte, obwohl Doris diese kleinen Dinger auf vier Beinen eher als Kunstfehler denn als Hunde betrachtete.

Nach Pudel, Dackel, Yorkshire Terrier und Konsorten erschienen die Familienhunde auf dem Platz. Mit ihnen gab es wesentlich mehr Arbeit, denn da sehr viele unterschiedliche mittelgroße und große Hunderassen vertreten waren, mußte Doris mit der Schulung auf dem kleinsten gemeinsamen Nenner beginnen. Als erstes lernten die Meister, wie man einen Hund richtig an der Leine führt, wie man ihn dazu bringt, abzusitzen, wenn man es möchte, wie man einen Hund abruft und noch einige der Grundkommandos, die jeder Hund ohne zu Zögern befolgen mußte.

Natürlich hielten sich einige Hundebesitzer selbst für Experten – denn nur ein Experte kauft sich eine Deutsche Dogge – und redeten der Kursleiterin ständig in ihre Anweisungen hinein, Doris war das gewöhnt. Sie ließ Eiko aus der Hundebox und gab ihm per Handzeichen das Kommando, sich abzulegen. Dann forderte sie die selbsternannten Fachmänner auf, es ihr nachzutun. Selbstverständlich klappte das nicht. Doris führte mit Eiko noch einige andere, für die meisten verblüffende, Kommandos vor. Da sich nun niemand mehr in der Lage fühlte, es ihr gleich zu tun, konnte sie ohne weitere Zwischenkommentare die Stunde zu Ende führen. In solchen Momenten gratulierte sie sich heimlich für die intensiven Übungslektionen, die sie mit Eiko fast täglich absolvierte.

Die Zusammensetzungen von Hunderassen änderten sich von Übungseinheit zu Übungseinheit, doch die Probleme, mit denen ihre Halter zu kämpfen hatte, blieben sich gleich. Immer handelte es sich um ›Schwerhörigkeit‹, ›unstillbaren Freiheitsdrang‹ oder auch ›übersteigertes Imponiergehabe‹, wie Doris den fehlenden Appell, das Ausreißen oder die Aggression zu nennen pflegte. Sie unterrichtete jedoch nicht die Hunde, vielmehr versuchte sie den Menschen das Wesen ihrer vierbeinigen Freunde näherzubringen, in ihnen das Verständnis für die verschiedenen, meist vererbten Verhaltensmuster des Hundes zu wecken und sie so zu den fähigen Rudelführern zu machen, die ihre Schützlinge brauchten. Die Erfahrung gab Doris recht. Wenn sie sich einen Hund in einer Privatstunde vorknöpfte, gehorchte er nach kurzem Zögern, weil er sie als sogenanntes Alphatier anerkannte, seinen eigenen Besitzer aber führte er in der Regel so lange an der Nase herum, bis dieser gelernt hatte, die entsprechenden Muster zu deuten und für sich zu nutzen.

Die Tage schienen sich auf endlos viele Stunden auszudehnen. Meist kam Doris erst spätabends in ihre Wohnung zurück. Um sich zu entspannen, schaute sie fern, versuchte zu lesen, doch sie schlief regelmäßig dabei ein.

Schließlich war es die unersetzliche Dagmar, die ihr den Rettungsring zuwarf. Sie riet ihr, etwas für ihr brachliegendes Sexualleben zu tun, sie vermied den Begriff Liebesleben, denn wie Doris darauf reagieren würde, ahnte sie mit hellseherischer Voraussicht genau. »Da gibt es«, informierte Dagmar ihre liebste und völlig überarbeitete Freundin, »so Chatrooms, in denen frau sich locker mit anderen Frauen unterhalten kann. Ganz ohne Zwang, verstehst du? Wenn dir jemand sympathisch ist, kannst du dich ausklinken und zu zweit das Gespräch fortführen. Vielleicht findest du ja da eine Geliebte, die nicht auf dein Herz sondern nur auf deinen Körper aus ist.«

Doris bereitete die Vorstellung einer anonymen Kontaktaufnahme kein besonderes Vergnügen, doch Dagmar bestand darauf, ihr die Internetadresse zu geben und ihr, was besonders wichtig war, die elementarsten Chatregeln zu vermitteln. Doris gab sich geschlagen. Wenn es Dagmar glücklich machte, und vor allem, wenn es sie zum Schweigen brachte, würde sie einen Versuch im Chatroom unternehmen. Dagmar hatte ihr eingeschärft, zu Beginn nichts über sich zu verraten. Sie sollte auf keinen Fall mit ihrem eigenen Namen in Erscheinung treten sondern sich einen Nickname zulegen.

Doris befolgte die Anweisungen innerlich seufzend. Sie meldete sich in dem Chatroom an, der in seinem Namen etwas wie Herzschlag – oder hieß es Herzschmerz? – hatte. Eingedenk Dagmars Warnung stellte sich Doris als Lupa vor. Diesen Namen konnte sie sich merken, denn er erinnerte sie an den lateinischen Begriff für Wolf, ihr erklärtes Lieblingstier.

Lupa wurde begrüßt und aufgefordert, sich vorzustellen. Natürlich blieb Doris beim Allgemeinsten des Allgemeinen mit ihren Angaben, sie wollte zu Beginn die Situation auskundschaften. Nach kurzer Zeit unterhielten sich die Frauen über verschiedene Themen. Zu den meisten Gesprächsbeiträgen schwieg Doris. Sie wunderte sich, wie direkt manche Chatterinnen waren, andere schienen eher zurückhaltend, doch auch die offenbar Schüchternsten wagten sich zwischendurch aufs virtuelle Parkett und gaben ihre Gedanken zum besten.

Schließlich forderte eine mit dem klingenden Namen Cleopatra Doris auf, ebenfalls einen Beitrag zur Unterhaltung zu liefern. Von da an nahm, wie es Doris später ihrer Freundin gegenüber beschrieb, das Unglück seinen Lauf. Sie wurde in Diskussionen verstrickt und konnte sich nicht mehr aus dem Gespräch ausklinken. Die Nachtstunden flogen unter dem abgehackten Geräusch der Computertasten dahin. Plötzlich stellte Doris fest, daß sich alle bis auf Xena und Cleopatra verabschiedet hatten. Sie sah zur Uhr. Schon drei, um Himmels Willen, in zwei Stunden begann ihr neuer Tag. Dagmar würde etwas zu hören kriegen ...

Der Sommer zeigte sich gnadenlos. Ein heißer Sonnentag löste den anderen ab. Sowohl Menschen als suvh Tiere litten unter der Hitze und wünschten sich ein Gewitter, das die Atmosphäre reinigte, doch es bildeten sich höchstens am Morgen ein paar harmlose Schäfchenwolken am Himmel, die der Wind schon nach kurzer Zeit wieder zerstreute. Morgens um fünf Uhr ließ es sich gut aushalten in der freien Natur, aber bereits nach dem fast zweistündigen Spaziergang begann Eiko herzerweichend zu hecheln. Doris ließ ihn oft zu Hause in der kühlen Garage, wo er sich einigermaßen wohl fühlte und ergeben auf seiner Decke wartete, bis er abends nach Sonnenuntergang wieder nach draußen gehen konnte.

Jeden Morgen hielt Doris nach einer unbekannten Frau mit Schäferhund Ausschau. Sie wären sich im Frühling einmal fast begegnet, doch die Frau hatte dann einen Weg gewählt, der genau von Doris wegführte. Seither sah sie das Gespann jeden Morgen. Der Hund machte aus der Ferne einen fröhlichen Eindruck. Doris grinste und schalt sich selbst, denn als erstes erweckte immer der Vierbeiner ihr Interesse und nicht etwa ihre Artgenossin. Jedenfalls tollte er mit der Frau, die Stöcke und Bälle mit unendlicher Ausdauer aufhob und warf, wieder aufhob und warf, herum. Sie sollte dem Hund das richtige Apportieren beibringen, dachte Doris, dann müßte sie sich nicht so oft bücken. Jedes Mal, wenn sich die beiden Paare einander näherten, bog das Frau-Schäfer-Paar ab. Allmählich begann sich Doris zu fragen, ob die Unbekannte eine Abneigung gegen sie persönlich hatte, doch das schien unmöglich zu sein, denn sie waren sich ja noch nie begegnet, sie kannten sich nicht. Wie also hätte da eine Aversion entstehen können? Vielleicht wollte sie niemanden sehen am Morgen, weil sie noch nicht geschminkt war? Doris mußte laut lachen, denn dann dürfte sie sich den ganzen Tag nicht in der Öffentlichkeit zeigen, da sie nur in den allerseltensten Fällen Make-up auftrug und dies auch nur zu ganz, ganz speziellen Gelegenheiten. Doris fuhr noch eine Weile mit ihren Spekulationen fort, doch sie fand keine Antwort, die das Verhalten der anderen schlüssig hätte erklären können. Heute verrenkte sie sich den Hals umsonst.

Das kleine weiße Auto hatte nicht auf dem üblichen Platz gestanden, und von der Frau mit ihrem Hund war weit und breit nichts zu sehen. Erstaunt stellte Doris fest, daß in ihr ein Gefühl der Enttäuschung aufstieg. Sie versuchte sich mit Eiko abzulenken, der die Gelegenheit zum ausgelassenen Spiel sofort ergriff. Wieso macht es mir etwas aus, daß sie nicht gekommen ist? Doris schüttelte verwirrt ihren Kopf. Sicherlich hatte sie sich einfach an die Frau gewöhnt, daran, daß sie morgens nicht allein durch die Wälder streifte, daran, daß jemand anders ihre Vorliebe für die frühen, ruhigen Morgenstunden teilte. Sie gestand sich nach einigem Zögern ein, daß sie die Frau aus der Ferne zu allem Übel attraktiv fand. Die Fremde schien eine gewisse Ähnlichkeit mit Lucy zu haben, zumindest kam ihr das am Anfang so vor. Wie ihre kurzzeitige Geliebte trug sie rotes, langes Haar. Diese Frau hier aber schien schlanker, irgendwie auch energischer als die ruhige, in sich gekehrte Lucy.

Doris konnte sich nicht vorstellen, daß Lucy einen Hund hatte. Sie als Hundetrainerin spürte es, wenn sie auf Hundehalter traf, irgendwie waren da Schwingungen im Raum, die sie aufgrund ihrer langjährigen Arbeit mit Hunden und deren Besitzern auffing und entsprechend interpretierte. In Lucys Nähe hatte sie Schwingungen gespürt, die absolut gar nicht mit einem Haustier in Zusammenhang standen. Lucys Ausstrahlung hatte ihr weiche Knie beschert, sie wehrlos gemacht und schließlich, um der Wahrheit die Ehre zu geben, ihr das Herz ein bißchen gebrochen. Auch wenn sich Doris einredete, nur Lucys Körper begehrt zu haben, ihr Gefühl war immer mit dabei gewesen, von Anfang an.

Die Besuche im Chatroom nahmen zu. Seit ein paar Wochen loggte sich Doris fast jeden Tag ein, traf meist auf die gleichen Gesprächspartnerinnen und stellte fest, daß es ihr gut tat, mit ihnen zu plaudern, Erfahrungen auszutauschen, über Ex-Geliebte zu lästern oder von ihrer Traumfrau zu schwärmen. Einige Zeit schon hatte sich ein neues Mitglied der Chatgemeinschaft angeschlossen.

Marone, welch eigenartiger Nickname, übte sich meist in nobler Zurückhaltung, doch sie verhinderte immer wieder, daß ein Gespräch zum Erliegen kam. Vielleicht könnte sich Lupa mit Marone zum Rendezvous im separaten Chatroom treffen? Doch wie üblich wagte Doris diesen ersten Schritt nicht. Sie wartete, wartete darauf, daß Marone auf sie aufmerksam wurde. Sie bemühte sich wirklich, kreativ, witzig und intelligent zu wirken. Das kam an, aber nicht bei Marone sondern bei Cleopatra, die sie umgehend ins Séparée bat.

Cleopatra schien nicht zur schüchternen Sorte zu gehören. Doris erlebte einen erotischen Chat der Sonderklasse, nach dem sie wenig erstaunt feststellte, daß sie ziemlich erregt vor dem Bildschirm saß. Na ja, dachte sie, da kommt unter Umständen doch noch etwas wie eine kleine Bettgeschichte zustande. Die Flirts via Internet nahmen ihren Lauf. Manchmal konnte Doris ein Stöhnen oder ein erregtes Keuchen nicht unterdrücken. Sie versank in den, zugegeben feuchten, Träumen, die Cleopatra für sie auf ihr Keyboard hämmerte.

Eines abends, es war wieder ein heißer, drückend schwüler Tag gewesen, stellte ihre Partnerin die längst erwartete Frage: »Treffen wir uns?«

Doris hatte sich darauf vorzubereiten versucht, dennoch zögerte sie jetzt. Was passierte, wenn sich herausstellte, daß die andere überhaupt nicht ihr Typ Frau war – oder umgekehrt? Vielleicht hatten sie sich in der realen Welt nichts zu sagen? Vielleicht …

»Bist du noch da?« blinkte es auf ihrem Bildschirm auf.

»Ja, ich überlege«, tippte Doris schnell ein. Sie wollte ja, aber konnte sie auch?

»Süße, ich warte ;-)«, informierte sie ihr Computer.

Doris nahm den ganzen Mut, den sie in ihren 35 Lebensjahren angesammelt hatte und schrieb: »OK. Wann und wo?«

Sie stellten fest, daß sie beide in der gleichen Stadt wohnten – konnte das ein Zufall sein? Nach einigem Hin und Her verabredeten sie sich in einem kleinen Lokal, das sie beide als unauffällig einstuften und das ebenfalls für beide leicht zu erreichen war.

Wie befürchtet, brach Dagmar in helle Begeisterung aus, als Doris ihr von dem Rendezvous erzählte. »O Schatz! Das ist wunderbar, phänomenal, gigantisch, toll!« jubelte sie.

Dem wollte sich Doris nicht anschließen, denn sie fühlte sich gar nicht wunderbar, phänomenal und von gigantisch und toll konnte nicht im entferntesten die Rede sein, wenn sie an die bevorstehende Verabredung dachte. Sie zerbrach sich den Kopf über der schwierigen Kleiderfrage und war drauf und dran, die Sache platzen zu lassen. Dagmar kannte ihre Freundin besser, als es Doris in dieser Situation recht sein konnte. Trotz heftiger Gegenwehr kam Dagmar mit wehenden Fahnen angerauscht. Sie half Doris, ein dezent elegantes Outfit zusammenzustellen, wobei sie mit ihrer Kritik an der mageren Auswahl nicht hinter dem Berg hielt. Dann begann sie zu allem Überfluß, ihre Schminkutensilien aus der Handtasche zu kramen. Doris kam gegen Dagmars unbeugsamen Willen nicht an. Nach einer Stunde betrachtete sie sich im Spiegel. Sie hätte sich um ein Haar nicht erkannt, denn diese gestylte Frau glich der Hundetrainerin nur entfernt. Dagmar ließ es sich nicht nehmen, Doris bis zum Eingang des Cafés zu begleiten. Sie wartete provokativ, bis Doris mit ziemlich weichen Knien die Tür von innen geschlossen hatte.

Die Frau, die als Erkennungszeichen das vereinbarte Buch über Hinterglasmalerei vor sich liegen hatte, überraschte Doris mit ihrem Aussehen. Obwohl sie saß, erkannte Doris, daß sie recht groß und schlank sein mußte. Sie trug ihr goldblondes Haar sehr lang, es fiel in natürlich scheinenden Wellen über ihre Schultern bis in die Mitte des Rückens. Vorne hatten sich ein paar Strähnen selbständig gemacht und wurden von Cleopatra immer wieder aus dem Gesicht gestrichen. Diese Frau, stellte Doris fest, wies etwa gleich viel Ähnlichkeit mit der Pharaonin auf wie ein Chinesischer Nackthund mit einem Neufundländer. Sie fuhr fort, die Wartende zu betrachten. Ihre blauen Augen blickten scheinbar interessiert auf das auffällige Buch, das sie immer wieder drehte, dann aufschlug, um es im nächsten Moment zuzuklappen. Die gerade Nase war etwas zu spitz geraten, dafür wirkte der rot geschminkte Mund um so voller und sinnlicher. Cleopatra steckte sich eine Zigarette an und stieß den Rauch heftig aus den Lungen. Sie wurde allmählich ungeduldig, Zeit für Doris, die letzten Schritte in Angriff zu nehmen und sich mit ihrem Codewort *Herzschlag* vorzustellen.

Cleopatra blickte hoch, ihre Lippen verzogen sich zu einem freundlich einladenden Lächeln. »Der hat bei mir gerade für einen Augenblick ausgesetzt«, antwortete sie mit einem Glitzern in den Augen.

Daß sie zu den direkten Menschen gehörte, wußte Doris aus ihren intimen Computernächten, doch soooo direkt? Sie setzte sich dankbar auf den Stuhl, den ihr Cleopatra mit einer Handbewegung anbot, ihre Knie waren im Begriff, sich gänzlich aufzulösen. Diese Frau vor ihr verfügte unbestritten über eine erotische Ausstrahlung. Wieso klinkte sich jemand wie sie, die sie doch in der Realität wahrscheinlich die Frauen reihenweise schwach werden ließ, in einem Chatroom ein?

Cleopatra musterte Doris, die sich unter den prüfenden, ja, taxierenden Blicken unbehaglich wand. Nach einigen Sekunden, die Doris wie Stunden vorkamen, lachte sie und nickte anerkennend. »Ich glaube, wir haben eine tolle Zeit vor uns«, entschied sie.

Sie unterhielten sich über Oberflächliches, während sie anstandshalber einen Kaffee zusammen tranken. Schließlich wischte Cleopatra das freundliche Lächeln aus ihrem Gesicht, beugte sich verschwörerisch über den Tisch und sagte mit gesenkter Stimme: »Ehe wir uns der Frage zuwenden, wessen Bett heute Nacht unbenutzt bleibt, müssen wir die Rahmenbedingungen klären. Wie du vielleicht schon bemerkt hast, bin ich kein Typ für Beziehungen, ich halte die Enge einfach nicht aus und will auch niemandem über mein Tun und Lassen Rechenschaft schuldig sein.«

Doris seufzte innerlich, das hätten ihre Worte sein können. Ehe sie sich zu einer Antwort durchringen konnte, fuhr die andere mit ihrem kleinen Vortrag fort: »Nicht, daß ich mich durch die Betten sämtlicher Lesben schlafe. Solange ich eine Geliebte habe, bin ich monogam, doch ich binde mich nicht. Erwarte keine Gefühle von mir, denn die werde ich dir nicht geben. Du bist attraktiv, sexy, genau mein Typ. Wir können jede Menge Spaß miteinander haben. Irgendwann wird sich eine von uns beiden aber verabschieden, weil sie etwas anderes anzieht – und so soll es auch sein.«

Doris nickte zustimmend. Das mit den Gefühlen hatte sie längst für sich geklärt und für überflüssig befunden. Sie würde diese erotische Frau für kurze oder vielleicht auch längere Zeit in ihrem Bett wissen, gut. Sie konnte ihre Fantasien mit ihr ausleben, auch gut. Und doch ging sie keine Verpflichtungen ein, noch besser. Sie galt nach wie vor als Single, das war das beste.

Doris nickte noch immer und lächelte die Blonde vis-à-vis an. Sie hoffte, daß ihr Lächeln mindestens so erotisch ausfiel wie dasjenige der roten Lippen gegenüber, denn in ihr stieg ein erwartungsvolles Kribbeln auf. Sie wollte das Lokal so schnell wie möglich verlassen und sich ins Abenteuer stürzen. Cleopatra hatte offenbar den gleichen Gedanken. Sie bezahlte für beide und fragte nun, wohin sie ihre nächsten Aktivitäten verlagern sollten. Doris dachte an Eiko. Er war es nicht gewöhnt, eine ganze Nacht lang allein zu sein, aber er hatte seit Veronikas Auszug auch keine Seufzer und Schreie mehr aus dem Schlafzimmer gehört. Bei Cleopatras verführerischem Aussehen und ihrer zweifellos vielseitigen Erfahrung in Liebesdingen, würden aber solche Geräusche kaum zu vermeiden sein. Doris entschied, daß die erste Nacht nicht in ihren vier Wänden stattfinden sollte.

Also begaben sie sich in Cleopatras Domizil, die nichts dagegen zu haben schien. Sie hatte sicherlich keinen Hund, dachte Doris. Ihre Gefühle waren da wieder einmal eindeutig gewesen. Nachdem sie angekommen waren, verschwand Cleopatra kurz im Badezimmer und überließ Doris der ungestörten Betrachtung der diversen sehr farbigen Bilder, mit denen sie die beigen Wände ihres großzügig geschnittenen Wohnzimmers geschmückt hatte.

Als die Blonde aus dem Bad trat, stockte Doris der Atem. Statt des schlichten Kostüms, zu dem allerdings ein ziemlich kurzer Rock gehört hatte, trug sie jetzt einen ebenso kurzen Seidenkimono. Der Gürtel hielt den edlen Stoff nur notdürftig zusammen. Der Brustansatz war mühelos zu erkennen, auch die geschwungene Form der Hüften zeichnete sich deutlich ab. Wahrscheinlich, spekulierte Doris, trug sie nichts darunter. Ihr wurde heiß, sehr heiß.

Sie ging einen Schritt auf Cleopatra zu, doch die hielt sie mit einer Handbewegung auf. »Zieh dich aus«, befahl sie mit heiserer Stimme.

Die Hitze in Doris' Körper stieg sprunghaft an. Sie sollte einen

Striptease hinlegen? Hier und jetzt? Das konnte sie doch nicht von ihr verlangen. »Zieh du mich aus«, forderte Doris, deren Stimme ebenso heiser klang wie Cleopatras.

»Nein, du ziehst dich für mich aus.« Die blauen Augen glühten, sie bohrten sich in Doris' Herz. Cleopatra hatte offensichtlich Freude an dem Machtspiel, Doris' erster Eindruck wurde damit voll bestätigt. Ganz zufällig trug sie den Namen der ägyptischen Königin nicht.

»Na denn«, seufzte sie ergeben und begann ihre Bluse mit ungelenken Fingern aufzuknöpfen.

»Langsam, langsam«, ermahnte sie die Blonde, die sich auf die Couch gesetzt hatte und Doris mit ihren Blicken verschlang.

Die Nervosität nahm Doris den Atem, sie fühlte, wie ihr Körper leicht zu zittern begann. Ihre Brüste drängten sich gegen den Stoff des BHs, die Brustwarzen hatten sich bereits aufgerichtet. Ihre Haut brannte und juckte, zwischen ihren Beinen setzte ein schmerzhaftes Ziehen ein.

»Weiter, Lupa, komm«, holte Cleopatra sie ungeduldig aus ihrer Selbstanalyse heraus.

Doris öffnete die letzten Knöpfe ihrer Bluse und ließ sie betont langsam über ihre Schultern gleiten. Sie griff nach unten, die offene Hose streifte sie aber nur halb über ihren Po und drehte sich dann allmählich um. Cleopatra zog scharf die Luft ein. Sie sagte nichts, wartete, ohne einen weiteren Laut von sich zu geben. Doris suchte den BH-Verschluß, hakte ihn auf und zog den Stoff nach vorne. Sie drehte sich wieder um. Cleopatras brennender Blick erregte sie, reizte sie aufs Äußerste. Sie begann das Spiel zu genießen, kostete die zunehmende Nervosität der Betrachterin aus. Mit einer schnellen Bewegung ließ sie den BH los, er fiel zu Boden und gab den Blick auf die rundlichen Brüste frei. Die Hände fuhren zur geöffneten Hose hinab. Gut, daß Dagmar auf einem spitzenbesetzten Slip bestanden hatte, mit Feinripp hätte sie die Spannung wohl nicht aufrechterhalten können. Während sie die Stoffhose langsam nach unten schob, drehte sie Cleopatra wieder den Rücken zu. Sie stieg über das Kleiderbündel, ging zwei Schritte rückwärts, bis sie den heißen Atem der anderen auf ihrer Haut spürte. Nun fuhr sie mit ihren Fingern aufreizend über die feine Spitze, durch die, wie sie wußte, ihre helle Haut schimmerte.

Cleopatras Keuchen belohnte ihre Bemühungen und rief auch in ihr eine Reaktion hervor. Sie streifte den Slip endlich ab, mit der gleichen Bewegung entledigte sie sich auch der kurzen Söckchen. Langsam, in einem an Zeitlupe grenzenden Tempo, drehte sie sich um. Sie stand in voller Größe nackt und unmittelbar vor Cleopatra, die mit glänzenden Augen ihren Blick immer wieder über sie wandern ließ. Das Zittern wurde stärker. Doris wollte berührt werden, jetzt gleich.

Cleopatra richtete sich auf. Nur wenige Zentimeter Abstand trennten sie von Doris, deren Hände nach dem Gürtel des Kimonos griffen und daran zogen. Die Seide rutschte über Cleopatras Schultern und zeigten den schlanken Körper nun nackt und atemberaubend schön. Gebannt blickte Doris auf die Frau, sie hatte vergessen, daß sie noch vor einer Sekunde hatte berührt werden wollen. Erschrocken zuckte sie zusammen, als sie Cleopatras Hände auf ihrem Gesicht fühlte. Sie zogen sie nach vorne, hin zu den roten Lippen, die ihr feucht entgegenglitzerten.

Die erste Berührung war weich, zart. Dann fuhr eine heiße, fordernde Zunge über ihre Lippen. Doris öffnete sie. Cleopatra drang hungrig zwischen sie, streifte über die Innenseiten der Wangen, spielte mit Doris' Zunge, stieß tiefer hinein, brachte Doris um den Atem und ihren Verstand. Cleopatras Hände wanderten kaum wahrnehmbar über den zitternden Körper, sie drückten die Muskeln, zeichneten brennende Linien über den Rücken, streiften scheinbar zufällig über die Brüste und ruhten schließlich auf dem hellen Dreieck zwischen den Beinen.

Doris drängte sich an den schlanken Körper vor ihr, preßte ihren Unterleib gegen die aufreizend bewegungslose Hand. Sie spürte die Hitze in sich, die sich in rasendem Tempo ausbreitete. Cleopatra lehnte sich zurück, so weit, daß Doris beinahe das Gleichgewicht verlor. Sie sanken auf das breite Sofa, Doris auf Cleopatra liegend, die sie zu sich hinabzog und mit ihren Küssen schwach und schwächer machte. Die warmen Hände, die sich über ihren Hals nach unten bewegten, ließen Doris erschauern. Cleopatra genoß es ohne jede Frage, die große, starke Frau auf sich zu spüren, ihre Seufzer wiederum erregten Doris, die sich auf ihr zu bewegen begann. Sie schob ein Bein zwischen Cleopatras Schenkel und bemerkte, wie es von warmer Nässe überzogen wurde.

Cleopatra begann sich gegen Doris zu bewegen. Sie stieß mit ihren Hüften erst noch tastend, dann immer schneller nach oben. Als Doris Cleopatras Hand zwischen ihre Beine zurückkehren fühlte, zuckte sie zusammen, das Feuer in ihr nahm an verzehrender Kraft zu. Ihre Gespielin wußte genau, wie und wo sie Doris berühren mußte, um ihr die größte Lust zu bereiten. Ihre Finger glitten zwischen die geschwollenen Lippen, streichelten über die Klit. Sie drückte ihren Körper nach oben und ließ die Finger tief in Doris eindringen, die sich ihnen entgegenbog.

Doris überließ sich dem Rhythmus, ritt auf den Wellen, die Cleopatra in immer kürzeren Abständen in ihr auslöste. Cleopatra erlöste sie lange nicht, sie spielte mit ihrer Leidenschaft, pausierte in dem Moment, in dem Doris sich fallenlassen wollte, um sie im nächsten Augenblick wieder hochzutreiben. Schließlich konnte Doris sich nicht mehr zurückhalten, sie forcierte das Tempo, stieß heftig gegen die unter ihr liegende Cleopatra und kam mit einem heiseren Schrei, der in ein bemühtes Keuchen überging.

Cleopatra hauchte Doris einen Kuß aufs Ohr, der ihr eine Gänsehaut über den Rücken jagte. »Laß uns den Schauplatz wechseln, Süße«, murmelte sie schon wieder verführerisch.

Doris war sich nicht sicher, ob sie überhaupt gehen konnte, doch Cleopatra hatte zweifellos recht. So breit das Sofa auch sein mochte, in einem Bett schienen die Möglichkeiten zu lustvollen Vergnügungen weitaus vielfältiger. In der Tat verfügte Cleopatra über ein sehr, sehr großes Bett, es Spielwiese zu nennen, wäre nicht falsch gewesen.

Diesmal legte sich Doris neben die schlanke Blondine und begann sie ziemlich zielstrebig zu streicheln. Sie wollte nicht in ihrer Schuld stehen, obwohl das vielleicht für eine solche Situation eine etwas unpassende Formulierung darstellte, überlegte sich Doris, während sie mit zufriedenem Lächeln die offensichtlichen Reaktionen auf ihre Berührungen registrierte. Sie beugte sich über Cleopatra, küßte sie leicht auf die Lippen, ehe sie mit ihrem Mund an deren gespannten Hals hinabfuhr. Bei der Kuhle über dem Schlüsselbein legte sie eine längere Pause ein, was Cleopatra mit einem ungeduldigen Stöhnen quittierte.

Doris grinste, ihre Geliebte schien es eilig zu haben. Obwohl sich die Hundetrainerin nie als sadistisch bezeichnet hätte, verweilte sie bei den verlockenden, vollen Brüsten ziemlich lange. Sie saugte sie in ihren Mund, glitt mit der Zunge über die harten Nippel, knabberte sanft daran und ließ Cleopatra erschauern.

»Bitte, Lupa, ich kann nicht mehr . . .«, hörte sie die heisere Stimme gepreßt flüstern.

Gut so, sie würde Cleopatra ein unvergeßliches Erlebnis bereiten. Ihre Hände waren inzwischen auf den Oberschenkeln angelangt, die sich wie auf ein geheimes Zeichen hin weit öffneten. Doris fuhr auf den Außenseiten nach unten, soweit ihre Arme reichten, dann wechselte sie die Richtung und strich nur mit den Fingerkuppen auf den Innenseiten wieder nach oben.

Cleopatra wurde unruhig, ihr Brustkorb hob und senkte sich in unregelmäßigem Rhythmus, die Beine begannen zu zittern. Doris glitt zwischen sie, küßte die nasse Scham und leckte über die äußeren Lippen. Cleopatra wand sich, sie keuchte, hob sich Doris auffordernd entgegen. Doris hatte endlich ein Einsehen. Sie teilte die Lippen, fuhr mit ihrer Zunge durch das geschwollene Fleisch und drang dann unvermittelt tief in die weite Möse ein. Cleopatras stöhnte überrascht auf. Sie bewegte sich sofort gegen den nun gierig saugenden Mund und die immer tiefer stoßende Zunge. Mit ihren Händen dirigierte sie den Kopf zwischen ihren Beinen an die erregendsten Stellen. Plötzlich schnellte sie mit dem Unterkörper nach oben – Doris biß sich auf die Lippe –, erstarrte und schrie.

»Wow«, Cleopatra hatte noch nicht zu ihrem normalen Atemrhythmus zurückgefunden. Sie lachte Doris mit entspanntem Gesicht an. »Du kannst eine Frau in den Wahnsinn treiben.«

»Danke und gleichfalls«, antwortete Doris geschmeichelt, denn Cleopatra hatte zweifelsohne mehr erotische Erfahrung aufzuweisen als sie.

Bei dieser Frau würde sie ihre ganze Kondition brauchen, denn Cleopatra hatte bereits eine neue Runde eingeläutet, die einem gemütlichen oder zufriedenen Kuscheln rein gar nicht ähnelte. Doris ließ sich gerne verführen, und dies nicht zum letzten Mal in dieser Nacht . . .

Morgens um halb fünf erwachte Doris. Ihr Körper fühlte sich leicht, fast schwerelos, an. Sie befreite sich vorsichtig aus Cleopatras Armen und stand auf. Nachdem sie sich im Bad notdürftig frischgemacht hatte, schlüpfte sie im Wohnzimmer in ihre Kleider, schrieb eine kurze Nachricht und hinterließ die Nummer ihres Handys, ehe sie die Tür leise hinter sich ins Schloß zog.

Die leeren Straßen überquerte Doris im Eilschritt, ihr schlechtes Gewissen Eiko gegenüber trieb sie an. Eiko begrüßte sie stürmisch. Er sprang an ihr hoch, was sonst nicht seine Art war. Doris wechselte rasch ihr Outfit, packte Eiko ins Auto und verließ die schlafende Stadt.

Der Kleinwagen stand auch heute nicht da, wie Doris enttäuscht bemerkte. Wie lange wollte die Hundebesitzerin noch wegbleiben? Hatte sie den Wohnort gewechselt? Oder den Tagesrhythmus? Oder wollte sie ihr einfach nicht mehr über den Weg laufen? Verärgert über die trüben Gedanken an einem so schönen Morgen, eben ging die Sonne auf, knurrte Doris leise vor sich hin. Sie hatte doch wahrlich Grund zum Jubeln, überlegte sie. Eine leidenschaftliche und sehr, sehr heiße Nacht lag hinter ihr, bestimmt würden weitere folgen, dies hatte Cleopatra zumindest versprochen, ehe sie morgens um vier erschöpft eingeschlafen war.

Doris grinste in sich hinein. Wer wen wie lange wachgehalten hatte, ließ sich im nachhinein nicht mehr eruieren, doch das Ergebnis – lediglich eine halbe Stunde Schlaf am Stück – stand fest. Dies würde ein sehr anstrengender Tag werden, seufzte Doris. Der Gedanke an den Papierberg, den sie noch immer nicht bezwungen hatte, verdarb ihr erneut die eben wiedergefundene gute Laune. Sie würde einschlafen, Fehler machen, die Computerprogramme mit unkorrekten Eingaben zum Abstürzen bringen, orakelte sie. Kurse standen heute nur drei auf dem Programm, das sollte zu machen sein, auch wenn Doris jetzt schon das Gefühl hatte, im Gehen einzuschlafen.

Irgendwie kam Doris über die Runden, obwohl sie sich am späten Abend wunderte, als sie endlich zu Hause die Tür hinter sich schließen konnte, wie. Dagmar hatte mindestens fünf Mal angerufen, und eben begann das Telefon schon wieder zu klingeln. »Na, wie war's? Du bist gestern nicht mehr nach Hause gekommen? Jedenfalls habe ich dich nicht erreicht – und ich habe es sogar noch um Mitternacht versucht …«, legte die Freundin gleich los, ohne daß sie Doris gefragt hätte, wie es um ihr allgemeines Befinden stand.

»Mach mal halblang«, bremste Doris. »Ich werde dir alles erzählen ... Nun ja, vielleicht nicht ganz alles, doch dazu solltest du mich erst mal zu Wort kommen lassen.« Sie holte tief Luft und stellte erstaunt fest, daß Dagmar tatsächlich schwieg und wartete. »Also ...« Wieder unterbrach sich Doris, doch Dagmar schwieg noch immer. »Also, wir haben uns getroffen, und irgendwie wollten wir beide dasselbe. Wir haben uns unsere Wünsche erfüllt – bei ihr.«

»Ach, du könntest ruhig etwas mehr ins Detail gehen«, seufzte Dagmar enttäuscht. »Wie sieht sie aus? Wie ist sie so? Und ...«, Dagmar lachte, »kann sie etwas, was andere nicht können?«

»Dagmar, du bist unmöglich. Doch ich werde dir trotzdem verraten, wie sie aussieht: groß, schlank, mit langem, blondem Haar und blauen Augen. Sie ist ziemlich direkt, sie redet nicht um den heißen Brei herum und, du wirst es kaum glauben, sie hat es geschafft, daß ich vor ihr einen Striptease gemacht habe.« Diese Auskünfte sollten der neugierigen Vertrauten genügen, dachte sie. Weit gefehlt. Dagmar wollte mehr, viel mehr wissen. Sie bohrte und hakte nach, bis Doris schließlich doch entgegen aller Vorsätze ziemlich ins Detail gegangen war.

»Ich stelle fest«, faßte Dagmar zusammen, »du hattest sehr guten, intensiven Sex. Ist es das, was du gesucht hast?«

»Ja, natürlich. Was sonst?«

»Vielleicht etwas, das mit G beginnt?«

»Nein, schlag dir das aus dem Kopf. Keine Gefühle, nicht mit mir«, wehrte Doris das absurde Ansinnen heftig ab.

»Nun, Liebste, irgendwann wirst du es merken, glaub mir, Sex allein genügt nicht.«

Diese fruchtlose Diskussion wollte Doris jetzt nicht führen. Zu oft schon waren sie bei diesem Thema aneinandergeraten, ihre Einstellungen zur Liebe lagen diametral auseinander. Nach drei vergeblichen Versuchen gelang es ihr doch, sich von Dagmar zu verabschieden. Ihr Magen knurrte vernehmlich, sie sollte sich endlich ein anständiges Essen gönnen. Sie öffnete den Kühlschrank, doch sein Inneres präsentierte sich ihr leer und sauber.

Das Telefon, nein, das Handy klingelte. Sie suchte nach dem kleinen Ding, das zwar durchaus praktische Seiten aufwies, doch für Doris im allgemeinen eher ein Ärgernis darstellte. Die Num-

mer, die ihr entgegenblinkte, kannte sie nicht. Sie hob ab. »Ja?«
meldete sie sich.

»Bist du's, Lupa?« fragte eine Stimme, die ihr bekannt vorkam.

Lupa? Endlich machte es Klick. »Hallo Cleopatra. Na, ausge-
schlafen?« neckte sie die Anruferin.

»Einigermaßen. Wieso bist du so früh abgehauen? Machst du das
immer so?« fragte Cleopatra indigniert.

»Nein, das hatte nichts mit dir zu tun, aber ich wurde zu Hause
erwartet«, begann Doris zu erklären, aber Cleopatra unterbrach sie.

»Erwartet? Du lebst nicht allein? Hast du mich …«

»Halt. Es ist nicht so, wie du vermutlich glaubst«, intervenierte
jetzt Doris heftig. Hätte sie vielleicht doch von ihrem Hund und
ihrem Beruf erzählen sollen, ehe sie der erotischen Ausstrahlung
der sehr blonden Pharaonin erlag? »Ich habe einen Hund. Er ist es
nicht gewöhnt, so lange allein zu sein«, sagte sie nun.

»Ach so, einen Hund …« Cleopatra lachte. »Nein, das habe ich
nicht vermutet. Aber«, sie machte eine bedeutungsvolle Pause, »es
hat dir gestern nacht gefallen?«

»O ja, natürlich, auf jeden Fall«, beeilte sich Doris zu bestätigen.

»Dann hättest du gegen eine Fortsetzung unseres Verhältnisses
nichts einzuwenden?«

»Ganz und gar nicht. Im Gegenteil.«

»Ich bin gleich bei dir, wenn du mir deine Adresse verrätst.«

Cleopatra gehörte wirklich zur direkten Sorte, dachte Doris, die
sich zwischen Hunger, Schlafbedürfnis und der Aussicht auf eine
erneute, lustvolle – aber wahrscheinlich wieder vorwiegend schlaflose – Nacht in den Armen der Blonden hin- und hergerissen fühlte. Sie entschied für die anstrengendere Variante.

Eiko begrüßte die schlanke Frau, die wenig später an der Tür klingelte, mit Bellen und unwilligem Knurren. Er war über die Störung
überhaupt nicht begeistert, denn das hieß für ihn »Mach Platz,
bleib.«

Cleopatra ging in großem Bogen um den Hund herum, sie schien
einen ziemlichen Respekt vor ihm zu haben, obwohl Doris Eiko
längst auf seine Decke geschickt und zum Schweigen gebracht hatte.

»Er beißt doch nicht?« fragte die sonst so selbstsichere Cleopatra mit unüberhörbarem Zweifel in der Stimme.

»Nein, bestimmt nicht, außer …« Doris konnte sich das Lachen nicht verkneifen, »du kommst mir in unsittlicher Absicht zu nahe.«

»Oh. Aber genau deshalb bin ich doch hier?« Cleopatra wußte offensichtlich nicht, was sie von dieser Situation halten sollte.

»Das war ein Scherz«, beruhigte Doris sie. »Wir ziehen uns ins Schlafzimmer zurück, Eiko bleibt hier.«

Obwohl sich Cleopatra bald schon entspannte, versuchten sie ihr Liebesspiel nicht allzu laut werden zu lassen. Dennoch kratzte Eiko mehrmals an der Tür, winselte und wollte seine Meisterin aus den, wie ihm schien, gefährlichen Händen der Unbekannten retten.

Der Chatroom rückte in den Hintergrund. Doris klinkte sich nur noch sporadisch ein und stellte fest, daß auch Cleopatra seltener darin anzutreffen war. Marone, die sie eigentlich einmal hatte treffen wollen, schien sich ganz zurückgezogen zu haben, ihr Name erschien seit einiger Zeit nicht mehr auf dem Bildschirm.

Cleopatra, Doris wollte ihren wirklichen Namen nicht wissen, kam häufig zu Besuch, doch sie blieb selten über Nacht, da sie sich mit Eiko nicht anfreunden konnte. Eiko gehorchte seiner Meisterin zwar, doch er ließ sich seine Abneigung, die er gegenüber der Blonden hegte, deutlich anmerken. Ihre Beziehung, Doris nannte es der Einfachheit halber so, hatte sich nicht stark verändert. Sie teilten lustvolle Stunden, doch sie unterhielten sich kaum über Themen, die als persönlich bezeichnet werden konnten. Doris verspürte kein Bedürfnis, Cleopatra näher kennenzulernen. Ihr reichte das, was sie von ihr bekam, denn genau das hatte sie ja gesucht. In den Zeiten, in denen ihr die Geliebte nicht zur Verfügung stand, grübelte sie über ihre berufliche Zukunft nach und fragte sich noch immer, wo die Spaziergängerin mit ihrem Schäferhund geblieben war.

Auf der Suche

Eine Frau, die intelligente Gespräche zu führen vermag, die gut aussieht – das war aufgrund der Beschreibung zu vermuten – und Geschmack hat, was Musik, Kunst und Mode betrifft. Lucias Urteil über Starky fiel in allen Bereichen sehr schmeichelhaft aus. Seit einigen Tagen trafen sie sich im separaten Chatroom und unterhielten sich über Gott und die Welt. Sie würde eine gute Freundin abgeben, dachte Lucia, doch eigentlich hatte sie ja ganz anderes mit Starky vor. Es war an der Zeit, in die Offensive zu gehen. »Ich möchte dich gerne persönlich kennenlernen. Was hältst du davon?« fragte Lucia.

»Diesen Gedanken trage ich schon länger mit mir herum, doch ich wollte nicht aufdringlich werden«, lautete die positive Antwort ihrer Chatpartnerin.

Da Starky nicht in Bielefeld sondern in Hamburg wohnte, beschloß Lucia, wieder eine kleine Reise zu unternehmen. Mit einem Hund, Asta gehörte mittlerweile zu ihr wie ihre rote Haarfarbe, gestaltete sich die Herbergssuche allerdings ziemlich schwierig. Endlich wurde Lucia fündig. Die kleine Pension, die sie ausgesucht hatte, lag in der Nähe des Hotels, in dem sie bei ihrem letzten Besuch in der Hansestadt gewesen war. Die Besitzerin, eine freundliche Dame mittleren Alters, war begeistert von Asta, die, als hätte sie geahnt, wie wichtig der erste Eindruck sein würde, sich von ihrer allerbesten Seite zeigte.

Lucia war bewußt einen Tag früher als verabredet nach Hamburg gefahren. Sie ließ Asta in der Obhut der Pensionsbesitzerin zurück und machte sich auf den Weg in die Bar, in der ihr vor wenigen Monaten die Frau ihres Lebens begegnet war – zumindest glaubte sie das. Eigentlich machte sie sich keine großen Hoffnungen auf ein Wiedersehen mit ihr, denn Zufälle dieser Art fielen eher unter die Rubrik *Wunder*.

Langsam trank Lucia ihren Wein, beobachtete die Kundschaft, registrierte, wie sich die Frauen in den Darkroom zurückzogen, und wartete. Die Stunden verstrichen, das Lokal leerte sich. Schließlich mußte Doris die Sinnlosigkeit ihres Vorhabens einsehen. Ich bin eine Idiotin, schimpfte sie sich, die Oberidiotin vom

Dienst. Doris würde nicht auftauchen, weder jetzt noch irgendwann sonst. Vorbei ist vorbei, sagte sie sich und kehrte mit dem Gefühl abgrundtiefer Enttäuschung in die Pension zurück.

Nach dem kurzen Nachtspaziergang mit Asta, die sich in der fremden Stadt noch nicht besonders wohl fühlte, überlegte sich Lucia, wie sie am nächsten Mittag Starky begegnen sollte. Sie wollte die Frau nicht anlügen, doch wenn sie gleich zu Beginn ihres Treffens ihre wahren Absichten offenbarte, bestand die Gefahr, daß Starky absprang.

Die Frau, die in der Nische der Pizzeria saß, schien in ihre Lektüre versunken. Schwarzes Haar, ziemlich kurz geschnitten, zierte ihren oval geformten Kopf. Sie studierte die Karte mit Interesse und runzelte dabei die Stirn. Lucia ging zu ihrem Tisch. Sie wartete, bis Starky den Blick hob, und stellte sich als Marone vor.

»Freut mich sehr, dich endlich live kennenzulernen«, begrüßte Starky sie sichtlich erfreut. Ihre braunen Augen glänzten. Sie bat Lucia, Platz zu nehmen. »Ich hoffe, du hast Hunger?« erkundigte sie sich.

»O ja, riesigen sogar. Ich könnte eine saftige Pizza mit Pilzen vertragen«, erwiderte Lucia erleichtert.

Die Frau gegenüber schien wirklich nett zu sein. Der Kellner trat an ihren Tisch, ehe sie sich weiter unterhalten konnten. Er nahm die Bestellung auf und entfernte sich eilfertig. »Du bist also Starky«, eröffnete Lucia etwas befangen das Gespräch.

Sie fühlte sich gehemmt, denn obwohl die Schwarzhaarige durchaus als reizvoll bezeichnet werden konnte, sah sie in ihr nichts anderes als eine Freundin, die sie zwar kannte, doch – so ihr Gefühl – die sie schon lange nicht mehr gesehen hatte.

Die Teller standen leer vor den beiden Frauen auf der spiegelnden Tischfläche, in den Gläsern wartete der letzte Rest Chianti darauf, getrunken zu werden. Lucia sah sich immer mehr in Bedrängnis. Während des gemeinsamen Mittagessens hatten sie sich über alle möglichen Themen unterhalten, doch den eigentliche Zweck des Treffens zu erwähnen, war bis jetzt von beiden tunlichst vermieden worden.

»Möchtest du ein Dessert?« fragte Lucia in neutralem Tonfall.

»Ja, ich hätte Lust auf eine Nachspeise, aber ich glaube, die, die ich mir vorstelle, wird hier nicht serviert«, antwortete Starky mit dunkler Stimme. Ihre schmale Oberlippe kräuselte sich leicht, als sie lächelte und ein Glitzern in ihre Augen zauberte.

Jetzt wird's heiß, stöhnte Lucia innerlich auf, doch sie konnte nichts dagegen tun, denn Starky hatte bereits den Kellner an den Tisch beordert und die Rechnung bezahlt. Sie stand auf und wartete mit einem eindeutig zweideutigen Grinsen auf Lucia, die beim Anziehen ihres leichten Sommerblousons offensichtliche Mühe hatte.

»Ich wohne nicht weit von hier«, informierte Starky die noch immer unschlüssige Lucia. »Hast du heute noch etwas Wichtiges vor?« Mit fragendem Blick schien sie Lucias Zögern deuten zu wollen.

»Nein, das nicht. Es ist nur, na ja, ich weiß nicht so recht . . .« Lucia führte den Satz nicht zu Ende. Das alles ging jetzt doch ziemlich schnell, und sie fühlte sich nicht in der Lage, ihr Unbehagen zu benennen, denn von dieser Begegnung hing, was ihre beruflichen Ziele anbelangte, einiges ab.

»Ach, du denkst, es ist ja kaum Nachmittag?« Starky lachte. »Marone, wir haben nicht viel Zeit. Du fährst schon bald zurück, und wir wissen beide nicht, wie gut das mit uns läuft. Also wäre es doch sinnvoll, wir würden möglichst bald zur Sache kommen.«

Schon, dachte Lucia, aber zu welcher? Starky war vorangegangen. Nun stand sie vor einem eher häßlichen Gebäude, bei dem mit einem rostbraunen Verputz versucht worden war, die Trostlosigkeit der Hochhausgegend zu übertünchen.

Da muß ich durch, entschloß Lucia sich mit einer Anwandlung von Fatalismus. Sie nickte der Schwarzhaarigen zu, die sie abwartend ansah.

Starky schob die Tür auf und drückte im Flur auf den matt leuchtenden Rufknopf für den Aufzug. Im Lift stellte sich Starky nahe zu Lucia, die beinahe instinktiv einen Schritt zurückgetreten wäre. Das Parfum, das Starky aufgetragen hatte, hing schwer zwischen ihnen. Mit einem besorgniserregenden Knirschen kam der Lift zum Halten.

»Da sind wir«, erklang Starkys Stimme nun etwas unsicher. Sie öffnete eine der vier Türen auf dem Gang und ließ Lucia eintreten.

Die helle, saubere Wohnung überraschte die Besucherin. Sie hatte sich eher ein düsteres Etablissement vorgestellt und fand sich nun in großen, lichtdurchfluteten Räumen wieder, die Starkys Liebe für großflächige, abstrakte Gemälde widerspiegelten. Staunend blickte sich Lucia um.

»Es gefällt dir?« fragte Starky, die hinter sie getreten war. Sie legte ihre Hand auf Lucias Schulter. Langsam drehte sie sie um und blickte in die grünen Augen ... ihre braunen glänzten, kamen immer näher ...

Lucia schloß die Lider und wartete atemlos, bis sie Starkys Lippen auf ihrer Wange fühlte. Das erhoffte Kribbeln blieb aus. Zwar fühlte Lucia, wie sich ihr Puls leicht beschleunigte, doch ansonsten reagierte sie nicht auf die Annäherung.

Starky schien nichts zu bemerken. Ihr Mund wanderte weiter, verteilte sanfte Küsse über das ganze Gesicht und fand schließlich die vollen Lippen. Lucia erwiderte die Berührung, sie kam der forschenden Zunge entgegen, ließ ihre zwischen Starkys Lippen gleiten. Fast kam es Lucia vor, als stehe sie neben sich und könne sich beobachten. Sie sah, wie sie die schlanke Frau umarmte, ihre Hände unter den Stoff der leichten Bluse gleiten ließ, ihren Körper an sie drängte.

Starkys Haut brannte, sie wand sich Lucia entgegen, griff in ihr dichtes Haar und verschlang sie mit heißen Küssen. Dann fuhren ihre Hände nach unten, hoben die Bluse, strichen zielstrebig an den Seiten nach oben und lösten den BH-Verschluß mit einer einzigen Bewegung. Nun kam doch etwas Leben in Lucia. Die forschenden Hände, die ihre Brüste streichelten, weckten ihre Erregung. Die Brustwarzen richteten sich auf, begannen anzuschwellen.

Starky befreite Lucia schnell von ihren Kleidern, schlüpfte aus den eigenen und umarmte sie. Bei der Berührung von Haut auf Haut lief ein Schauern durch Lucia. Sie fühlte ihre Erregung ansteigen. Starky hatte sie nach hinten gedrängt. Nun standen sie vor einem einladend breiten Bett. Will ich das wirklich? fragte sich Lucia. Wenn nicht, mußte sie jetzt sofort abspringen, denn die schlanke Frau geriet immer mehr in Fahrt und war ein paar Minuten später sicher nicht mehr aufzuhalten.

Während Lucia das Für und Wider noch in Gedanken gegeneinander abwog, drückte Starky sie auch schon aufs Bett. Sie legte sich, keinen Widerspruch erwartend, auf den weichen Körper und setzte dessen Erkundung mit ihrem Mund und ihren Händen fort.

Lucia genoß das Streicheln, denn Starky legte eine ungewöhnliche Sanftheit an den Tag, die gar nicht zu ihrem Nickname paßte.

Allmählich rückten Lucias Vorbehalte in den Hintergrund. Sie schloß die Augen und ließ sich verwöhnen. Starkys Berührungen erwärmten ihren Körper. Sie zuckte überrascht zusammen, als die Finger über ihre gereizten Brustwarzen strichen. Die küssenden und saugenden Lippen waren indessen bereits beim Bauchnabel angelangt. In Lucias Bauch begann es zu ziehen, sie fühlte, wie sich zwischen ihren Beinen die Nässe sammelte.

Erleichtert seufzte sie auf. Starky würde nicht bemerken, daß sie nicht ganz bei der Sache war. Entgegen Lucias Befürchtungen ließ Starky ihr genügend Zeit, sich auf sie einzustellen. Starky strich mit der Zunge über Lucias Leisten, kitzelte sie ein wenig. Lucia öffnete die Beine, in ihr war der Hunger nach mehr Leidenschaft erwacht.

Der schwarzbehaarte Kopf tauchte zwischen ihre Schenkel, das Ziehen in Lucias Bauch verstärkte sich sprunghaft bei diesem Anblick. Starkys Zunge strich langsam über die äußeren Lippen, drängte sich ganz wenig dazwischen, kostete von der Nässe. Lucia stöhnte unterdrückt. Als sich der erregende Mund endlich ganz in ihr versenkte, hob sie sich ihm entgegen.

Starky drang vorsichtig in sie ein. Sie erforschte das Neuland, das sich ihr bot, mit Sorgfalt, schien sich die erogenen Punkte zu merken, denn sie kehrte immer wieder zu ihnen zurück und begann, Lucia unaufhaltsam dem Höhepunkt entgegenzustreichen. Die schneller werdenden Stöße ließen Lucia nur noch mühsam zu Atem kommen. Sie gab sich dem Rhythmus hin und hob ihre Hüften auffordernd dem Mund entgegen. Lucia hörte sich keuchen. Sie fühlte, wie Starkys Finger über ihre Klit glitten. Der Krampf überfiel sie so plötzlich, daß Lucia aufstöhnend auf das Bett zurückfiel. Sie zitterte am ganzen Leib, in ihrem Kopf verschwammen Gedanken mit Geräuschen; Empfindungen verloren sich im Getümmel aus Farben und Blitzen, die sie wie ein Fisch auf dem Trockenen nach Luft schnappen ließen.

Nur unwillig löste sich Starky aus dem purpurschimmernden Paradies. Sie legte sich neben Lucia und zog sie in ihre Arme. Ihre Küsse schmeckten bittersüß, ihre Zunge, nun wieder weich und sanft, streichelte leicht über Lucias Lippen.

»Das war schön«, flüsterte Lucia fast erstaunt.

Starkys tiefes Lachen ging ihr unter die Haut. »Was hast du denn gedacht?« fragte sie amüsiert. Sie drehte sich mit Lucia um, schob sie auf sich und strahlte sie von unten belustigt an. »Du bist süß«, stellte sie zusammenhanglos fest und drückte sie an sich.

Lucia konnte nicht anders. Sie erwiderte die leidenschaftlichen Küsse, mit denen Starky sie beglückte. Sie wollte diese Frau schreien hören und – Lucia grinste in sich hinein – sie vorher an den Rand des Wahnsinns treiben. Ihre Hände fanden den Weg zu den kleinen, festen Brüsten, die sie bereits sehnsüchtig erwartet hatten. Mit ihrer Zunge spielte sie an Starkys Ohr, hauchte leicht hinein. Starky stöhnte, Gänsehaut bildete sich auf ihren Armen. Sie lag noch scheinbar entspannt auf der Matratze, doch das würde sich bald ändern, denn Lucia hatte ihre Zunge bis zu den Brüsten wandern lassen ...

Die Nachmittagssonne verlieh dem Schlafzimmer durch die Vorhänge einen seltsam weichen Farbschimmer. Lucia schlug die Augen auf. Im ersten Moment fand sie sich nicht zurecht. Neben ihr lag Starky, die noch immer friedlich und entspannt schlummerte. Sie könnte sich jetzt aus dem Staub machen, einfach gehen und dieses Erlebnis als angenehme Erinnerung ad acta legen. Sie müßte sich vor niemandem rechtfertigen, niemandem eine Begründung für ihr unprofessionelles Verhalten geben. Daß die Aktion, die sie mit Starky gestartet hatte, wirklich nicht fair war, stand fest. Sie hatte sich mit einer Frau vergnügt, die sie zwar mochte, der sie aber die Beweggründe für ihr Tun verschwiegen hatte.

Starky regte sich, sie drehte sich und blickte Lucia direkt in die Augen.

Autsch, zu spät. Lucia spürte, wie heiße Röte ihr Gesicht erglühen ließ.

»Was hast du?« fragte Starky irritiert.

Lucia antwortete nicht, sie fand auf die Schnelle keine passende Ausrede.

Starkys Blick durchbohrte sie. »Du bereust doch nicht etwa, was zwischen uns passiert ist?« hakte die Ältere nach.

Lucia schüttelte heftig den Kopf, sie traute ihrer Stimme nicht, denn, wenn sie ehrlich mit sich war, bereute sie es schon, zumindest im Ansatz.

»Willst du mir nicht endlich sagen, was mit dir los ist?« Starky hatte sich aufgesetzt, es gab für Lucia kein Entkommen mehr.

»Ich glaube, ich bin dir wirklich eine Erklärung schuldig«, seufzte sie. Sie richtete sich jetzt ebenfalls auf, lehnte sich an die kühle Wand hinter ihr. Verzweifelt versuchte sie, sich die Worte zurechtzulegen, die Starky zwar enttäuschen, doch nicht allzu sehr verletzen würden.

Starky wartete, aber ihre fragenden Augen wurden unruhig. »Du lebst gar nicht allein«, vermutete sie jetzt.

»Äh, doch; das heißt, ich besitze einen Hund«, beeilte sich Lucia richtigzustellen. »Es ist nur ... Also, ich meine ...« Lucia schüttelte wieder den Kopf. So wurde das nichts. Sie begann von vorn: »Ich mag dich, Starky. Du bist eine tolle Frau, und ich bin mir sicher, daß jede Menge anderer Frauen das genauso sieht. Nur, ich habe dir nicht die Wahrheit über meine Motive gesagt.« Lucia schaltete einen Gang höher. Sie mußte ihr Geständnis hinter sich bringen, ehe Starky reagieren konnte. »Ich bin freie Journalistin und arbeite an einer Reportage über Chatbekanntschaften. Ich wollte herausfinden, wie das funktioniert, wie sich Menschen im anonymen Raum verhalten, wie sie miteinander umgehen und ob sich daraus auch mehr als ein Flirt entwickeln kann. Ich ... ich –« Nun fehlten ihr doch die Worte.

Starkys Gesicht zeigte eine Palette von Gefühlen. Erst hatten sich ihre Augen entsetzt geweitet, dann verdunkelten sie sich, doch jetzt glitzerte darin ein belustigter Funke auf. »Also schieß los«, sagte sie, »was willst du wissen?«

»Du bist nicht sauer?« fragte Lucia erstaunt, mit allem hatte sie gerechnet, doch diese Reaktion warf sie aus dem Konzept.

»Sauer? Nein, ich bin nicht sauer. Ich bedaure zwar, daß du für mich offenbar nicht zu haben bist, aber diese Hoffnung durfte ich ja auch nicht unbedingt haben, denn was im Chat so alles erzählt wird, kann nicht als bare Münze genommen werden«, erklärte Starky. Sie stand auf, warf sich rasch ein weites Hemd über und schlüpfte in ein paar Jeans. »Laß uns ins Wohnzimmer gehen«, forderte sie Lucia, die noch immer reglos an die Wand gelehnt saß, auf, »das wäre sicher die bessere Umgebung für ein offenes Gespräch und nicht so«, sie unterbrach sich und blickte auf die nackte Frau in ihrem Bett, »erotisch geladen.«

Lora brachte die optimalen Voraussetzungen mit, die es für eine beste Freundin braucht. Über drei Stunden hatten Lucia und Lora, alias Starky, geredet und geredet. Inzwischen kam es Lucia vor, als kenne sie die unabhängige Unternehmensberaterin schon seit ewigen Zeiten. Nachdem die anfängliche Irritation verschwunden war, bombardierte sie Lora mit ihren unzähligen Fragen. Sie fischte den kleinen Kassettenrecorder aus ihrer Handtasche und führte eines der interessantesten Interviews ihrer Karriere. Lora schien keine Berührungsängste zu haben. Die einzige Bedingung, die sie stellte, war, daß ihr Name und auch der Nickname geheim blieben, was Lucia ihr zusicherte.

»Es ist wirklich schade, daß du nicht an mir interessiert bist«, seufzte Lora, doch in ihren Augen funkelte der Schalk.

»Ach, wenn mir langweilig ist, kann ich ja auf dein Angebot zurückkommen«, neckte sie Lucia, dann wurde sie ernst. »Ich weiß nicht, wie's dir geht, doch ich habe den Eindruck, daß wir uns sehr gut verstehen. Ich würde gerne mit dir in Kontakt bleiben.«

Lora nickte: »Ja, aber bitte nicht über den Chatroom.«

Lucia sah auf die Uhr. Sie mußte mit Asta raus, die hoffentlich das Zimmer in der Pension inzwischen nicht in Kleinholz verwandelt hatte. »Hast du Lust auf einen Spaziergang?« fragte sie Lora, die etwas verständnislos die Schultern hob. »Ich muß meinen Hund ausführen und dachte, wir könnten nachher gemeinsam zu Abend essen. Auf meine Rechnung«, fügte sie hinzu, »denn ich stehe tief in deiner Schuld.«

Lora beugte sich nach vorn und gab ihr einen freundschaftlichen Kuß auf die Wange. »Ich lasse mich gerne von dir einladen, doch nicht, weil du mir etwas schuldig wärest. Zwischen Freundinnen sollte es nie so etwas wie Verpflichtung geben.«

Meine Rede, dachte Lucia erleichtert.

Später fragte sie, Asta holte eben einen Stock, den Lucia ihr geworfen hatte: »Wirst du weiterhin dein Glück im Chatroom versuchen?«

Lora nickte. »Gewiß. Auch wenn ich meine Traumfrau vielleicht nicht dort finde, so ist es immer wieder schön, sich mit den unterschiedlichsten Leuten zu unterhalten.« Sie lachte auf: »Und weißt du was? Es kann auch sein, daß sich völlig unerwartete Freundschaften ergeben.«

»Frau Marran, ich glaube, Ihr Hund hat ein Problem.« Die Pensionswirtin blickte Asta besorgt an.

Fragend schaute Lucia in das freundliche Gesicht, sie hatte schlecht geschlafen und verstand nicht, wovon die gute Frau überhaupt sprach.

»Gestern nachmittag habe ich mit Asta einen kleinen Spaziergang gemacht. Ich dachte, wenn ich sowieso zu Fuß unterwegs bin und nicht weiß, wann Sie zurückkommen, könnte ich sie mitnehmen. Es ist ja ein so lieber Hund.« Sie streichelte Asta über den Kopf, die sie treuherzig anschaute. Lucia wartete darauf, daß sie endlich aufgeklärt wurde. »Na ja, im Park ist es dann passiert. Asta hätte einem Labrador fast den Garaus gemacht. Zum Glück hatte ich sie an die Leine genommen, aber sie ist ziemlich stark. Jedenfalls ging sie auf alle Hunde los, die unseren Weg kreuzten, obwohl sich keiner von ihnen aggressiv gezeigt hatte.«

Lucia nickte, das Problem kannte sie wahrlich zu gut. Zwar war sie der Frau dankbar, daß sie sich um Asta kümmerte, aber sie hätte sie wahrscheinlich nicht gebeten, mit ihr spazieren zu gehen.

»Ja, ich weiß. Asta macht das schon, seit sie klein war. Warum, kann ich nicht erklären, denn ich bin in Sachen Hundepsychologie nicht sonderlich bewandert.« Sie schüttelte bedauernd den Kopf. »Es tut mir leid, daß Sie meinetwegen Unannehmlichkeiten hatten«, entschuldigte sie sich.

»Oh, das macht nichts«, beschwichtigte die Pensionswirtin sie, »aber ich denke, Sie müssen mit Asta unbedingt zu einem Fachmann gehen. Jemand, der ihr das austreibt. Wissen Sie was? Mein Bruder hat eine Hundeschule. Vielleicht kann der Ihnen einen Rat geben.«

Sie meinte es gut. Daß Lucia aber in Hamburg in eine Hundeschule ging, war ausgeschlossen. Ihr kam der Aufkleber auf dem Kombi mit der Hundebox, der bei ihrem Morgenspaziergang zu Hause immer neben ihrem Wägelchen parkte, in den Sinn. Lucia dankte der Frau und versprach ihr, sich in Bielefeld sofort um einen Platz in einer Gruppe zu kümmern. Wenn Asta mehr Umgang mit Hunden hätte, dachte sie, würde sie ihr aggressives Verhalten vielleicht ablegen. Ihre Mission in Hamburg war abgeschlossen. Sie verstaute das Gepäck in ihren kleinen Wagen, hieß Asta einzusteigen und verabschiedete sich von der netten Dame, deren Name selbst nach fast drei Tagen zu unaussprechlich war, um ihn sich merken zu können.

Da die sommerlichen Temperaturen anhielten, beschloß Lucia spontan, noch einen Abstecher in die Berge zu machen. Sie rief von unterwegs ihre Eltern an, um sie zu fragen, ob die Hütte frei sei, die sie vor vielen Jahren, Lucia und Heinz waren kaum den Windeln entwachsen, gekauft hatten.

»Aber sicher, Schatz«, flötete ihre Mutter ins Telefon. »Du weißt doch, daß dein Vater und ich nur noch selten dort sind. Der Weg ist zu weit, und eigentlich passiert dort ja auch nichts. Wir unternehmen lieber Fernreisen mit kulturellem Rahmenprogramm.«

Lucia verzog das Gesicht, denn sie erinnerte sich leider noch gut an eine solche Unternehmung, bei der sie ihre Eltern in einer Anwandlung töchterlichen Pflichtgefühls begleitet hatte.

»Aber Schatz«, hörte Lucia ihre Mutter ernst sagen, »du benutzt die Hütte doch nicht etwa als Liebesnest?«

»Nein, nein, bestimmt nicht«, beeilte Lucia sich ihr zu versichern. »Ich habe seit ein paar Monaten einen Hund, und ich glaube, es tut uns beiden gut, mal aus der Stadt herauszukommen.«

»Du hast einen Hund? Aber Liebling, kannst du denn mit Tieren umgehen? Wir haben doch nie welche gehabt.«

Ihre Mutter klang so besorgt, daß Lucia lachen mußte. »Keine Bange, Mutter, wir verstehen uns bestens, und sie wird bestimmt nichts kaputtmachen, ich versprech's.«

Lucias Mutter seufzte, als hätte sie mit ihrer Tochter eine unvorstellbar schwere Bürde zu tragen. »Schatz, ich verstehe dich nicht. Erst die Sache mit den Frauen, dann ein Hund. Findest du nicht, daß du dir dein Leben unnötig kompliziert machst?« Zu diesen Worten schwieg Lucia, es hatte einfach keinen Sinn, mit ihrer Mutter darüber diskutieren zu wollen. »Wirklich Lucia, du solltest dich nur mal richtig umsehen. Es gibt so viele attraktive und gutsituierte Männer, die dich vom Fleck weg heiraten würden. Wieso mußt du so stur sein? Immer schwimmst du gegen den Strom. Dein Bruder, der hat wenigstens ...«

Nun platzte Lucia doch der Kragen. »Mutter«, unterbrach sie sie heftig. »Es hat nichts mit Sturheit zu tun. Und bitte vergleiche mich nicht dauernd mit Heinz. Ich bin glücklich in meinem Leben. Ich will es nicht anders, akzeptiere mich bitte so, wie ich bin.«

Ihre Mutter seufzte noch einmal schwer, doch sie widersprach nicht mehr. Nachdem sie sich noch ein paar Minuten über Alltägliches unterhalten hatten, verabschiedete sich Lucia mit dem gewohnten Gefühl der Erleichterung, das sie nach jedem Telefonat mit ihrer Mutter verspürte.

Ihre Laune besserte sich bald wieder, denn je näher sie den Bergen kam, desto weiter rückten die Kämpfe, die sie in ihrem täglichen Leben auszustehen hatte, in den Hintergrund. Von der Hütte aus telefonierte Lucia kurz mit Zita, um ihr mitzuteilen, daß sie ungefähr zwei Wochen lang nur über Handy erreichbar sei. Zita klang wie immer energiegeladen und ermahnte ihre Lieblingsjournalistin, ihren Auftrag nicht zu vergessen.

Lucia klappte den Laptop zu. Sie reckte ihre steifen Glieder und blickte einmal mehr bewundernd auf die Berggipfel, die rund um sie herum in den endlos blauen Himmel ragten. Asta erhob sich von ihrem Plätzchen, streckte sich ausgiebig und trottete zu Lucia.

»Na, Kleine, was hältst du von einem Spaziergang?« fragte Lucia den Vierbeiner, der wie auf ein Stichwort hin zu wedeln begann und sich übermütig um die eigene Achse drehte.

Lucia lachte, holte die Leine, die sie in dieser Abgeschiedenheit wahrscheinlich nicht brauchen würde, schloß die Hüttentür und machte sich auf den Weg. Sie kannte die Wanderrouten in dieser Gegend wie ihre eigene Hosentasche, da sie als Kind in jedem Urlaub an jedem einigermaßen schönen Tag mit ihrer Familie stundenlang hatte marschieren müssen. Damals empfand sie es als Folter, die dem Gerichtshof für Menschenrechte hätte angezeigt werden müssen, doch heute genoß sie jede noch so kurze Wanderung mit Asta in vollen Zügen.

Die klare Bergluft tat ihr gut, sie lüftete den Kopf aus und verschaffte ihr eine Atempause von der Hektik, die ihre Gedanken befiel, wenn sie arbeitete. Das Chatthema nahm allmählich Formen an, doch Lucia war sich bewußt, daß sie noch immer erst am Anfang der Story stand. Sie hatte einen Aspekt ausgeleuchtet, mit Hilfe ihrer neuen Freundin Lora sogar ziemlich vollständig, wie ihr schien. Nun blieben aber noch die Welten, in denen sie sich nicht so zu Hause fühlte.

Lucia setzte sich auf einen warmen Stein, beobachtete Asta, während sie Jagd auf Eidechsen machte, die sich aber behende vor der feuchten Nase in Sicherheit brachten. Lucia lachte beim Anblick der eifrigen Hündin, die ihre Mißerfolge mit einem kurzen Kopfschütteln wegsteckte und sofort neue Beute aufzustöbern versuchte. Das Gefühl von Ruhe und Frieden konnte Lucia nirgends intensiver spüren als hier oben. Sie atmete tief durch und ließ sich die letzten Monate durch den Kopf gehen.

Eigentlich schien alles in ihrem Leben rund zu laufen. Sie verdiente genug, um sich einen bescheidenen Luxus leisten zu können. Ihre Aufträge waren interessant und in der Regel sogar lukrativ, abgesehen davon hatte sie es gar nicht unbedingt nötig zu arbeiten, denn ihre gutsituierten Eltern hatten den beiden Kindern zu ihrer Volljährigkeit einen stattlichen Teil des Erbes schon ausbezahlt.

»Man soll mit warmen Händen geben«, so die Begründung ihres Vaters.

Trotzdem, irgendwie schien sich etwas verändert zu haben. Sie trug erstmals Verantwortung nicht nur für sich selbst – und sie fühlte sich wohl damit. Was ihr aber die eine oder andere schlaflose Nacht bescherte, war ihr nicht existentes Liebesleben. Seit der kurzen, viel zu kurzen Affäre mit Doris schien ihr Interesse an anderen Frauen nicht mehr vorhanden zu sein. So sehr sie sich auch einredete, daß sie Doris vergessen mußte und daß da ja auch gar nie mehr als Sex gewesen war, es gelang ihr nicht.

Abrupt erhob sich Lucia von dem Stein, der ihr auf einmal kalt erschien, rief Asta zu sich und begab sich auf den Rückweg. Alten Geschichten nachzutrauern machte sie nur melancholisch. Sie mußte nach vorn sehen, redete sie sich ein. Sie hatte eine Arbeit zu erledigen, und – Lucia seufzte ebenso tief auf wie ihre Mutter es zu tun pflegte – wenn es die große Liebe schon nicht gab, so konnte sie sich in einem Chatroom doch wenigstens der Illusion davon hingeben.

An diesem Abend loggte sich Lucia unter dem Namen *Angel* bei den Heteros ein. Sie merkte bald, daß da ein ganz anderer Ton herrschte als bei den Lesben. Die Anzüglichkeiten, mit denen die einen um sich warfen, ließen sie erröten. Dennoch, die meisten schienen ganz in Ordnung zu sein. Die Illusion von Glück aber, soviel stand nach zwei Stunden für Lucia fest, würde sich in diesem Chatroom für eine reinrassige Lesbe, die sie nun mal war, nicht aufrechterhalten lassen.

Ihre Chaterfahrungen kamen ihr zugute. Sie erkannte schnell, mit wem sich ein Kontakt lohnte und wer nur auf Provokation aus war. Als Bimbo sie in den separaten Room einlud, von denen es selbstredend mehrere gab, lehnte sie ab. Sie sei noch zu unerfahren, teilte sie dem virtuellen Verehrer mit, und müsse sich erst mit dieser Art Kommunikation vertraut machen. Bimbo akzeptierte, doch er bestand darauf, daß sie, wenn denn der Tag gekommen sei, sich mit ihm und nicht etwa mit einem Konkurrenten zurückzog.

Lucia grinste vor sich hin. »Tja, mein Lieber, es wird für dich so oder so eine Enttäuschung werden, das kann ich dir mit absoluter Sicherheit versprechen«, erklärte sie dem blinkenden Bildschirm, ehe sie den Computer ausschaltete.

Allmählich ließ die hochsommerliche Hitze auch in der Stadt etwas nach. Lucia, die am späten Abend des Vortags erholt nach Bielefeld zurückgekehrt war, nahm ihren gewohnten Tagesrhythmus wieder auf. Morgens um fünf Uhr weckte Asta sie mit der Zuverlässigkeit eines Schweizer Uhrwerks. Lucia freute sich auf den frühen Morgenspaziergang, denn in den vergangenen Wochen hatte sie bemerkt, daß ihr das morgendliche Ritual fehlte. Sie war gespannt, ob die Person mit Hund noch immer ihre Runden um die gleiche Zeit am gleichen Ort absolvierte. Wenn Asta nicht so unmöglich zu ihren Artgenossen wäre, dachte sie, hätte sie es längst gewagt, eine Begegnung zu provozieren. Vielleicht, so überlegte Lucia weiter, könnte sie mit der Person mit Hund gemeinsam spazieren gehen, das wäre mit Sicherheit spannender, als ein bis zwei Stunden allein durch die Wälder zu ziehen. Aber eben, Asta würde den anderen Vierbeiner anknurren, verbellen und wenn möglich gleich in Einzelteile zerlegen. Lucia mußte sich jetzt, da sie wieder vermehrt mit anderen Hundehaltern und deren Lieblingen konfrontiert würde, unbedingt um ein paar Lektionen bei einem Fachmann bemühen. Hoffentlich stand der Kombi da, sie brauchte dringend die Nummer, die auf dem Aufkleber angegeben war.

Die Spazierwege lagen da, als wäre Lucia nie weg gewesen. Asta tollte herum, ließ sich den Ball werfen, holte ihn tausend Mal. Lucias Herz klopfte ein ganz klein wenig schneller, als sie die Person mit Hund einige Dutzend Meter vor sich um eine Kurve kommen sah. Sie hatte entschieden, daß es eine Frau sein mußte, der Gang, die Figur, die Ausstrahlung, obwohl davon auf Distanz eigentlich keine Rede sein konnte. Sicher war sich Lucia nicht, es handelte sich bei ihrer Einschätzung denn auch mehr um ein Gefühl als um eine sich auf Fakten stützende Erkenntnis.

Lucia rief Asta zu sich, leinte sie an und bog an der nächsten Kreuzung links ab. Die Wälder in Stadtnähe wiesen ein dichtes Wegnetz auf, wofür Lucia schon oft sehr dankbar gewesen war. Der Kombi stand auf seinem gewohnten Platz. Nachdem es sich Asta in dem kleinen Wagen gemütlich gemacht hatte, griff Lucia nach ihrem Notizblock und schrieb sich die Nummer der Hundeschule vom Aufkleber ab.

Zu Hause machte sie sich gleich an die Arbeit, sie mußte noch einige kleinere Artikel für eine überregionale Zeitung fertigstellen. Um neun Uhr griff sie zum Telefon und wählte die notierte Nummer. Enttäuscht lauschte sie der Stimme, die ihr ab Band mitteilte, daß die Hundeschule noch eine Woche geschlossen bleibe. Mist, jetzt hatte sie sich endlich aufgerafft, und nun sollte sie noch eine Woche warten? Lucia fischte das Telefonbuch aus dem Fach unter ihrem Schreibtisch. Sicher gab es noch mehr Hundeschulen. Im Verlauf des Vormittags versuchte sie es bei drei anderen Anbietern von Kursen für Hund und Meister, doch alle hatten Sommerpause. Erst der vierte Anlauf gelang. Der Mann, ein gewisser Dietmar Ebers, schlug ihr vor, gleich am Nachmittag zu einer ersten Einzellektion vorbeizukommen.

Es blieben noch drei Stunden bis zum vereinbarten Termin, also setzte sich Lucia wieder vor ihren Computer und arbeitete weiter. Die Türklingel riß sie aus ihren Überlegungen. Asta raste durch den Flur und bellte, als gäbe es einen Preis dafür. Der Briefträger konnte es nicht sein, denn der hatte heute die Rechnungen schon gebracht. Lucia öffnete die Tür und begrüßte erstaunt Zita, die sie seit dem Frühjahr nicht mehr gesehen hatte.

»Hallo Lucy, was hast du denn da?« fragte Zita mit einem abschätzigen Blick auf Asta, die brav neben Lucia saß und die Besucherin neugierig musterte.

Lucia wußte nicht, was die blonde Chefredakteurin von Hunden hielt, denn sie hatten nie einen Anlaß gehabt, sich über dieses Thema zu unterhalten. »Zita, welche Überraschung«, begrüßte sie die schlanke Frau. »Komm doch rein.«

»Und dieses Vieh hier? Ist es bissig?« Offenbar hielt sich die Begeisterung der Besucherin in Grenzen.

»Asta? Nein, sie ist eine ganz liebe und brave Hundedame, die nur einfach neugierig ist, wer uns so unerwartet besucht«, erklärte Lucia lachend.

Zita betrat das Haus, doch sie fühlte sich anscheinend nicht wohl dabei. »Ich wußte nicht, daß du dir Haustiere hältst. Seit wann bist du auf den Hund gekommen?« fragte sie, setzte sich an den Küchentisch, steckte sich eine Zigarette an und wartete auf den Kaffee, den Lucia wie gewohnt sofort zubereitete.

»Das ist eine längere Geschichte«, begann die Gastgeberin. »Du erinnerst dich an meinen Freund Stefan?« fragte sie. Zita nickte zustimmend. »Er hat sich mit seinem Partner nach Amerika abgesetzt und konnte Asta nicht mitnehmen. Für mich war seine Bitte, den Hund zu übernehmen, eine ziemliche Herausforderung, das kannst du mir glauben, denn so ein Tier macht viel Arbeit und braucht Zeit. Aber seit sie bei mir ist, fühle ich mich viel lebendiger. Ich muß jeden Tag mit ihr an die frische Luft, und das tut mir gut. Und«, Lucia grinste, »ich bin nie mehr allein, denn Asta ist sprichwörtlich treu.«

Die Hündin schien verstanden zu haben, daß über sie gesprochen wurde. Sie stand auf und legte Lucia, die sich mittlerweile gegenüber von Zita am Tisch niedergelassen hatte, den Kopf auf den Schoß, um sich streicheln zu lassen.

Zita lachte, dann schüttelte sie ungläubig den Kopf. »Wer hätte das gedacht. Lucia und ein Vierbeiner. Ich persönlich kann mit Tieren nichts anfangen, weder mit solchen, die an der Leine gehen, noch mit anderen. Ich empfinde selbst das morgendliche Geträller der Singvögel als eine Störung. Doch wenn es dich glücklich macht, bitteschön.« Sie trank einen Schluck Kaffee, drückte die gerauchte Zigarette aus und steckte sich auch schon die nächste an.

Lucia verstand Zita nicht. Sie wußte aber aus Erfahrung, daß dies kein realisierbares Ziel darstellte. Zita war eine wirklich außergewöhnliche Frau, ihre Macken sorgten für Anekdoten, ihre scharfe Zunge für rote Köpfe und ihre Ideen für positive Geschäftsbilanzen.

»Was führt dich zu mir?« fragte Lucia, ohne auf die Aussage der Redakteurin einzugehen.

»Ich war eben in der Gegend und dachte, ich komme schnell auf einen Kaffee, denn schließlich habe ich dich seit ewigen Zeiten nicht mehr gesehen. Wie geht es dir?«

»Ganz gut. Ich bin ziemlich beschäftigt, und wie du jetzt ja weißt, nicht mehr allein« antwortete Lucia schmunzelnd. Sie ahnte, daß Zitas Besuch einen weiteren Grund haben mußte. Prüfend blickte sie die Blonde an und wartete.

Zita rutschte etwas nervös auf dem Stuhl herum, dann sagte sie: »Ich glaube, ich habe einen Fehler gemacht.« Lucia hob erstaunt die rechte Augenbraue. Daß Zita einen Fehler zugab, grenzte an ein kleines Wunder. »Ich habe jemanden kennengelernt. Wir verstehen uns ganz gut, doch allmählich wird mir die Sache zuviel und ich möchte aussteigen«, erklärte Zita.

»Und wo ist das Problem? Wenn ich mich recht erinnere, klärst du deine Frauen zu Beginn einer Affäre über deren Verlauf auf. Hast du im aktuellen Fall Versprechungen gemacht, die du nicht halten kannst?« fragte Lucia.

»Nein, nein«, wehrte Zita ab. »Ich habe ihr gesagt, wie ich zum Thema Beziehung stehe, und sie hat mir zugestimmt. Wir waren beide auf der Suche nach einer Bettgeschichte. Jetzt merke ich aber, daß ihre Gedanken mehr und mehr nicht bei mir sind, wenn wir zusammen schlafen. Ich weiß nicht, wieso mir das soviel ausmacht, denn eigentlich ist sie nach wie vor eine Sensation im Bett, und mir fehlt von daher nichts. Es ist nur ... Ich weiß, daß ich von ihr nichts verlangen darf, das ich selbst nicht zu geben bereit bin, aber ...« Hilflos zuckte Zita mit den Achseln.

Lucia kannte Zita ziemlich gut. Sie ahnte, was der eigentliche Knackpunkt war, doch sie scheute sich, ihn zu benennen. Vielleicht würde es der selbstsicheren Blondine aber gut tun, wenn sie einmal die Wahrheit hörte, überlegte sie. »Ach Zita«, begann sie deshalb, »du bist es gewohnt, daß dich alle für unwiderstehlich halten. Du bist diejenige, die das Tempo bestimmt. Du sagst, wie die Affäre laufen soll, und du bist am Ende die, die geht. Jedenfalls habe ich es noch nie anders erlebt. Daß du damit Frauen unglücklich machst, siehst du zwar, doch es berührt dich nicht. Jetzt scheinst du an eine geraten zu sein, die das gleiche mit dir macht. Sie hat sich nicht in dich verliebt, genau, wie du es gefordert hast.«

Zita hatte während des Vortrags abwehrend die Hände gehoben.

Nun ließ sie sie sinken und nickte schwach. »Ja, du hast recht. Du kennst mich und weißt, daß ich mit Gefühlen nichts anfangen kann. Aber die Frau, mit der ich zusammen bin, gibt mir so deutlich zu verstehen, daß sie nur am Sex interessiert ist, daß ich mir irgendwie benutzt vorkomme. Das ist eine neue Erfahrung für mich.« Zita seufzte.

»Sie schlägt dich mit deinen eigenen Waffen, also mach ihr keine Vorwürfe«, ermahnte Lucia sie. Sie empfand für Zita einen Anflug von Mitleid, doch wenn sie sich vor Augen hielt, wie oft die Blondine schon auf den Gefühlen anderer Frauen herumgetrampelt war, immer mit der Entschuldigung, sie hätte ihnen von Anfang an reinen Wein eingeschenkt, verschwand diese Anwandlung sofort wieder. »Hast du dich in diese Frau denn verliebt?« fragte Lucia neugierig. Das hielt sie für unwahrscheinlich, doch nichts war unmöglich.

Zita überlegte einen Augenblick. Sie schüttelte ihr langes Haar und antwortete: »Nein, das nicht. Ich finde sie toll, doch mit Liebe hat das nichts zu tun. Ich denke nicht dauernd an sie, ich kann gut ohne sie sein, ich will ihren Körper, mehr nicht. Nein, ich habe mich nicht verändert, und ich kann mir auch nicht vorstellen, mit ihr zusammenzuleben, mehr als eine Nacht in ihrer Nähe zu sein.«

Lucia nickte verstehend. »Dann ist es wohl nur verletzte Eitelkeit, Zita, die an dir nagt.«

»Möglich«, antwortete Zita schwach, »aber wie komme ich aus der Sache heraus, ohne das Gesicht zu verlieren?«

»Mach das, was du immer machst: geh einfach«, riet Lucia ihr pragmatisch, denn solche Abgänge sollte sie doch inzwischen bestens beherrschen.

»Nein, diesmal nicht. Ich will, daß sie die Affäre beendet«, warf Zita heftig ein.

»Aber warum? Ihr paßt euer Arrangement doch offenbar, du willst raus, also geh.«

»Nein.« Erneut widersprach Zita. »Ich will einmal die Verlassene sein. Nicht, daß ich an ihr hänge, aber sie soll die Entscheidung treffen.«

Lucia schüttelte bedauernd den Kopf. Konnte jemand Zita verstehen? Sie war so stur wie ein Esel am Berg. »Tu, was du nicht lassen kannst«, seufzte sie. Dann fragte sie: »Hat diese Erfahrung

Auswirkungen auf deinen künftigen Umgang mit Frauen?«

Zita überlegte sich ihre Antwort. »Möglich, ich kann es nicht genau sagen, aber möglich wäre es.« Sie blickte mit einem fast wehmütigen Ausdruck in den Augen auf Asta. »Sie hat übrigens auch einen Hund. Der sieht zwar ein bißchen anders aus, doch für sie stellt er den Lebensinhalt dar. Vielleicht würdet ihr zwei euch verstehen«, schloß sie das Thema ab und wechselte dann zur Reportage über die Chatrooms.

Lucia gab bereitwillig Auskunft über den Stand der Arbeit, doch ihr intimes Erlebnis mit Lora verschwieg sie.

»Na, dann mach weiter so. Ich muß los«, ermunterte Zita sie, die nun wieder ganz in ihrer Rolle als Chefredakteurin aufging. Sie verabschiedete sich und ließ eine etwas verwirrte Lucia zurück, die sich fragte, ob Zita vielleicht doch irgendwann erkannte, daß es auf der Welt mehr als Bettgeschichten gab.

»Komm schon. Das ist doch nicht so schwer. Wenn der Hund nach vorne springen will, reißt du ihn an der Leine mit einem heftigen Ruck zurück.« Dietmars Stimme klang leicht ungeduldig.

Lucia stöhnte stumm. Natürlich hatte er recht. Sie versagte zum x-ten Male bei der gleichen Aufgabe. Asta erhängte sich beinahe an ihrem Halsband, weil Lucia sie nicht bestimmt genug zurückriß. Mußte das sein, diese Gewalt? Lucias Arme schmerzten, ihr Kopf brummte von den Ausführungen des Hundetrainers, der ihr immer und immer wieder einschärfte, daß sie der Chef sein müsse, dem Tier nichts, gar nichts durchgehen lassen dürfe, es wenn nötig mit Gewalt zwingen müsse, ihr zu gehorchen.

»Hör zu«, erklang er schon wieder bestimmt, »du bist viel zu lieb mit der Töle. So wird sie dich nie als Boss akzeptieren. Wir versuchen es jetzt anders. Gib mir mal die Leine. Du nimmst Hektor und gehst ganz nach hinten an das Ende des Übungsplatzes. Komm langsam auf uns zu, wenn ich dir das Zeichen gebe. Ich werde dir demonstrieren, was ich meine.«

Etwas unsicher übergab Lucia die Leine an Dietmar. Sie nahm Hektor, einen Boxerhund, der sie zweifelnd ansah, und ging über den großen Platz.

»Wir schaffen das schon«, beruhigte sie Hektor, obwohl der überhaupt nicht nervös war. Treuherzig blickte er sie an und wartete. Dietmar gab das Zeichen, Lucia setzte sich mit Hektor, der gelangweilt neben ihr hertrottete, in Bewegung. Sie befanden sich fast auf gleicher Höhe, als Asta wie erwartet mit gesträubtem Fell und gebleckten Zähnen nach vorne stürzte. Dietmar riß den Hund derart heftig zurück, daß Asta mit allen vier Pfoten vom Boden gehoben wurde.

»Geh weiter«, zischte der Hundetrainer Lucia zu.

Asta kam japsend auf die Füße, doch sie versuchte sofort, Hektor hinterherzujagen. Wieder flog sie durch die Luft und landete unsanft vor Dietmars Schuhen. Diese Übung wurde so oft wiederholt, bis Asta das Ziehen unterließ und statt dessen am ganzen Körper zitternd neben Dietmar herging. Lucia bezweifelte ernsthaft, daß sie einen so verängstigten Hund wollte.

»Siehst du?« rief der Trainer triumphierend, als sie einander zum dritten Mal ohne Probleme passiert hatten. »Nun kannst du sie übernehmen, und wir machen die Übung umgekehrt.«

Asta schien erleichtert, daß sie Dietmar endlich los war. Beruhigend redete Lucia auf die Hündin ein und streichelte sie.

»Laß das. Sie soll dir gehorchen und nicht dich lieben!« brüllte Dietmar sie an.

Gut, daß er schon ein ziemliches Stück weit weg stand, sonst hätte es Lucia das Gehör verschlagen. Ebenso eingeschüchtert wie ihr Hund wartete sie auf das Zeichen des mächtigen Hundedompteurs, um sich untertänigst in die Höhle des Löwen zu begeben. Asta ging in wenigen Zentimetern Abstand neben Lucia. Als sie auf gleicher Höhe mit Dietmar und Hektor waren, sträubte sie zwar die Nackenhaare, doch sie unternahm keinen Versuch, auf den Hund loszugehen. Erleichtert atmete Lucia aus. Sie würde endlich die Lektion beenden und den Schauplatz der Quälerei verlassen können.

Dietmar funkelte sie zufrieden an. »Na, was sagst du jetzt? Ich habe mein Versprechen gehalten. Der Dietmar bringt jedem Hund was bei.«

Lucia fühlte Übelkeit in sich aufsteigen. Sie nickte vage und fragte in neutralem Ton, wieviel sie dem Trainer schuldig sei. Dietmar nannte einen stolzen Preis, der Lucia fast die Sprache verschlug. Über hundertfünfzig Mark für eine Lektion. Sie zog ihre Geldbörse hervor, bezahlte widerspruchslos und wollte sich schon vom Acker machen.

»Hey, wart doch mal«, rief Dietmar sie zurück. »Wann kommst du zur nächsten Lektion? Es gibt da sicher noch das eine oder andere Kunststückchen, das du deinem Hündchen beibringen könntest.«

Lucias Bedarf an solchen Dietmarschen Kunstkniffen war mehr als gedeckt. Ganz bestimmt würde sie diesen Übungsplatz nie wieder betreten. »Ich bin beruflich sehr eingespannt«, entschuldigte sie sich. »Wenn ich Zeit habe, kann ich mich ja wieder spontan bei dir melden«, schlug sie vor.

»Einverstanden.« Dietmar strahlte sie siegesgewiß an. »Du wirst es nicht bereuen, das versprech' ich dir.«

Lucia winkte zum Abschied. Sie bereute, daß sie überhaupt seine Bekanntschaft hatte machen müssen. In Gedanken gratulierte sie sich dazu, daß sie ihm ihre Nummer nicht gegeben und – darauf war sie besonders stolz – daß sie das Angebot, Asta ein Stachelhalsband anzulegen, abgelehnt hatte. Nein, dieser Dietmar entsprach überhaupt nicht ihrer Vorstellung von einem Hundetrainer. Er zwang dem Tier seinen Willen auf, ohne auf die sensiblen Empfindungen des Vierbeiners einzugehen.

Asta lief hinter Lucia her, sie schien sich von ihrem Schock noch nicht erholt zu haben. »Ach Kleine, es tut mir leid«, entschuldigte sich Lucia bei ihr. »Ich werde dich nie wieder so einem Rüpel überlassen. Wenn wir zu Hause sind, bekommst du eine Belohnung«, versprach sie.

Apathisch lag Asta später auf ihrer Decke, während Lucia wieder arbeitete. Sie schaute immer wieder zu ihrem Hund, doch sie konnte im Moment nichts tun, als ihm seine Ruhe zu lassen. Da Lucia wirklich viel zu tun hatte und die Begegnung mit Dietmar ihr ziemlich zu denken gab, beschloß sie, die Woche abzuwarten und erst dann wieder auf die Suche nach einer Hundeschule zu gehen. Sie hatte bei der notierten Nummer ein gutes Gefühl, denn die Person mit Hund schien anständig mit ihrem Vierbeiner umzugehen. Wahrscheinlich besuchte sie ja auch diese Schule und vielleicht, Lucia lächelte bei diesem Gedanken, würden sie sich doch noch kennenlernen.

Der Abend versprach interessant zu werden. Angel hatte im Chat gleich mehrere Favoriten ausgemacht, mit denen sich ein intensiverer Kontakt lohnen konnte. Neben Bimbo schienen auch Medicus, Flyer und Mogli in Ordnung zu sein. Männer mit Nicknames wie Stecher, Torpedo oder Joystick schloß sie von ihrer Auswahl aus, denn sie vermutete, daß diese ihre Namen nicht ohne entsprechende Hintergedanken ausgewählt hatten.

Heutiges Thema im Chat: Wieviel Mitarbeit muß ein Mann in einem gemeinsamen Haushalt leisten? Die Frauen und Männer argumentierten, so Lucias Erkenntnis, nicht auf der gleichen Basis. Sie redeten aneinander vorbei, während sich Angel aus der ganzen Sache heraushielt. Sie hatte schlicht zu wenig Erfahrung in diesem Bereich. Die Voten der anderen entlockten ihr das eine und andere Grinsen, doch sie schaltete ihren Laptop früher als gewöhnlich ab mit dem Wissen, daß es in einer Heterobeziehung offenbar nicht viel anders zuging als in einer lesbischen. Doch die Probleme – gerade bei der Aufteilung der Aufgaben – schienen schon zu Anfang programmiert zu sein, da die Kommunikationsebene nicht die gleiche war.

Die folgenden Tage vergingen in gemütlicher Einförmigkeit. Asta hatte sich soweit beruhigt, daß sie sich auf den Spaziergängen wieder normal verhielt, was bedeutete, daß Lucia noch immer gezwungen war, einen großen Bogen um andere Hunde zu machen.

Die abendlichen Chats wurden allmählich interessanter. Sie traf sich mit Bimbo im privaten Chat, unterhielt sich ein wenig mit ihm, doch sie kam zu dem Schluß, daß der Mann, der hinter diesem netten Namen steckte, nicht ihre Kragenweite war. Er schien gutsituiert zu sein, sprach davon, daß er eine führende Position im Unternehmen seines Vaters innehatte, und suchte ganz offensichtlich auf diesem anonymen Weg eine Frau, die sich von Geld und Prestige beeindrucken ließ.

Bimbo legte großen Wert auf hausfrauliche Qualitäten, die die Zier einer jeden rechten Frau seien, wie er meinte. Lucia verschluckte sich, als sie diese Zeilen las, an ihrem Kaffee. Nein, so ging das nun doch nicht. Sie fragte Bimbo, ob er eine eigene Wohnung habe. Bimbo verneinte mit vielen Ausrufezeichen. Er wohne in der elterlichen Villa, bis er eine adäquate Partnerin gefunden hätte, dann würde er sich ein eigenes Haus kaufen oder bauen lassen.

Lucia schwante nichts Gutes. »Wie stellst du dir eine solche Partnerin vor?« fragte sie. Bimbo erging sich über mehrere Zeilen hinweg bezüglich der körperlichen Eigenschaften, die seine zukünftige Frau, wie er sie nun ohne Umschweife nannte, aufweisen sollte. Natürlich müsse sie auch etwas Grips haben, betonte er, denn immerhin müsse sie in der Lage sein, zu repräsentieren und Gäste auf Gesellschaften, die offenbar einen fixen Bestandteil des familiären Jahresprogramms bildeten, zu unterhalten.

Natürlich, dachte Lucia zynisch. Sie nahm die Einladung zu einem ersten persönlichen Treffen mit Super-Bimbo nicht an, sondern klinkte sich nach der Versicherung, daß sie seinen Vorstellungen leider nicht entspreche, aus der Verbindung aus.

Es blieben Medicus, Flyer und Mogli, deren Intentionen und Vorlieben Lucia ergründen wollte.

In der Zwischenzeit hatte sie von anderer Seite unerwartete Hilfe für ihre Nachforschungen bekommen. Stefan, der sich in regelmäßigen Abständen bei Lucia meldete, bot ihr in einem Gespräch an, zusammen mit Robert die schwule Seite des Chats zu erforschen. Lucia war froh, sehr froh über diese Unterstützung, denn wie sie sich da hätte zurechtfinden sollen, hatte sie sich erst vage überlegt. Sie fühlte sich in der Sackgasse, wenn sie daran dachte, denn die Verstellung, die für den heterosexuellen Chatroom von ihr gefordert wurde, brachte sie schon an den Rand des Zumutbaren. In einem schwulen Chat aber würde sie sich wahrscheinlich blamieren bis aufs Blut und nach kurzer Zeit hinausgeworfen werden. Lucia bestand darauf, daß sich Stefan einige Punkte, die er abklären sollte, aufschrieb. Sie vereinbarten, Informationen via Mail auszutauschen.

Erleichtert klemmte sich Lucia nach diesem Telefonat wieder hinter ihre Arbeit. Plötzlich geriet ihr ein arg zerknitterter Notizzettel in die Hände. Sie las die Nummer und überlegte, wozu sie die wohl aufgeschrieben hatte. Nach einigem Studieren kam ihr der Vorsatz, mit Asta die Hundeschule zu besuchen, in den Sinn. Die Sommerpause war jetzt bestimmt für alle Anbieter solcher Kurse vorbei. Lucia griff nach dem Hörer und wählte die Nummer. Sie versuchte sich an den Namen der Schule zu erinnern, doch da meldete sich schon eine Frau am anderen Ende der Leitung.

Zweiter Anlauf

Eiko planschte in dem kleinen Weiher herum. Er versuchte nach den im Wasser glitzernden Steinen zu schnappen, die sich zu bewegen schienen. Natürlich bekam er das Bewegliche nicht zu fassen, sondern stieß sich nur schmerzhaft seine Schnauze am harten Grund. Eiko gab nicht auf. Doris, die von einer Parkbank aus das Schauspiel beobachtete, lachte leise vor sich hin. Sie genoß die letzten Sonnenstrahlen des Tages. Es wurde bald Herbst. Das Wetter hatte gewechselt, statt Sonne und Hitze dominierten jetzt Regen und heftige Winde. Wenn zwischendurch die leuchtend goldene Kugel durch die Wolken brach, nützte Doris die Gelegenheit, um mit Eiko die wenigen verbleibenden Urlaubstage auszukosten.

Die ausgeschriebenen Kurse bis zum Winter waren so gut wie ausgebucht. Endlich hatte es Doris geschafft, ihren Papierberg abzutragen, und durfte dabei feststellen, daß ihr kleines Unternehmen eine durchaus positive Bilanz auswies. Trotzdem würde sich, wenn der Andrang weiterhin anhielt, eine Änderung nicht umgehen lassen. Die Frage, in welcher Art diese Änderung stattfinden sollte, konnte Doris noch nicht beantworten. Sie liebte die Unabhängigkeit, die sie in ihrem Einfraubetrieb hatte.

Apropos Frau: die mit Schäferhund war wieder im Land. Vor ein paar Tagen hätte es Doris beinahe geschafft, mit ihr zusammenzutreffen. Doch leider wich die Frau im letzten Moment wieder aus, sie bog gut fünfzig Meter vor ihr rechts in den Wald ab. Schade, dachte Doris, sie hätte sie gerne kennengelernt.

Cleopatra kam ihr in den Sinn. Sie verbrachten noch immer heftige Liebesstunden miteinander, obwohl Cleopatra sich zurückzuziehen schien. Das konnte Doris nur recht sein. Sie genoß zwar den aufregenden Sex mit ihr, doch ansonsten hatte sie mit der Frau nichts gemein. Ihr fehlten das unausgesprochene Vertrauen, die Geborgenheit, irgendwie auch das Romantische, das sie bei anderen gefunden hatte.

Mit Lucy war es einfach gewesen. Da hatte alles gestimmt, obwohl sie sich ja nicht ineinander verliebt hatten. Lucy kam Doris wieder sehr oft in den Sinn. Sie verdrängte die Gedanken an die rothaarige, kurvige Frau und überlegte, welche Augenfarbe die Spaziergängerin mit Schäferhund wohl hatte.

In den Wochen, in denen sie ihre morgendlichen Runden allein hatte drehen müssen, war Doris aufgefallen, daß diese Frau ihre Gedanken bei Tag und Nacht beschäftigte. Wenn sie Cleopatra streichelte, erwischte sie sich immer häufiger dabei, wie sie sich die Unbekannte an die Stelle ihrer Geliebten wünschte. Es beunruhigte sie nicht, denn die Gefahr, daß das tatsächlich einmal der Fall sein würde, bestand nicht. Aber vielleicht sollte sie die Affäre mit Cleopatra beenden, ehe sie sich mit ihr langweilte.

Doris erhob sich, die Sonne war wieder hinter dichten Wolken verschwunden, und die Luft kühlte merklich ab. Eiko kam aus dem Wasser, schüttelte sich und lief gehorsam neben seiner Meisterin her, die eiligen Schrittes ihr zu Hause anstrebte.

»Nicht an der Leine zerren«, ermahnte Doris ihre Schülerinnen und Schüler, »ihr habt Hunde, keine Ochsen, die ihr herumführen sollt.«

Die ersten Stunden mit einer neuen Gruppe brauchten immer am meisten Nerven. Viele Hundehalter schienen zu glauben, daß ihr Liebling auf dem Übungsplatz nur mit Reißen und Anbrüllen zu bändigen wäre. Sie würden schon bald merken, daß der sanfte Weg der Hundeerziehung zwar langsam, dafür aber wesentlich nachhaltiger zum Ziel führte.

Nach einem doch recht anstrengenden Tag kehrte Doris in ihr kleines Büro zurück. Sie hörte ihren Anrufbeantworter ab, schrieb Quittungen für erhaltene Kursgelder und bereitete sich auf eine Einzellektion mit einem Rottweiler vor. Sie wollte den Raum eben verlassen, als das Telefon läutete. Doris hob ab und meldete sich mit dem Namen ihrer Hundeschule.

»Marran. Guten Tag«, begrüßte sie eine Frauenstimme. »Ich wollte Sie fragen, ob in der Hundeschule auch Kurse für schwierige Hunde angeboten werden.«

Doris grinste, gab es denn auch andere? »Selbstverständlich, Frau Marran. Wo liegt das Problem?«

Die Frau am anderen Ende seufzte schwer geprüft: »Sie geht auf ihre Artgenossen los. Reißt an der Leine, bellt, knurrt und würde sie wahrscheinlich tätlich angreifen.«

Leider gehörte solches Verhalten zu den meistgenannten Problemen von Kursteilnehmern. Doris mußte noch mehr von der Hundehalterin wissen. »Wie alt ist ihr Hund? Welche Rasse? Wie lange besitzen sie ihn schon?« fragte sie die Anruferin und griff nach Notizblock und Bleistift.

»Es ist ein Altdeutscher Schäferhund, Sie wissen schon, das sind die mit dem langen Haar«, erklärte Frau Marran.

Doris verdrehte die Augen, natürlich kannte sie die Rasse, wer war sie denn?

»Sie ist etwas über zwei Jahre alt, und ich habe sie von einem Freund, der ins Ausland umgezogen ist, übernommen. Das war im Frühling«, fuhr die Frau fort.

»Hm, über zwei Jahre. Hat der Hund schon einen Kurs absolviert?« erkundigte sich Doris. In diesem Alter sollte ein Vierbeiner mindestens einen Grundkurs in Unterordnung erhalten haben.

»Ja, mein Freund hat mit ihr den *Begleithund 1* gemacht«, gab Frau Marran Auskunft.

Sie schien nicht zu wissen, was das eigentlich bedeutete. Doch Doris nickte anerkennend. *Begleithund 1* war eine gute Voraussetzung für die weitere Arbeit mit dem Hund. Vor allem hieß das, daß der Hund über einen Grundgehorsam verfügte und über die nötige Führigkeit, wie das in der Fachsprache hieß.

»Tja, Frau Marran. Nun ist es leider so, daß die Kurse bis zum Winter eigentlich ausgebucht sind. Da Sie aber sagen, daß Ihr Hund Ihnen wirklich Schwierigkeiten bereitet, wäre es sinnvoll, wenn ich ihn mir mal alleine ansehe. Was halten Sie davon?« fragte Doris.

Die Frau ging sofort auf das Angebot ein. Sie verabredeten sich für den späten Nachmittag. Doris notierte sich die Nummer und den Namen der Anruferin, dann machte sie sich auf den Weg zu ihrem nächsten Kunden, dem Rottweiler, der jede Katze als potentiellen Feind betrachtete und sich weder durch Rufen noch durch Zäune von der Jagd darauf abhalten ließ.

Doris erkannte den Hund sofort. Sie kam eben um das Gebäude, in dem ihr Büro untergebracht war, als sie die Frau mit dem Altdeutschen Schäferhund auf das Gelände treten sah. Doris schnappte nach Luft. Das konnte nicht wahr sein, sie träumte. Sie rieb sich die Augen, doch als sie sie wieder aufschlug, standen die Frau und der Hund noch immer da. Nun lernte sie das Gespann, dem sie jeden Morgen fast begegnete, doch noch kennen. Beim zweiten Blick erkannte sie Lucy. Sie fühlte ihre Knie weich werden. Lucy, die sie so konsequent aus ihren Gedanken verbannt hatte. Das war der falsche Film.

»Du?« hörte Doris Lucy mit ungläubiger, heiserer Stimme sagen.

Lucy schien ebenso überrascht, ja fast schon schockiert zu sein. Sie lehnte sich an den Zaun. Ihr sonnengebräuntes Gesicht hatte eine ungesund blasse Farbe angenommen. Der Hund schaute von seiner rothaarigen Meisterin zu der großen, kräftigen Frau, die mit offenem Mund dastand und keinen Ton herausbrachte. Eiko, der in einer Hundebox vor dem Gebäude untergebracht war, begann zu bellen. Da stimmte etwas nicht, er spürte es. Endlich faßte sich Doris. Sie schüttelte energisch den Kopf.

»Hallo Lucy«, ihre Stimme klang, als hätte sie Schleifpapier verschluckt. »Du bist also die Frau Marran, die mich heute angerufen hat?«

»Ja, das bin ich. Und du bist die Hundetrainerin?« fragte Lucy noch immer ungläubig zurück.

»Hm. Dann wollen wir mal sehen, was sich mit deiner Dame machen läßt. Wie heißt sie eigentlich?« Betont geschäftsmäßig begann Doris mit der Einzellektion. Sie brauchte ihre ganze Berufserfahrung, um die Situation zu meistern, doch sie würde sich gerade vor Lucy keine Blöße geben, schwor sie sich.

Verdammt! Wie konnte das passieren, überlegte sie, als sie Lucy beobachtete, wie sie mit Asta ihre Runden drehte. Die Spaziergängerin, die sie jeden Tag hatte treffen wollen, ging da vor ihr im Kreis, hielt die Leine locker, so wie Doris es befohlen hatte. Die Frau, die ihr wunderschöne Träume bei Tag und bei Nacht bescherte, ließ den Hund sich ablegen und entfernte sich von ihm, wie Doris gesagt hatte. Und wie, fragte sich Doris, kam sie jetzt da wieder raus? Lucy schien sich mit ungefähr den gleichen Gedanken wie Doris zu beschäftigen. Sie wirkte äußerst unkonzentriert, mußte oft nachfragen, was bestimmt nicht an fehlender Intelligenz lag.

Nach einer Stunde gestand Doris sich ein, daß sie Lucy gerne als Schülerin behalten wollte. Sie war nämlich eine gute Schülerin, und ihr Hund wies ein großes Potential auf.

Eigenartigerweise reagierte Asta auf Eiko, den Doris aus der Box geholt hatte, nicht sehr aggressiv. Eiko, der wußte, daß sich auf dem Übungsgelände meist Hunde aufhielten, die anders waren als er, hatte sich Asta vorsichtig genähert. Doris befahl ihm, im Abstand von gut fünf Metern stehen zu bleiben. Dann bat sie Lucy, Asta von der Leine zu lassen.

Lucy blickte Doris zweifelnd an: »Du meinst, das geht?«

Doris nickte nur. Ganz sicher konnte sie nicht sein, denn auch Tiere haben ihren eigenen Willen, doch sie vertraute auf Eikos Feingefühl. Asta rannte, kaum daß sie spürte, daß die Leine sich gelöst hatte, knurrend auf Eiko zu. Sie bellte nicht, und ihr Nackenhaar hatte sich weniger gesträubt als sonst. Eiko wartete, er bewegte sich nicht. Asta, verunsichert über die ausbleibende Reaktion auf ihren Scheinangriff, kam knapp vor Eiko zum Stehen. Sie knurrte zwar noch immer, doch es klang nicht sehr überzeugend. Eiko begann freundlich zu wedeln, er blickte fragend zu Doris. Sie nickte. Eiko machte einen Schritt auf Asta zu, die ängstlich den Schwanz zwischen die Beine klemmte. Sie hatte aufgehört zu knurren. Eiko ging um sie herum, beschnupperte sie. Allmählich schien Asta zu begreifen, daß er sie nicht fressen würde. Sie erwiderte das Begrüßungsritual. Eiko forderte sie auf, zu spielen.

Da Lucy das bei ihrem Hund noch nie erlebt hatte, wandte sie sich fragend an Doris. Doris schüttelte den Kopf. »Jetzt passiert nichts mehr. Die kritische Phase ist überstanden.«

Sie lehnte sich entspannt an den Zaun und sah den beiden herumtollenden Hunden zu, die sich nun prächtig zu verstehen schienen. Lucy stellte sich neben Doris und blickte ungläubig auf das Bild, das sich ihr bot. Damit hatte sie nicht gerechnet.

»Es wird noch einiges an Arbeit brauchen, bis Asta auch anderen Hunden normal begegnet«, durchbrach Doris das angenehme Schweigen zwischen ihnen. »Wahrscheinlich hat dein Hund in seiner Kinder- oder Jugendzeit sehr schlechte Erfahrungen mit anderen Hunden gemacht. Möglicherweise haben sie ihn gepackt oder gejagt. Jetzt, da er erwachsen ist, versucht er sich zu schützen, indem er der erste ist, der angreift und so die anderen in die Flucht schlägt. Auf diese Weise kann ihm nichts passieren. Du hast aber gesehen, daß Asta nicht weiß, wie sie reagieren soll, wenn der vermeintliche Gegner nicht wegrennt. Sie ist weder beißwütig noch aggressiv, sie ist einfach nur zutiefst verunsichert.« Wie ich auch, fügte sie in Gedanken hinzu.

Lucy nickte verstehend. »Und wie geht es jetzt weiter?« fragte sie. Was genau meinte sie damit? »Ich meine, nimmst du uns als deine Schülerinnen an?« konkretisierte Lucy ihre Frage. Als Doris nicht gleich antwortete, fügte sie hinzu: »Oder möchtest du lieber, daß uns jemand anders aus deiner Schule unterrichtet?«

Doris schüttelte verneinend den Kopf. »Es gibt niemand anderen, der dich hier unterrichten könnte. Das ist ein Einfraubetrieb«, erklärte sie Lucy.

Lucys grüne Augen begannen zu strahlen.

»Wir haben aber«, fuhr Doris mit schwacher Stimme fort, »noch ein anderes Problem.« Sie stockte. Lucys Blick ging ihr unter die Haut, das Kribbeln, das sie die ganze Stunde ignoriert hatte, trieb ihr die Röte ins Gesicht.

»Was für ein Problem?« fragte sich Lucy, die Doris beobachtete.

»Der Morgenspaziergang. Du weißt schon, wir begegnen uns jeden Morgen beinahe. Jetzt, da sich unsere Hunde kennen, werden sie sich nicht davon abhalten lassen, sich zu begrüßen«, erklärte Doris. Sie versuchte des Gefühlschaos', das in ihr herrschte, Herr zu werden. Was will ich, fragte sie sich fast verzweifelt. »Wir könnten natürlich von Anfang an gemeinsam auf den Spaziergang gehen«, hörte sie sich sagen.

»O ja, das ist eine gute Idee«, stimmte Lucy sofort zu.

Mist. Doris hätte sich am liebsten selbst eine Ohrfeige verpaßt. Wieso mußte sie Lucy auch noch zum gemeinsamen Spaziergang auffordern? Sicherlich würde sie jetzt denken, daß sie noch an ihr interessiert sei. Doris sah eine Welle von Schwierigkeiten auf sich zurollen. Jetzt konnte sie nicht mehr zurück. Sie wand sich innerlich, als sich mit Lucy für den nächsten Morgen verabredete.

Kurz darauf atmete Doris erleichtert auf. Lucys kleiner Wagen verließ eben das Gelände. Gott sei Dank hatte Lucy sie nicht zu einem Drink oder einem Essen eingeladen. Sie wußte nicht, mit welcher Ausrede sie eine solche Bitte hätte abschlagen können. Lucy schien es gut zu gehen. Sie sah auf jeden Fall blühend aus. Doris war aufgefallen, daß die Kurven etwas weniger geworden waren, die Frau sich bestimmter und sehr geschmeidig bewegte. Ihre grünen Augen hatten sich tief in Doris hineingebohrt, sie glänzten verheißungsvoll, obwohl Lucy ihre Affäre in Hamburg mit keinem Wort erwähnte.

Was wollte sie, fragte sich Doris nicht ganz frei von Verwirrung. Hatte sie Hamburg vergessen oder einfach als abgeschlossen ad acta gelegt? Wollte sie mit ihr eine Freundschaft aufbauen? Oder brauchte sie schlicht ihre fachliche Hilfe bei der Erziehung ihres Hundes? Dafür, sagte sich Doris, hatten ihre Augen aber denn doch zu sehr geglitzert und ihre Stimme am Anfang zu stark gezittert. Nein, ganz bestimmt hatte sie Doris und Hamburg nicht vergessen, ebensowenig wie sie selbst.

»Schatz«, sagte Dagmar am Telefon mit einem Lachen in der Stimme, »du solltest dir überlegen, was du willst, was du erwartest. Zerbrich dir nicht ihren Kopf.« Doris seufzte. Woher sollte sie wissen, was sie wollte? Dagmar lachte noch immer. »Weißt du was, Doris, für mich klingt es, als hättest du völlig unerwartet deine Traumfrau wiedergetroffen, die du verloren glaubtest.« Doris schwieg. »Hab einmal den Mut und steh zu deinen Gefühlen«, forderte Dagmar sie auf.

Das hätte sie nicht tun sollen. Sie benutzte das Wort mit G, mit dem Doris gar nichts anfangen konnte. Sie erwiderte ihrer Freundin heftig, daß sie nicht im Traum daran denke, sich wieder mit Lucy einzulassen. Sie wollte ihre Ruhe haben und außerdem, nun klang Doris triumphierend, war sie ja gar nicht frei.

»Aha, du meinst Cleopatra? Aber hast du nicht selbst gesagt, daß du die Affäre beenden willst?« hakte Dagmar nach.

»Na ja, das hat doch damit nichts zu tun. Selbst wenn ich das mit Cleopatra beende, heißt es noch längst nicht, daß ich dann mit Lucy etwas anfange«, erklärte Doris bissig. Sie beendete das fruchtlose Gespräch. Wieso hatte sie es sich nicht verkneifen können, Dagmar von dem unerwarteten Wiedersehen mit Lucy zu erzählen?

Später im Bett grübelte sie aber trotzdem über Dagmars Worte nach. Konnte es sein, daß sie sich doch ein wenig nach Lucy gesehnt hatte? Daß sie sich vielleicht ein ganz kleines Bißchen in sie verliebt hatte? Bitte nicht, stöhnte Doris. Es hatte so lange gedauert, bis sie über Veronika hinweggekommen war. Nie wieder wollte sie einer Frau so nahe kommen, daß diese sie dann verletzen konnte, nie wieder.

Lucys Auto stand schon auf dem kleinen Parkplatz, als Doris am nächsten Morgen mit Eiko ankam. Sie stieg aus und sah Lucy mit Asta am Waldrand spielen. Lucy winkte ihr zu. Ich sollte ihr zeigen, wie ein Hund richtig apportiert, dachte Doris, die Eiko ohne Leine laufen ließ. Asta kam bellend auf Eiko zugerannt. Eiko blieb stehen, wie er es gelernt hatte, und wartete. In diesem Moment erkannte Asta ihren Spielkameraden und begrüßte ihn freudig.

Doris ging zu Lucy hinüber.

»Guten Morgen«, begrüßte Lucy sie mit strahlendem Lächeln.

Sie sieht wirklich umwerfend aus ... Doris nickte nur. Dann fragte sie: »Welche Richtung?«

Lucy verzog das Gesicht zu einem Grinsen. »Hast du nicht gut geschlafen, oder bist du morgens immer so gut gelaunt?« fragte sie.

Doris schlug den Weg in den Wald ein. Sie fühlte, daß sie errötete, doch sie ärgerte sich auch. Lucy schien diese Begegnung, die doch einen sehr privaten Anstrich hatte, nichts auszumachen. Sie ging neben ihr her, beobachtete immer mit einem Auge ihren Hund, der in kleinem Abstand folgte. Um Eiko brauchte sich Doris nicht zu kümmern, er hielt sich immer in der Nähe seiner Meisterin auf. Vielleicht sollten wir uns über irgend etwas unterhalten, überlegte Doris.

»Machst du das schon lange?« hörte sie Lucy fragen. Was? Doris blickte sie verständnislos an. Lucy lachte jedoch. Sie formulierte ihre Frage anders: »Bist du schon lange Hundetrainerin?« Ach so.

»Ja, schon einige Jahre. Die Schule habe ich seit fast zwei Jahren, vorher war ich als Trainerin in anderen Schulen angestellt«, gab Doris bereitwillig Auskunft.

»Kann man das denn lernen?« Lucy schien sich das nicht vorstellen zu können.

»In gewisser Weise schon. Ich habe nach dem Abi Biologie studiert, doch irgendwie war das alles zu trocken für mich, viel zu viel Fachchinesisch, das mich nicht interessierte. Ich wollte mit Tieren arbeiten, mich mit Tieren direkt beschäftigen, nicht über sie lesen und den Sitz ihrer Organe oder die lateinischen Bezeichnungen für ihre Sinnesorgane auswendig lernen. Also habe ich das Studium abgebrochen. Nach ein paar Jahren, in denen ich wenig erfolgreich von einem Job zum anderen gesprungen bin, begann ich in einer Zoohandlung zu arbeiten, dann in einem Naturhistorischen Museum. Schließlich raffte ich mich auf und machte die Ausbildung zur Tierpflegerin. Bei dieser Gelegenheit lernte ich einen Hundetrainer kennen. Wir hatten zu Hause immer Hunde und Katzen, daher lag es für mich auf der Hand, in dieser Richtung weiterzugehen.«

Lucy blickte Doris staunend an. Sie war es nicht gewöhnt, daß Doris ihr so frank und frei Auskunft gab.

Doris lachte: »Tja, mein Beruf bedeutet mir sehr viel. Ich spreche auch gerne darüber.« Plötzlich kam ihr etwas in den Sinn. »Als wir uns damals in Hamburg begegnet sind, hattest du noch keinen Hund, oder?« fragte sie.

»Nein, das ergab sich erst nach meiner Rückkehr. Ich hätte mir nie einen angeschafft, denn ich hatte überhaupt keine Beziehung zu Tieren. Bei uns zu Hause waren sie nicht geduldet«, antwortete Lucy.

Sie unterhielten sich während des ganzen Spaziergangs in lockerem Ton über ihre Kindheit und Jugend. Lucy erzählte Doris von ihrem Germanistik- und Geschichtsstudium, von ihrer Arbeit als freie Journalistin, doch ihr aktuelles Projekt erwähnte sie nicht. Die Zeit verging viel zu schnell. Die beiden Frauen hatten die morgendliche Runde zwar ausgedehnt, aber jetzt mußten sie an ihre Arbeit zurück. Mit einem Winken verabschiedeten sie sich.

Doris blickte dem Kleinwagen hinterher, der eine Staubwolke aufwirbelte, ehe er um die Kurve verschwand. Sie schüttelte ungläubig den Kopf. Der Spaziergang kam ihr vor wie ein schöner Traum. War sie wirklich zwei Stunden mit Lucy plaudernd durch die Wälder marschiert? Hatten sie sich tatsächlich einen Teil ihrer Lebensgeschichte erzählt? Das konnte doch unmöglich sein, so etwas tat sie, Doris Birger, auf keinen Fall.

Sie erinnerte sich an den heiklen Moment, als sie Hamburg angesprochen hatte. Die Erleichterung, die sie verspürte, als Lucy das Thema nicht vertiefte, war groß gewesen. Dennoch, wieso hatte sie ihre Affäre mit keinem Wort erwähnt? Ließ es sie tatsächlich kalt?

Doris fand keine Antworten, also fuhr sie nach Hause und begann einen weiteren, anstrengenden Arbeitstag. Ihr einziger Lichtblick war die Aussicht auf Lucy, die am späten Nachmittag zur zweiten Lektion kommen würde.

Zwischen Doris und Lucy entwickelte sich tatsächlich eine Art Freundschaft. Allerdings fand Doris, daß sie fast übervorsichtig miteinander umgingen. Sie vermieden beide das Thema Hamburg, auch fragte keine, ob die andere liiert war. Doris freute sich auf den Morgenspaziergang und natürlich auf die fast täglichen Unterrichtsstunden mit Asta. Als Lucy sie zum Abendessen einlud, sagte sie spontan zu.

Doris trug sich schon seit längerer Zeit mit dem Gedanken, die Affäre mit Cleopatra zu beenden. Sie wußte nur nicht, wie frau so etwas bewerkstelligte, denn bisher war auch das immer umgekehrt gelaufen. Doris rief ihre allzeit hilfsbereite Freundin Dagmar an. »Bitte, ich brauche deinen Rat«, flehte sie.

»Kein Problem, Schatz, das kriegen wir schon hin«, beruhigte sie Dagmar. Sie machte Vorschläge, die Doris verwarf, sie diskutierten lange über verschiedene Möglichkeiten, bis Dagmar schließlich meinte: »Sag ihr doch einfach, du hättest eine andere Frau getroffen, die dich mehr interessiert.«

Das entsprach sogar der Wahrheit, dachte Doris, denn Lucy interessierte sie wirklich, auch wenn sie es weder sich noch der unanständig neugierigen Dagmar eingestehen wollte.

Das Telefonat, das sie anschließend mit Cleopatra führte, war nicht besonders würdevoll. Sie verhaspelte sich dauernd und brachte kaum einen grammatikalisch korrekten Satz zusammen. Cleopatra ihrerseits schien nicht allzu enttäuscht zu sein. Sie machte Doris weder Vorwürfe noch versuchte sie ihre Meinung zu ändern.

»Ich wünsche dir viel Erfolg und Glück«, schloß Cleopatra unpathetisch das Gespräch und ließ Doris in ziemlicher Verwirrung am tutenden Hörer zurück.

Nanu, dachte Doris, sie wollte gar nicht wissen, wer die Auserwählte ist, vielleicht kannte sie Lucy ja. Nein, entschied sie, das schien doch eher unwahrscheinlich, denn Lucy war ganz und gar nicht der Typ für einen Chatroom. Sicherlich verfügte sie über Internet, denn in ihrem Job mußte sie notgedrungen vernetzt sein, doch so introvertiert, wie sich Lucy in persönlichen Dingen gab, hätte sie keine Chance, in einem Chat jemanden zu finden. Doris grinste bei der Vorstellung, wie sich Lucy um Anschluß bemühte und dabei versuchte ihre Privatsphäre zu schützen. Doris selbst hatte schon ziemliche Schwierigkeiten gehabt, obwohl sie mit der Wahrheit großzügiger umgehen konnte als Lucy.

Erleichtert gönnte Doris sich einen freien Abend, das bedeutete, sie schaltete den Fernseher ein, der in letzter Zeit nur noch als Staubfänger gedient hatte, und schaute sich einen Krimi mit Miss Marple an. Doris war sehr zufrieden mit sich, sie hatte sich ihre Unabhängigkeit zurückgeholt, obwohl sie die in ihrer Affäre mit Cleopatra nie wirklich aufgegeben hatte.

Das Telefon klingelte. Doris blickte zur Uhr, bald zehn, wer rief so spät noch an?

»Hallo, Schatz, hast du's ihr gesagt?« fragte Dagmar.

»Och, du bist es«, antwortete Doris wenig begeistert, die für einen Moment gehofft hatte, daß es vielleicht Lucy wäre.

»Ist da jemand enttäuscht? Du hast doch nicht etwa jemand anders erwartet?« neckte Dagmar sie.

»Nein, eigentlich nicht. Wen auch?«

»Nun erzähl schon, hast du's hinter dich gebracht?« bohrte ihre Freundin nach.

»Ja, das habe ich, und du glaubst es nicht«, Doris schob eine kleine Pause ein, um die Spannung etwas zu erhöhen, »sie wollte nicht wissen, wer oder wieso. Sie wünschte mir einfach nur Glück.«

»Ist das alles?« fragte Dagmar fast enttäuscht.

»Ja, absolut alles«, bestätigte Doris.

»Na dann«, hörte sie Dagmar frohlocken, »ist der Weg zu Lucy ja frei. Wann wagst du den ersten Schritt?«

»Wieso Lucy? Was soll ich mit ihr?« Doris ärgerte sich, daß Dagmar ihre geheimsten Gedanken erriet, selbst die, die sie für sich selbst noch nicht zu denken gewagt hatte.

»Ach Schatz, du wehrst dich noch immer gegen etwas, das längst offensichtlich ist. Du bist so was von verliebt in diese Lucy, daß ich mich wundere, wieso sie's nicht schon selbst bemerkt hat.« Dagmar lachte und verabschiedete sich von Doris, bevor ihr diese mit einer Schimpftirade den Abend vermiesen konnte.

Sie hat ja recht, und wie sie recht hat, seufzte Doris. Zu Eiko sagte sie: »Was meinst du, wollen wir Lucy und Asta in den engeren Familienkreis aufnehmen?«

Beim Namen *Asta* spitzte Eiko erwartungsvoll die Ohren. Doris lachte über seine Reaktion. Nun blieb die Frage, wie sie sich Lucy nähern sollte. Immerhin hatte sie die Affäre in Hamburg beendet und Lucy klar zu verstehen gegeben, daß sie nichts mehr von ihr wissen wollte.

Nun waren die Karten neu gemischt, und dieses Spiel wollte Doris gewinnen. Sie würde über ihren Schatten springen müssen, denn Lucy, soviel hatte sie begriffen, tat es nicht. Diesmal mußte sie die Initiative ergreifen, auch wenn ihr das überhaupt nicht lag.

Doris hastete durch die Stadt. Im dichten Gedränge von Autos, Bussen und anderen Verkehrsmitteln bevorzugte sie die zweibeinige Fortbewegungsart, denn ihr Kombi war unter diesen Umständen zu unhandlich. Sie hatte es wirklich eilig, in einer halben Stunde sollte sie bei Lucy sein, die etwas außerhalb in einem Einfamilienhausviertel wohnte. Die Suche nach den passenden Kleidern hatte Doris wertvolle Zeit gestohlen. Das Ergebnis würde niemanden vom Hocker reißen, doch es sah wenigstens anständig aus. Die schwarzen Jeans paßten zum cremefarbenen Hemd, das wieder mit ihrem sandfarbenen Haar harmonierte.

Nun fehlte aber noch das Wichtigste. Doris suchte nach einem sinnvollen Mitbringsel, denn mit leeren Händen wollte sie nicht vor Lucys Tür stehen. Spontan hatte sie an einen Strauß rote Rosen gedacht, doch die indirekte Aussage dieser edlen Blume war denn doch zu direkt. Was mochte Lucy? Doris überlegte angestrengt. Sie hatten sich in den vergangenen zwei Wochen über so vieles unterhalten auf ihren langen Spaziergängen, aber über etwaige Vorlieben welcher Art auch immer wußte Doris so gut wie nichts.

Blumen schienen doch die idealste Aufmerksamkeit zu sein, entschied Doris und betrat das Geschäft, vor dem Dutzende bunt blühender Topfpflanzen standen. Wo nehmen die um diese Jahreszeit solche Blumen her, fragte Doris sich zusammenhanglos.

Sie sah sich im Laden um, in dem gerade keine Verkäuferin anwesend zu sein schien. Nein, das war nichts, viel zu bieder ... Sie wandte sich dem nächsten in einem Eimer drapierten Strauß zu – das war wohl eher etwas für den Muttertag – doch auf einmal wurden ihre Augen gefangen. Die Rose schien perfekt. Sie zog Doris' Blick magisch an, die Unterseiten der Blütenblätter erglänzten in zartem Cremeweiß, die Ränder schimmerten rosa. Doris wählte die drei in ihren Augen schönsten Romanticarosen aus.

»Kann ich Ihnen helfen?« Aus dem hinteren Teil des Ladens, der von vorne nicht einzusehen war, kam eine freundlich lächelnde Frau, die sich die Hände an der grünen Schürze abwischte. Etwas

Blumenerde fiel herunter.

Doris hielt ihr die Blumen hin. »Nein, ich hab schon. Können Sie die einwickeln?«

»Selbstverständlich.« Die Frau nahm Doris die Rosen vorsichtig ab. »Eine wundervolle Farbgebung, nicht wahr? Ich liebe sie auch.«

Woher kannte diese Frau Lucy? Dann mußte Doris beinahe laut lachen. Natürlich hatte die Floristin die Blumen gemeint und nicht die Frau, für die sie bestimmt waren.

»Ein bißchen Dekoration?« fragte die Frau jetzt. Sie legte bereits ein paar grüne Zweige auf den Tisch neben die Rosen.

»Ja.« Doris schaute auf den Tisch. »Haben Sie vielleicht noch ein wenig Schleierkraut?«

»Natürlich.« Die Blumenhändlerin drehte sich um und griff danach.

Mit Schleierkraut und dekorativem Grün vervollständigt, wirkte der kleine Strauß sehr exklusiv. Doris bezahlte, und hoch zufrieden mit sich – Lucy würde sich bestimmt freuen – eilte sie zum Bus, der sie an den Stadtrand transportierte.

Astas Gebell klang einschüchternd, doch Doris grinste in sich hinein. Ein Hund, der so vehement seinen Besitz zu verteidigen schien, ging meist sprichwörtlich in die Knie, wenn ihm etwas Unbekanntes begegnete.

»Hey, Asta, ich bin's«, rief Doris. Aus dem Bellen wurde sogleich ein ungeduldiges und freudiges Winseln.

Lucy öffnete die Tür und strahlte Doris an. Sie schien in letzter Zeit ziemlich viel zu strahlen, überlegte Doris noch, während sie schon den Flur betrat. Mit einer kavaliersmäßigen Geste überreichte sie Lucy den kleinen Strauß. Es war ihr fast ein wenig peinlich, und sie wußte nicht, was sie dazu sagen sollte.

Lucys Strahlen verstärkte sich noch mehr. Sie lächelte und fragte: »Das sind *Honoré de Balzac*, nicht wahr?« Honoré was? Wovon sprach Lucy? Nun lachte Lucy laut auf. »Ich meine die Rosen. Die heißen so, wußtest du das nicht?« Sie nahm den Strauß entgegen und drehte ihn bewundernd, um ihn von allen Seiten zu betrachten. »Wunderschön, wirklich Doris. Sie sind wunderschön.«

Lucy freute sich mehr, als Doris zu hoffen gewagt hatte. »Ich kenne mich in Sachen Rosen gezwungenermaßen aus, meine Mutter ist nämlich eine begeisterte Rosenzüchterin. Bei ihr grenzt es schon beinahe an Besessenheit oder Sucht«, erklärte sie Doris, die noch immer etwas verloren im Flur stand und abwesend den Schäferhund streichelte.

»Komm und setz dich, das Essen ist gleich soweit«, forderte Lucy ihre Besucherin auf. Sie führte Doris ins Wohnzimmer und verschwand dann in der Küche.

Im vorderen Teil des Raumes stand ein festlich gedeckter Tisch, auf dem die Kerzen, die in einem dreiarmigen Leuchter steckten, sanftes Licht verbreiteten. Doris gratulierte sich im stillen zu der Zeit, die sie sich zum sorgfältigen Ankleiden genommen hatte. Das hier war nicht einfach ein zwangloses Essen unter Freundinnen, das hier wies eindeutig den Charakter eines Rendezvous auf, eines ziemlich romantischen sogar.

Lucy werkelte in der Küche herum, während Doris noch den Tisch bestaunte. Endlich setzte sie sich auf einen Stuhl und betrachtete die sorgsam gefalteten Servietten. Allmählich wurde ihr doch etwas unwohl. Was führte Lucy im Schilde?

»Du siehst wunderbar aus«, entfuhr es Doris, als Lucy wieder in den Raum trat. Eigentlich hatte sie sagen wollen: »Das riecht wunderbar«, doch Lucys Anblick brachte sie so sehr durcheinander, daß sie den ersten, spontanen Gedanken aussprach. Bewundernd glitten ihre Augen über das kupferfarbene Haar, das in starkem Kontrast zu der dunkelgrünen Seidenbluse stand. Die elegante, karamelbraune Stoffhose rundete das Bild ab.

»Danke«, lächelte Lucy, »du auch.« Ihr Blick, mit dem sie Doris bedachte, trieb dieser erneut die Röte ins Gesicht.

Hoffentlich gibt's eine kalte Platte, noch mehr Hitze ertrage ich nicht, ging es Doris durch den Kopf.

Lucy stellte die Salatschüssel auf den Tisch, drehte sie so, daß Doris das Besteck greifen konnte, und fragte: »Möchtest du Musik hören?«

»Gerne«, erwiderte Doris ohne zu überlegen.

Lucy schien damit gerechnet zu haben, denn schon im nächsten Augenblick erfüllten luftig leichte Saxophonklänge das Wohnzimmer. »Greif zu«, forderte Lucy Doris auf, die froh war, sich irgendwie beschäftigen zu können.

Nach dem Salat, den die beiden Frauen schweigend, jede ihren Gedanken nachhängend, verspeist hatten, trug Lucy Spaghetti Carbonara auf. Sie schmeckten köstlich. Lucy entschuldigte sich aber: »Tut mir leid, daß ich dir nichts anderes anbieten kann. Ich war heute den ganzen Tag unterwegs und kam einfach nicht mehr zum Einkaufen.«

»Was hast du denn geplant gehabt?« fragte Doris entgeistert. Sie hatte noch nie so ausgezeichnete Spaghetti genossen, und nun meinte Lucy, es wäre nicht gut genug?

Lucy schwieg verlegen, sie spielte mit der Gabel, die sie, als sie es bemerkte, verschämt wie ein ertapptes Kind hinlegte. »Ich wollte für dich etwas Besonders kochen«, sagte sie leise.

Doris legte ihre Hand auf Lucys. »Es ist das beste, was ich mir vorstellen kann«, versicherte sie mit Nachdruck. Lucys Hand unter ihrer zuckte, doch sie zog sie nicht weg. Doris strich mit dem Daumen leicht über den Handrücken und fühlte, wie in ihr plötzlich alle Zweifel und Fragen verstummten.

Sie stand auf und zog Lucy vom Stuhl hoch. Ihre Gesichter befanden sich wenige Zentimeter voneinander entfernt. Doris spürte, wie der Boden unter ihren Füßen zu schwanken begann. Sie sah in die grünen Augen, die wie eine kleine, warme Flamme glühten. Lucys Gesichtszüge verschwammen, lösten sich auf, nur das Grün blieb wie ein Feuer, das Doris erwärmte und das Eis in ihr zum Schmelzen brachte. Sie schloß die Augen, ließ geschehen, was geschehen mußte, und – das hätte sie nie geglaubt – sie wünschte sich, daß Lucy sie nie wieder loslassen würde.

Die Lippen, die ihre berührten, waren wie ein zarter Windhauch, doch sie riefen in Doris einen Schauer hervor, der sie erzittern ließ. Der Mund kam zurück, berührte sie sanft und blieb. Doris griff nach Lucy, zog ihren weichen Körper ganz nahe zu sich heran. Sie öffnete ihre Lippen, kam der forschenden Zunge entgegen und begrüßte sie wie eine lang ersehnte Freundin. In Doris gerieten die schmelzenden Eisblöcke in Bewegung, schwemmten ihre Vorbehalte weg. Ihr Puls raste, das Feuer breitete sich aus und fraß sich durch die letzten Barrieren. Von Ferne hörte sie sich keuchen, sie selbst hatte sich verloren in dem Tumult, der in ihr ausgebrochen war. Lucys Umarmung wurde stärker, der Kuß fordernder. Sie nahm Doris die Luft zum Atmen, doch sie wollte es nicht anders.

Sie hatten Asta nicht gehört. Plötzlich sprang die Hündin an Doris hoch. Völlig überrumpelt reagierte sie zu spät und verlor das

Gleichgewicht. Sie stürzte zu Boden, aber sie ließ Lucy nicht los. Der Aufprall war hart, doch er bewirkte, daß Doris' Gehirn sich einschaltete. Sie lag auf Lucy, Asta stand knurrend daneben und schien unschlüssig, was sie als nächstes unternehmen sollte.

Blitzschnell drehte sich Doris mit Lucy um. Die Situation, in der sie sich befanden, war nicht ganz ungefährlich. Aus der wölfischen Perspektive gesehen trugen die beiden Frauen einen Rangkampf um die erste Position im Rudel aus. Asta stellte sich selbstverständlich auf die Seite ihres Leittiers, das sie auch gegen Doris zu verteidigen gedachte.

»Bleib ganz ruhig liegen«, flüsterte Doris Lucy ins Ohr, die sie mit maßlosem Erstaunen anblickte. »Sag ihr, sie soll auf ihren Platz gehen, und dann steh langsam auf.«

Lucy tat, wie ihr geheißen. Immer noch knurrend befolgte Asta den Befehl. Lucy erhob sich, doch Doris blieb liegen. Das endlich überzeugte die mißtrauische Asta vom Sieg ihrer Meisterin, und sie legte den Kopf abwartend auf ihre Vorderpfoten. Doris stand vorsichtig auf.

Lucy grinste etwas unsicher. »Was war das?« fragte sie.

Die Hundetrainerin erklärte ihr die Sache mit der Rangordnung im Wolfsrudel und fügte hinzu, daß Asta sich eigentlich genau richtig verhalten hatte.

»Na toll«, seufzte Lucy. »Und jetzt?«

Das Feuer, das vor wenigen Minuten Doris fast verbrannt hätte, glimmte nur noch schüchtern. Sie war so nah dran gewesen, dachte sie, viel näher als je zuvor mit irgend jemandem. Was sollte sie sagen?

Lucy blickte ihr prüfend in die Augen. Ihr Grün hatte sich verdunkelt, doch der Funke darin war deutlich zu erkennen. »Ich habe ein Bett, das seit sehr langer Zeit auf dich wartet«, flüsterte sie.

Was hatte Doris vorhin über das Feuer gedacht? Es loderte auf, griff gierig nach ihr und jagte ihr die Hitze nicht nur in den Kopf. Unfähig, zu sprechen, nickte sie nur und folgte Lucy durch den engen Flur ins Schlafzimmer.

Doris schloß die Tür hinter sich, eine Hundeattacke reichte ihr. Sie drehte sich um und fand sich in Lucys Umarmung wieder. Sie preßte sich an den sinnlichen Körper, suchte mit ihrem Mund die weichen Lippen ihrer Geliebten. Ein Kuß wie das Universum, schoß es Doris durch den Kopf, als sie in Lucys Zärtlichkeit ertrank. Sie vergaß, was sie als nächstes hatte tun wollen, doch Lucy übernahm jetzt das Zepter. Sie fuhr mit ihren Händen unter Doris' Hemd. Ihre Finger strichen über die warme Haut, auf der sich Schweißperlen bildeten. Langsam glitten sie nach oben, berührten die Brüste, die Brustwarzen, die hart hervorstanden, spielten mit ihnen und ließen Doris atemlos aufstöhnen.

Sie knöpfte Lucys Bluse auf, ließ sie zu Boden fallen, dann öffnete sie den BH. Einen kurzen Moment hielt sie inne. Sie löste sich von dem hungrigen Mund, der ihr das Atmen zusehends erschwerte.

Doris blickte auf die vollen Brüste, deren Warzen sich unter ihren Augen aufrichteten. Sie beugte sich zu ihnen hinab, leckte sanft mit der Zunge darüber. Lucy zuckte zusammen. Sie griff nach Doris' Kopf, drückte ihn in das weiche Fleisch. Doris saugte die Brust in ihren Mund, liebkoste sie mit ihren Lippen, knabberte daran und kniff mit den Zähnen leicht in die Warze. Lucys Stöhnen wurde lauter. Es trieb Doris den Schweiß auf die Stirn, ließ eine heiße Feuerwalze durch ihren Körper rasen. Ihre Hände fanden den Knopf der Hose, zogen den Reißverschluß auf, strichen den Stoff über die runden Hüften und legten sich schließlich auf die zitternden Schenkel.

»Ich kann nicht mehr stehen«, hörte sie Lucy flüstern.

Sacht schob Doris sie nach hinten und drückte sie aufs Bett.

Lucys Hände waren überall. Sie entfernten die letzten, hinderlichen Hüllen, begannen Doris zu streicheln. Lucy schob sich auf Doris. Ihr Kuß, erst zärtlich und sanft, wurde wild und leidenschaftlich. Schwer atmend unterbrach sie ihn, suchte Doris' Blick. »Du hast mir gefehlt, sehr gefehlt«, sagte sie mit heiserer Stimme.

»Ich konnte nicht, es ging einfach nicht.« Doris wußte nicht, was sie sonst auf diese versteckte Liebeserklärung antworten sollte. Ihr war im Moment auch überhaupt nicht nach einem klärenden Gespräch zumute. Sie brannte lichterloh und sehnte sich danach, von dieser Frau mehr als nur berührt zu werden und ebendiese Frau in den Himmel der Zärtlichkeit zu streicheln. Sie griff nach Lucys Kopf, begann ihr Gesicht mit zarten Küssen zu bedecken, bis sie sich wieder zu ihrem Mund vorwagte, der sie entgegen aller Befürchtungen willkommen hieß.

Lucys Hände nahmen ihre Wanderung über den schlanken Körper wieder auf. Sie glitten über die geschwollenen Brüste hinab zum hellen Dreieck zwischen den einladend weit geöffneten Schenkeln. Immer wieder fuhr die eine Hand über die nassen Lippen, während die andere zu den Brüsten zurückgekehrt war. Doris verlor fast die Besinnung, die Schockwellen raubten ihr die Beherrschung und ließen sie wehrlos stöhnen. Ihr Kopf fühlte sich an, als wäre er mit Watte gefüllt, während in ihrem Bauch die lebenswichtigen Kreisläufe vollkommen durcheinander gerieten. Hilflos wand sich Doris unter den streichelnden Händen, unter den Lippen, die ihre Haut entzündeten, unter der Zunge, die ihre empfindlichen Stellen fanden. »Mehr«, stöhnte sie kraftlos, »bitte, mehr ...«

Lucy teilte die geschwollenen Lippen mit ihren Fingern, glitt durch die Nässe und drang tief in Doris ein. Sie streichelte Doris sanft, stieß tiefer, berührte sie so wie niemand vor ihr. Doris hatte ihre Hände in Lucys Haar vergraben. Sie preßte deren Kopf an ihre eigene Brust, schob ihn weiter nach unten. Lucy legte sich zwischen die gespreizten Beine, ließ ihre Zunge über die Innenseiten der bebenden Schenkel fahren. Doris versuchte sich noch weiter zu öffnen.

Endlich ... Lucys Zunge berührte ihre Scham, glitt durch das geschwollene Fleisch. Doris keuchte, hob sich ihr entgegen. Ihre Hüften begannen zu rotieren, stießen heftig nach oben. Lucy beschleunigte ihren Rhythmus, drang tiefer in Doris ein, glitt rasch aus ihr heraus. Ihr Mund saugte sich an der gereizten Klit fest, die Zunge spielte mit ihr, drückte auf sie und leckte dann nur noch ganz sanft darüber. Doris schrie. Sie warf sich gegen Lucy, krallte ihre Hände in das Laken und schrie wieder.

Lucy trank ihren Saft, erregte sie immer wieder neu und ließ sie nicht zur Ruhe kommen. Doris hatte keine Kontrolle mehr über ihren Körper, ihre Stimme und ihren Kopf. Sie wand sich willenlos unter den Berührungen, den Reizen, die Welle um Welle von ekstatischer Leidenschaft in ihr auslösten.

Lucys Streicheln weckte Doris. Sie lag in ihrem Arm, schweißnaß und entspannt. Sie schlug die Augen auf und begegnete Lucys lächelndem, warmen Blick, der sie irgendwo zwischen Brustbein und linker Achsel berührte. Benommen schloß sie ihre Lider. Hier war etwas im Gange, das sie nicht kannte, das sie zutiefst verunsicherte. Das zärtliche, beruhigende Streicheln setzte wieder ein.

»Doris«, murmelte Lucy an ihrem Ohr, »Doris...« Lucy küßte ihr Gesicht, vorsichtig, fragend.

Doris griff nach ihr, zog sie zu sich herab und legte ihre Lippen auf den sinnlichen Mund. Ihre Zunge strich sanft über die vollen Lippen. Der Mund öffnete sich. Lucys leises Stöhnen ließ in Doris die Erregung wieder ansteigen. Sie drehte sich, legte sich auf den weichen Körper. Ihre Hände glitten über die Kurven, erkundeten die leichten Erhebungen und schwelgten in den Vertiefungen. Als sie bei den Schenkel anlangte, öffneten sie sich. Doris legte sich zwischen sie, betrachtete das rotglühende Land, das von ihr erforscht werden wollte. Sie teilte die feuchten Lippen, streichelte sie ganz leicht. Ihre Zunge tauchte ein in die Hitze, die für sie in diesem Moment die Welt bedeutete.

»Ja, Doris...«, stöhnte Lucy abgerissen und holte Doris aus ihrem Traum, in dem sie sich fast verloren hatte, zurück.

Sie begann mit langen Strichen durch die Nässe zu lecken, sie verteilte sie um die Klit, ehe sie sie küßte. Lucy keuchte, hob ihr Becken dem zärtlichen Mund entgegen.

»Bitte, Doris, laß mich«, sie schnappte mühsam nach Atem, »nicht so lange warten!«

Doris stieß in das pochende Fleisch. Lucy war kaum mehr zu halten. Ihre Hüften rotierten rasend schnell. Ihr Unterkörper schnellte nach oben und erstarrte für einen Moment in der Luft. Dann sackte Lucy keuchend auf das Bett zurück. Doris umarmte den zitternden Körper. Sie hielt ihn fest, bewegte sich nicht.

»Ich glaube«, meinte Lucy, nachdem sie nach ihrem kurzen Nickerchen wieder aufgewacht war, »ich werde Asta Spezialhandschuhe stricken.« Sie küßte die irritiert dreinblickende Doris auf die Nase. »Ich möchte nicht nach jedem Orgasmus eine zerkratzte Tür ersetzen müssen«, führte sie ihren Gedanken weiter.

Lucy sah so unwahrscheinlich sinnlich aus, wie sie nackt und völlig entspannt vor Doris auf dem Bett lag. Gut, daß Doris nicht stand, ihr wären die Beine weggesackt.

»Hörst du mir eigentlich zu?« fragte Lucy mit einem nachsichtigen Lächeln auf den Lippen.

»Spezialhandschuhe für Asta. Ja, ja«, erwiderte Doris abgelenkt. Ihr war völlig entgangen, daß die Hündin unablässig an der Tür gescharrt hatte. Asta mußte annehmen, ihre Meisterin wäre in ernsthafter Gefahr. »Wollen wir sie reinlassen?« fragte sie mit wenig Begeisterung. Eigentlich hatte die Nacht doch erst begonnen. Mit dem Hund im Zimmer könnte sie sich eine Fortsetzung der erotischen Experimente aus dem Kopf schlagen.

»Wo denkst du hin?« wehrte Lucy entschieden ab. »Ich habe noch längst nicht genug von dir. Nicht annähernd.« Sie unterstrich ihre Aussage mit einem hungrigen Kuß, von dem Doris heiß und schwindlig wurde. »Ich mußte viel zu lange fasten«, erklärte sie lachend, ehe sie Doris mit überraschender Kraft auf den Bauch drehte. Der Mund, der über ihren Rücken fuhr, hinterließ eine brennende Spur …

»Wie? Du hast was?« Dagmar klang mehr als überrascht.

»Ja, Dagmar, ich habe mich verliebt, und ich habe es ihr gesagt«, bestätigte Doris belustigt. Jetzt hatte sie endlich das in die Tat umgesetzt, was ihre Freundin die ganze Zeit schon von ihr verlangte, aber diese ließ die nötige Begeisterung vermissen.

»Es geschehen doch noch Zeichen und Wunder. Ist die Welt nicht wahnsinnig?« Na also, es ging doch. Natürlich wollte Dagmar alle Einzelheiten wissen. Sie unterbrach die etwas zensurierten Ausführungen ihrer ältesten Freundin mit diversen unartikulierten Lauten, die wohl ihr Erstaunen ausdrücken sollten. »Wann stellst du sie mir vor?« fragte sie, als Doris geendet hatte.

»Nun sei nicht so ungeduldig«, bremste Doris sie. »Ich muß mich erst daran gewöhnen, wieder eine Beziehung zu haben. Und«, sie lachte, »ich möchte dieses Gefühl wenigstens am Anfang ohne deine Kommentare genießen dürfen.«

»Schon gut, schon gut. Ich halte mich zurück, doch ich bin auf deine Traumfrau wirklich gespannt.«

Zu Recht, dachte Doris, aber mit dem Treffen würde sie sich Zeit lassen, sehr viel Zeit. Immer noch lächelnd legte sie den Hörer auf. Sie blickte aus dem Fenster ihres kleinen Büros und sah eben Lucys kleinen Hüpfer vorfahren. Heute war sie früh dran, zu früh für ihre Lektion in Sachen artgerechter Hundehaltung, denn eigentlich hatte Doris sich vorgenommen, den Papierberg abzutragen, der sich wie von Zauberhand errichtet wieder auf ihrem Schreibtisch türmte.

»Du bist schon da?« fragte sie nach einem innigen Begrüßungskuß.

Lucy strahlte übers ganze Gesicht. »Als freie Journalistin nehme ich mir manchmal halt Freiheiten heraus«, lachte sie. »Oh, das sieht aber gar nicht gut aus«, entfuhr es Lucy, als sie den Stapel mit den unterschiedlichsten Papieren hinter Doris auf dem Tisch liegen sah.

»Du wirfst meine Planung durcheinander, Liebste, denn das stand eben auf meinem Programm«, erklärte Doris mit einem Seufzer, der Tote zu wecken vermocht hätte.

»Schade, sehr schade«, murmelte Lucy an ihrem Mund. Ihre Zunge glitt über Doris' Lippen, forderte Einlaß.

Doris stöhnte unterdrückt auf. Sie konnte sich der Leidenschaft, die Lucys Berührungen in ihr weckten, nicht verschließen. »Liebste, bitte …«, wehrte sie sich dennoch halbherzig.

Lucys Hände hatten bereits begonnen, ihr Fleecehemd aufzuknöpfen. Mit der Linken streichelte sie über die warme Haut und rutschte immer weiter nach oben. Wenn sie jetzt auch noch über ihre Brüste, deren Warzen sich schon erwartungsvoll gegen den BH drückten, fuhr, wäre es um ihre Beherrschung geschehen. Im nächsten Augenblick zuckte Doris zusammen. Lucys Rechte war unbemerkt in die Jeans geglitten und strich auffordernd über den Slip.

»Ich will dich jetzt«, keuchte Lucy an ihrem Ohr. »Jetzt sofort!«

Doris lehnte sich an die Wand. Ihre Erregung, die sprunghaft angestiegen war, ließ sie unterdrückt stöhnen.

»Komm, Liebste, komm …«, hörte sie Lucy flüstern. Ihre Finger suchten sich einen Weg in den Slip und strichen zwischen den Beinen hindurch. Doris versuchte sie mehr zu öffnen, doch das war in den engen Hosen nicht möglich. Der Stoff drückte Lucys Hand in ihre Scham. Die streichelnden Finger drangen zwischen die geschwollenen Lippen und stießen tief in Doris hinein. Lucy schob ihr Bein nach vorne und erhöhte den Druck ihrer Hand. Der Raum begann sich drehen. Doris versuchte Lucy näher an sich heranzuziehen. Sie fühlte, wie die Leidenschaft ihr die Kontrolle über ihren Körper entriß. Die Finger in ihr machten sie fast wahnsinnig, sie wollte sie noch tiefer spüren. Lucy massierte sie immer schneller. Mit ihrem Bein gab sie den Rhythmus vor, dem Doris willenlos folgte. Die Welle, die heranrollte, überschwemmte sie so plötzlich, daß Doris mit dem Kopf an die Wand prallte. Sie keuchte. Ihr Gesicht brannte.

Lucy zog langsam ihre Hand aus Doris' Slip, sie leckte sie Finger für Finger mit sichtlichem Genuß ab.

»Himmel, was machst du mit mir?« fragte Doris noch immer atemlos. Aber das dauerte nicht lange. Sie griff nach Lucy und raubte ihr die Luft zum Atmen mit einem Kuß. Dann drehte sie die Rothaarige um, bis sie gegen die bereits stoßgeprüfte Wand lehnte.

»Mußt du nicht arbeiten?« fragte Lucy mit erregter Stimme.

»Oh, du hast recht. Das sollte ich«, antwortete Doris.

Lucy packte ihren Kopf und zog ihn zu sich hinab. »Wehe, du läßt mich hier einfach so stehen«, keuchte sie ihr ins Ohr.

Nein, das hatte Doris nun wirklich nie ernsthaft in Erwägung gezogen. Die Arbeit, das wußte sie aus Erfahrung, würde auch in zehn Minuten oder zehn Stunden noch da sein. Erst nahm sie ›Rache‹, wie im Alten Testament beschrieben, doch an Stelle von ›Auge um Auge, Zahn um Zahn‹ würde es bei ihr ›Orgasmus um Orgasmus‹ heißen, dachte sie nicht ganz frei von ironischem Vergnügen.

»O nein!« stieß Doris hervor. »Das ist nicht dein Ernst!« Sie schaute auf den tiefen Ausschnitt, der Lucys volle Brüste nur sehr notdürftig bedeckte. Das schwarze Top, hauteng und glänzend, würde die Fantasie jeder Betrachterin anregen, dachte sie. Sie fühlte, daß sie errötete.

Lucy lachte sie an. »Aber wieso denn nicht?« fragte sie harmlos. »Sag bloß, es gefällt dir nicht.«

»Doch, natürlich gefällt es mir. Aber das ist ja das Problem«, versuchte Doris zu erklären. Hielt Lucy sie etwa für spießig? »Wir besuchen eine Bar, in der haufenweise einsame Lesben auf einen Lichtblick warten, Schatz. Wenn sie dich so sehen, kann ich wahrscheinlich allein nach Hause gehen, weil sie dich gleich vor meinen Augen abschleppen werden«, schloß sie. Und Dagmar wird die erste sein, die es versucht, fügte sie in Gedanken hinzu. Bei solchen Aussichten würde auch ihre beste Freundin nichts auslassen, da war Doris sich sicher.

»Sagtest du nicht, daß Dagmar seit zwei Jahren in festen Händen ist?« fragte Lucy.

»Das schon, aber bei ihr kann man sich nie wirklich sicher sein. Wenn ihre Susanne nicht dabei ist . . .«

Lucy nickte verstehend. Doris hatte ihr genug von ihrer ersten großen Liebe erzählt. Sie wußte, daß Dagmar zwar das Herz auf dem rechten Fleck hatte, doch daß sie manchmal ihren Impulsen nachgab, ohne sich zu überlegen, wessen Gefühle sie damit verletzte. Dagmar war von der Existenz der einzig großen, wahren Liebe überzeugt. Sie fand sie in Abständen von wenigen Monaten, wenn es hochkam: wenigen Jahren, immer wieder neu.

Lucy griff nach einer Bluse, die sie auf dem Bett bereitgelegt hatte, und schlüpfte hinein. Sie ließ nur die obersten beiden Knöpfe auf, so daß der verführerische Brustansatz vom Stoff verdeckt wurde. Erleichtert atmete Doris auf. So müßte es gehen, dachte sie.

Lucy lachte sie an und drückte ihr einen liebevollen Kuß auf die Lippen. »Schatz, das Top habe ich nur für dich angezogen. Ich würde mich überhaupt nicht wohl fühlen, in einem solchen Aufzug unter die Leute zu gehen«, erklärte sie ihr amüsiert.

»Oh«, das war Doris nun doch peinlich, »das ist auch gut so.« Sie überlegte einen Moment. »Wollen wir wirklich ausgehen?« fragte sie dann betont gleichgültig. »Wir könnten uns doch auch hier einen schönen Abend machen.«

Lucys Schmunzeln wurde breiter. »Liebste, du hast dich mit deiner Freundin verabredet. Du hast ihr versprochen, ihr deine – wie sagtest du? – große Liebe vorzustellen. Sie hat dich seit zwei Wochen belagert, jetzt kannst du sie nicht im letzten Moment hängen lassen. Außerdem«, in Lucys Augen blitzte ein Funke auf, »bin ich neugierig auf Dagmar. Ich möchte gern die Frau kennenlernen, die meine Süße in die Liebe zum schöneren Geschlecht eingeführt hat.«

Doris hob die Hände. »Schon gut, wir gehen ja, aber wir bleiben nicht zu lange, einverstanden?« Sie fühlte jetzt schon, wie ihr Puls sich beim Anblick ihrer rothaarigen Liebsten beschleunigte. Wärme breitete sich in ihrem Körper aus, die zu verzehrender Hitze würde, wenn sie ihre Frau berührte. Schnell griff sie nach ihrer Jacke und verließ die Wohnung. Im Auto wartete sie ungeduldig, bis Lucy, die noch die Schuhe hatte anziehen müssen, einstieg.

»Aha.« Mehr kam nicht über Dagmars Lippen. Sie musterte Lucy eingehend. Ihre Augen blieben an den vollen Brüsten hängen, nach einem tiefen Seufzer glitten sie weiter hinab über die Hüften.

»Hey, kannst du dich vielleicht etwas zusammenreißen?« unterbrach Doris ihre Betrachtung. Sie übertreibt schon wieder, dachte sie ärgerlich, doch sie fühlte sich durch die anerkennenden Blicke ihrer Freundin auch bestätigt. Lucy war wirklich attraktiv. Sie setzten sich endlich an einen Tisch. Nun konnte Doris Lucy auch wieder berühren. Das hatte ihr gefehlt, wie sie überrascht feststellte.

»Ihr zwei scheint euer Glück zu genießen«, meinte Dagmar lächelnd.

»Ja, kann man sagen«, bestätigte Doris einsilbig. Sie fühlte sich nicht ganz wohl bei diesem Treffen, denn ihr Blut war vorhin schon ziemlich stark in Wallung geraten.

»Aber ihr habt euch viel Zeit gelassen«, unterbrach Dagmar ihre Gedanken.

Lucy lachte, sie küßte Doris schnell auf die Wange. »Wir hatten einen etwas unglücklichen Start«, sagte sie vage.

Das wußte Dagmar alles, doch sie hätte das Thema garantiert gern noch etwas vertieft. Doris warf ihr einen Blick zu, der ihr unmißverständlich bedeutete, es nicht zu tun. Dagmar hob seufzend die Schultern und begann Lucy über ihren Beruf auszufragen.

»Sie ist eine Wucht«, erklärte Dagmar ihrer Freundin, als Lucy sich auf die Toilette zurückgezogen hatte. Doris nickte. »Ich kann mich nicht erinnern«, fuhr Dagmar lächelnd fort, »daß du auf Rothaarige mit vollen Brüsten stehst.« Sie blickte an sich herab.

Dagmar konnte man beim besten Willen nicht als vollbusig bezeichnen, auch rothaarig stimmte nicht, denn Dagmar, ursprünglich brünett, wechselte die Haarfarbe im Rhythmus der Jahreszeiten.

»Ach, weißt du, wenn frau sich das erste Mal mit einer Frau einläßt, spielen solche Äußerlichkeiten nur eine untergeordnete Rolle«, erklärte Doris lachend. Damals hatte sie wirklich nicht auf solche Nebensächlichkeiten geachtet. Sie hatte sich in Dagmar verliebt, hatte ihre Zärtlichkeiten angenommen, nicht mehr und nicht weniger. Daß sie Dagmar noch immer sehr mochte, bewies die Freundschaft, die seit ihrer Affäre, die nicht lange gedauert hatte, bestand. Zwischen ihnen gab es keine unausgesprochenen Dinge, keine Verletzungen.

»Es war schön mit dir«, lächelte Dagmar versonnen, ihre Gedanken hatten wohl die gleiche Reise gemacht. »Australien ...«, sagte sie schwärmerisch.

Doris grinste. »Kannst du dich noch an das Gesicht meiner Eltern erinnern, die uns am Flughafen abholten?« fragte sie.

Dagmar nickte. »Du fliegst mit deinem Freund nach Indien und kommst ein halbes Jahr später mit einer Frau an deiner Seite aus Australien zurück.«

»Den Schock haben sie eigentlich recht schnell überwunden«, faßte Doris zusammen. »Sie waren nicht begeistert, doch sie mochten dich.«

Dagmar griff nach Doris' Hand. »Ich habe dich wirklich sehr gern gehabt, Doris, aber ich glaube, es war einfach nicht die richtige Zeit für uns.«

Doris sah, wie Lucy sich dem Tisch näherte. »Ich habe dich auch geliebt. Aber irgendwie ging es vorbei. Ich hoffe nur, daß es diesmal bleibt.«

Mit ihrem Augen folgte sie der Rothaarigen, die durch den Raum auf sie zukam. Dagmar lehnte sich lächelnd zurück. »Wenn ich euch beide ansehe, dann glaube ich, ihr habt das große Los gezogen«, sagte sie im Brustton der Überzeugung.

»Nun, alle Geheimnisse besprochen?« fragte Lucy, die mittlerweile angekommen war. Sie setzte sich neben Doris, die sie schnell küßte.

Dagmar grinste. Dann gähnte sie. »Ich muß nach Hause. Susanne wartet bestimmt schon«, informierte sie die beiden Verliebten.

Dankbar nickten die zwei. Ihnen stand der Sinn auch weniger nach lauer Unterhaltung. Doris sah sich vor ihrem inneren Auge ein tief ausgeschnittenes Top streicheln, dann würde ihre Hand darunterfahren ...

Doppeltes Spiel

Lucia klappte den Laptop zu. Sie streckte die steifen Gliedmaßen und rief nach Asta, die aber bereits neben ihrem Stuhl stand. »Was hältst du von einem erfrischenden Spaziergang in eisig kalter Nacht?« fragte sie die Hündin.

Asta raste durch den Flur zur Tür und drehte sich schwanzwedelnd um ihre Achse. Ungeduldig kam sie zu Lucia zurück, die nach ihren gefütterten Schuhen suchte. Es herrschte seit Tagen klirrende Kälte, was angesichts der Jahreszeit durchaus angebracht war, doch ein winterliches Empfinden wollte sich bei Lucia trotzdem nicht einstellen, dazu fehlte der Schnee.

Asta machten die Minustemperaturen nichts aus. Sie freute sich über die Bewegung, versuchte ihre Meisterin zum Stöckchenwerfen zu animieren und brachte ihre Beute anschließend formvollendet zurück. Das Apportiertraining zahlte sich aus. Die regelmäßigen Unterrichtsstunden bei Doris zeitigten respektable Ergebnisse. Asta war sicherer geworden, sie mußte andere Hunde nicht mehr präventiv angreifen und unterließ meist auch das bedrohliche Knurren. Sicher hing das auch mit Eiko zusammen, der ihr das richtige Hundeverhalten vorführte. Es klappte nicht immer, aber wenn es zu einem Zwischenfall kam, lief der glimpflich ab. Lucia hatte gelernt, wie sie mit Asta in solch heiklen Situationen umgehen mußte, und sie war dabei, delikate Situationen schnell und richtig einzuschätzen zu lernen.

Doris predigte ihr in jeder Lektion und auf jedem gemeinsamen Spaziergang das gleiche: »Du mußt reagieren, ehe der Hund überhaupt merkt, daß etwas im Anzug ist. Wenn dir das nicht gelingt, versuch Asta bei dem, was sie zu tun im Begriff ist, zu unterbrechen.« Das hörte sich einfach an, war aber ziemlich kompliziert, da der Schäferhund Energie für zwei hatte.

Heute mußte Lucia allein durch die menschenleeren Parks marschieren, denn Doris hatte sich in ihre Papiere vergraben. Der Jahresabschluß für ihr kleines Geschäft stand an, und die Buchhaltung war seit längerer Zeit nur noch halbherzig geführt worden. Lucia versuchte Doris für ein neues Ordnungssystem zu begeistern. Sie vertrat die Ansicht, daß die ganze Rechnerei mit entsprechenden Computerprogrammen überhaupt kein Thema mehr sei, doch Doris tat sich noch ziemlich schwer damit. Sie sei nicht der Typ für die Tasten, meinte sie. Ihr Talent lag beim direkten Umgang mit Tieren, sofern es sich dabei nicht um Papiertiger handelte.

Lucia seufzte auf. Sie würde Doris in den nächsten Tagen nur selten zu Gesicht bekommen – in ihrem Bett müßte sie sowieso alleine schlafen. Wie sehr sie sich in den vergangenen Wochen an die Gegenwart von Doris in ihrem Haus gewöhnt hatte … Asta bekam zwar manchmal noch Eifersuchtsanfälle, doch sie wurden weniger. Eiko, Astas bester Freund und Spielpartner, begleitete seine Chefin meistens und lenkte die Hündin ab. Glücklicherweise war von beiden kein Nachwuchs zu erwarten, denn eine Schar von Malinois-Schäferhund-Welpen hätte ihr eh schon dicht gedrängtes Tagesprogramm doch sehr belastet.

Die Recherchen zum Chatroom-Artikel waren beinahe abgeschlossen. Lucia hatte die sprachliche Seite der Geschichte mit Hilfe ihres Vaters aufgearbeitet. Bei der Erinnerung an die Abende, an denen sie zusammen über den Zeichen, Kürzeln und spaßigen Wortschöpfungen gebrütet hatten, stieg ein Lachen in Lucia auf.

Ihre Mutter, einst strengste Haustiergegnerin, übernahm die Aufsicht über Asta. Sie spielte mit ihr, fragte, ob sie mit ihr spazieren gehen dürfe und hatte immer etwas Leckeres für ihren Lieblingshund in der Tasche. Allmählich bröckelte die Fassade der perfekten Hausherrin, die für ein keimfreies Wohnparadies garantierte.

Ihr Vater, erst sehr skeptisch, was den Wert von Lucias Recherchen betraf, vertiefte sich schon nach der ersten Sichtung des Materials in die Wörter. Er fing Feuer, begeisterte sich noch mehr als Lucia für das Thema und lieferte ihr dank seines Fachwissens eine Fülle wertvoller Hinweise, Deutungen und Hintergründe.

Stefan und Robert hatten ihr Versprechen eingehalten. Ihre Mails wurden immer länger, in denen sie von schwulen Chatbekanntschaften berichteten. Lucia gratulierte sich zu ihren Freunden. Allein hätte sie in diesem Chatroom bestimmt eine jämmerliche Schlappe erlitten. Der dort herrschende Ton, Stefan hatte ihr einige Zitate mitgeschickt, entsprach ganz und gar nicht ihrem eher zurückhaltenden Naturell. Robert, der bei den Chats seines Liebsten immer mit von der Partie war, betrachtete die Sache etwas kritischer als Stefan. Er schätzte gute Umgangsformen und hatte deshalb mit gewissen Chatpartnern erhebliche Schwierigkeiten. Lucia konnte die Erfahrungen der beiden gegensätzlichen Männer sehr gut zu einem Bild zusammenfügen, das auch für Nichtschwule interessant sein würde.

Was Lucia im Moment am meisten Kopfzerbrechen bereitete, war ihr eigenes Engagement im Chatroom der Heteros. Sie hatte, seit sie mit Doris mehr als Höflichkeiten austauschte, ihre Besuche drastisch reduziert. Ihre Verehrer, die sie bei der Stange halten mußte, vertröstete sie immer und immer wieder im Wissen, daß sie Gefahr lief, sie an willigere Frauen zu verlieren.

Jetzt schien die Gelegenheit günstig, endlich ein Treffen mit einem der übriggebliebenen Anwärter zu vereinbaren. Ihr Favorit war nach wie vor der Medicus. Angel loggte sich ein. Sie nahm eine Weile am allgemeinen Meinungsaustausch zum Thema *Anbaggern in der Disco* teil und checkte dabei, wer heute für sie interessant sein könnte. Medicus glänzte durch Abwesenheit, doch Mogli wollte offenbar auffallen, denn seine Mitteilungen wiesen einen ziemlich provokativen Unterton auf.

Schließlich fragte Flyer, der sich kaum geäußert hatte, ob Angel sich mit ihm im Séparée treffen würde. Na endlich, dachte Lucia, jetzt geht's los. Flyer stellte sich als Mittdreißiger vor, der bei einer Firma für Kopiergeräte arbeitete. Sein liebstes Hobby war das Bauen von Modellflugzeugen, weshalb ihm der Nickname Flyer passend erschien. Angel unterhielt sich knapp eine halbe Stunde mit dem Mann. Sie wollte kein Treffen vorschlagen, das sollte bitte schön der Gentleman übernehmen, der aber kam offenbar gar nicht erst auf die Idee. Lucia schaltete ihr Gerät etwas enttäuscht ab, doch sie würde am nächsten Abend wieder im Chat sein, und vielleicht konnte sie Flyer dann in die gewünschte Richtung lotsen.

Zita überflog die Seiten, auf denen das bisherige Ergebnis von Lucias Bemühungen säuberlich in enger Schrift zusammengefaßt stand. »Alle Achtung«, sagte sie anerkennend, »du übertriffst meine Erwartungen. Daraus können wir wirklich eine Serie machen. Jetzt fehlt nur noch die Hetero-Seite.«

Lucia nickte. »Ich bin dran. Es wird nicht mehr lange dauern, dann hältst du auch das in Händen«, versprach sie.

Zita hob erst den Blick, dann fragend die Augenbrauen und griff nach ihrer Zigarette, die bis zu diesem Zeitpunkt vergessen im Aschenbecher vor sich hingeglimmt hatte. »Schätzchen, was ist mit dir los?«

Lucia überlegte fieberhaft, was die Redakteurin meinen könnte. Hatte sie ihre Frisur verändert? Sah sie übernächtigt aus? Stimmte etwas mit ihrer Kleidung nicht?

Zita lachte über das angestrengte Gesicht ihrer Lieblingsjournalistin. »Nein, nein. Du siehst toll aus«, beruhigte sie Lucia. »Ich würde sogar behaupten, du siehst umwerfend aus. Könnte dies einen besonderen Grund haben? Einen mit zwei langen Beinen, weichen Lippen, vollen Brüsten . . .?«

Lucia errötete. Sah man ihr ihre Verliebtheit wirklich so deutlich an? »Ähm, ja«, gestand sie zögernd. Sie war mit Doris jetzt schon einige Wochen zusammen, doch sie verspürte kein Bedürfnis, dies all ihren Bekannten zu erzählen. Gut, ihren Eltern hatte sie es nicht verschweigen können. Ihre Mutter hatte das Leuchten in den grünen Augen bemerkt und sie hoffnungsvoll gefragt, ob sie einen netten Mann kennengelernt habe. Die nachfolgende Diskussion war wie so oft zuvor absolut fruchtlos gewesen.

Lora, mit der sie nach wie vor in regem telefonischem Kontakt stand, hatte sie von ihrem Glück natürlich ebenfalls berichtet. Sie vertrat die Meinung, daß gerade Lora das Recht hatte, zu erfahren, weshalb sie bei Lucia nie auch nur den Hauch einer Chance erhalten hatte.

Doch nun kam Zita und wollte von ihr Einzelheiten wissen. »Rück schon raus damit«, bohrte die Blonde. »Ich liebe Liebesgeschichten, obwohl ich nach wie vor glaube, daß Liebe nicht existiert.«

»Was macht es dann für einen Sinn, dir von ihr zu erzählen?« fragte Lucia.

Zita zuckte mit den Schultern und zog an ihrer Zigarette.

»Na, gut«, gab Lucia nach. »Sie ist groß, ziemlich stark, aber dennoch schlank. Sie ist selbständig und führt eine Schule. Sie ist, was ich mir erträumt habe: zärtlich, verständnisvoll, wild, unabhängig, zuverlässig, manchmal verletzlich, sanft . . .«

»Stop«, unterbrach Zita sie lachend. »Ich sehe, deine Frau könnte eine Mißgeburt sein, du würdest sie in den schillerndsten Farben beschreiben. Dich hat's ja wirklich erwischt.«

»Ja«, seufzte Lucia mit verträumtem Blick gegen die Decke, »mich hat's erwischt. Und wie. Aber, Zita, du hattest doch auch was am Laufen? Was ist denn aus deiner Affäre geworden?«

Zita stand auf und öffnete das Fenster, um den Qualm aus dem Zimmer schweben zu lassen. Sie lächelte und sagte: »Das ist vorbei. Gott sei Dank. Du weißt, ich wollte aussteigen. Kurze Zeit später hat die andere mich endlich entlassen. Sie sagte, sie hätte jemanden kennengelernt und wolle mich darum nicht mehr treffen. Seither habe ich sie weder gehört noch gesehen. Ich denke, sie ist weg und zwar für alle Zeiten.«

»Glück gehabt, Schwerenöterin«, kommentierte Lucia Zitas Ausführungen.

Zita nickte. »Ja, ich wollte nämlich wirklich nicht mehr einfach nur die nette kleine Bettgeschichte sein, die nach allem anderen, nach Job, Hund, Freundschaften, Familie und was weiß ich was, kommt.« Dies war nun doch eine für Zita ungewöhnliche Aussage.

»Kann es sein, daß du vielleicht nach einer Beziehung suchst?« fragte Lucia vorsichtig.

Statt in die Luft zu gehen, wie Lucia es erwartet hatte, überlegte Zita lange. »Ich glaube nicht. Aber irgendwie bin ich mir nach der Geschichte mit dieser Frau auch gar nicht mehr so sicher, was Affären betrifft. Nicht, daß sie mich schlecht behandelt hätte. Sie hat nichts versprochen, das Arrangement war für uns beide von Anfang an klar. Sie hat sich daran gehalten – und das störte mich plötzlich. Vielleicht wünschte ich mir tatsächlich, daß ich in ihrem Leben eine wichtigere Rolle gespielt hätte«, erklärte Zita.

Lucia staunte. Solche ehrlichen und selbstkritischen Worte gehörten in der Regel nicht zu Zitas Wortschatz. Sie hielt sich meist für annähernd unfehlbar. Gefühle, so ihre feste Überzeugung, gehörten ins Reich der Fantasie. Und nun dies.

Lucia fand, daß die Gelegenheit nie besser gewesen war. Sie fragte: »Hast du dich in sie verliebt?«

Zita schüttelte heftig ihre blonde Mähne. »Nein, bestimmt nicht. Sie war ein Abenteuer und eine Entdeckung – vor allem im Bett. Aber verliebt, nein. Ich könnte mir auch nicht vorstellen, mit ihr längere Zeit zusammenzusein. Ich bräuchte eine Frau, die mir ähnlicher ist in den Gedanken, in der Einstellung zum Leben und natürlich auch, was die kulturellen Interessen betrifft. Für sie hat alles, was mit Tieren zu tun hat, einen hohen Stellenwert. Das verstehe ich nicht. Kunst hingegen interessiert sie nur am Rande. Ich könnte die Aufzählung der Unterschiede zwischen ihr und mir ins Unendliche fortführen, doch darum geht's nicht.« Zita schwieg.

Lucia glaubte, verstanden zu haben. »Deine Affäre hat dir gut getan«, meinte sie. »Du wirst künftig mit anderen Frauen wahrscheinlich etwas sorgfältiger umgehen.«

Zita nickte, doch ihre Gedanken schienen irgendwo anders zu

sein. Lucia verabschiedete sich. Sie sehnte sich plötzlich sehr nach Doris.

Zwischen ihr und Doris gab es sicher auch Unterschiede, doch ihre Verschiedenheit bereicherte die Beziehung. In den grundlegenden Dingen vertraten sie die gleichen Ansichten, zum Beispiel in Sachen Liebe, dachte Lucia. Sie mußte Doris unbedingt wenigstens anrufen, auch wenn das das brennende Verlangen nach ihrer Geliebten nicht stillen würde, aber nur schon ihre Stimme zu hören ...

»Wann kann ich dich kennenlernen?« fragte Flyer.

»Wann es dir paßt. Ich bin flexibel«, antwortete Angel. Endlich, dachte Lucia erleichtert, er hat angebissen.

Seit drei Tagen trafen sie sich im Séparée, doch Flyer gab sich immer sehr bedeckt. In Lucia stiegen Fragen auf. Was, wenn der Typ verheiratet war? Eine feste Freundin hatte? Schwul war? Wie sie nur Recherchen anstellte? Nein, das schien doch eher unwahrscheinlich. Nun schlug er also ein Treffen vor – in Wolfsburg, wo er wohnte. Das ließe sich einrichten, sie konnte Asta bei Doris lassen oder auch mitnehmen. Wenn sie den Hund mitnahm, mußte sie ihrer Liebsten nichts von der Chatroom-Geschichte erzählen. Sie wußte, daß sie irgendwann nicht mehr darum herumkommen würde, doch im Moment wollte sie die knapp bemessene Zeit, die sie miteinander verbringen konnten, nicht mit Nebensächlichkeiten vollpacken. Am besten, ich zeige ihr einfach die Artikelserie, wenn sie gedruckt ist, entschied sie.

Lucia teilte Doris am nächsten Morgen mit, daß sie die nächsten Tage wahrscheinlich ziemlich viel unterwegs sein würde. Sie solle sie auf dem Handy anrufen und nicht das Festnetz benutzen. Doris, die eben eine Lektion abgeschlossen hatte und auf dem Weg zur nächsten war, bestätigte, daß sie Lucia verstanden hatte, doch sie fragte nicht, wohin sie gehen würde, mit wem oder in welchem Zusammenhang. Lucia beglückwünschte sich zur klugen Wahl des Zeitpunkts und packte eine leichte Reisetasche für sich. Astas Siebensachen brauchten mehr Platz als ihre Habseligkeiten, stellte sie belustigt fest.

In Wolfsburg mußte Lucia ziemlich lange suchen, bis sie ein Hotel fand, in dem sie mit ihrem Hund nächtigen durfte. Da es schon ziemlich spät war, ging sie zu Fuß durch das Viertel, um im nächsten anständig wirkenden Restaurant noch einen Happen zu essen. *Esther's Corner* leuchteten ihr die bunten Neonröhren entgegen. Das Lokal, hell, sauber und gemütlich, wies eine umfangreiche Auswahl an bodenständiger Hausmannskost auf. Lucia setzte sich an einen Fenstertisch und wartete auf einen Kellner.

»Entschuldigen Sie, daß Sie solange warten mußten«, sagte plötzlich eine bekannte Stimme in ihre Gedanken hinein.

Lucia drehte verwundert den Kopf, sie hatte eben an Doris gedacht und sie so sehr vermißt, daß sie glaubte, körperliche Schmerzen zu empfinden. Die Frau, die sie mit gezücktem Kugelschreiber und aufgeklapptem Notizblock fragend anblickte, lächelte freundlich. Lucia zwinkerte ungläubig, rieb sich die Augen und schüttelte schließlich verwirrt den Kopf.

Asta, die unter dem Tisch gelegen hatte, war aufgestanden und beschnupperte die Frau intensiv. Sie wedelte und gebärdete sich, als kenne sie die Bedienung seit mindestens einer Ewigkeit.

Das kann nicht sein. Das ist schlicht unmöglich. Lucia schlug die Augen wieder auf. Vor ihr stand eine Frau, die Doris so sehr glich, daß sie zuerst geglaubt hatte, ihre Geliebte vor sich zu sehen. Jetzt, die Kellnerin hatte sich zu Asta hinabgebeugt, sprach freundlich mit ihr und streichelte sie, erkannte Lucia, daß diese Frau von kleinerer Statur war. Sie hatte ein paar Kilogramm mehr auf den Rippen, andere Augen und trug ihr Haar im Gegensatz zu Doris ziemlich lang. Dennoch, ihre Gesichtszüge wiesen große Ähnlichkeit mit denen von Doris auf.

Lucia versuchte sich auf ihre Bestellung zu konzentrieren. Die Kellnerin notierte eifrig, dann blickte sie ihren Gast an und sagte bedauernd: »Sie werden etwas Geduld haben müssen. Ich bin heute allein hier, meine beiden Angestellten sind nämlich krank, und ich sollte gleichzeitig in der Küche stehen, bedienen und auch noch das Buffet machen.«

Oh, die Kellnerin war gar nicht die Kellnerin, sie war die Chefin höchstpersönlich. Lucia versicherte ihr, daß das gar kein Problem sei und sie genügend Zeit hätte. Das Essen, das trotz der widrigen Umstände überraschend schnell auf dem Tisch stand, schmeckte köstlich.

Lucia beobachtete die Chefin, wahrscheinlich hieß sie Esther, und fragte sich, wieso sie den Eindruck hatte, sie zu kennen. Sie kam nicht dahinter. Schließlich bezahlte sie und versprach bald wiederzukommen.

Den nächsten Tag verbrachte Lucia die meiste Zeit auf Erkundungstour durch Wolfsburg, der Heimatstadt ihrer Liebsten, wie sie wußte. Hoffentlich kennen sich Doris und Flyer nicht, schoß es ihr durch den Kopf. Sie beruhigte sich selbst. Erstens war das schon ziemlich unwahrscheinlich, und zweitens würde Flyer nie von ihrer wahren Existenz erfahren. Daß sie ihm irgendwann wenn möglich mit Doris an der Seite über den Weg lief, schloß sie in diesem Moment aus, schließlich war Wolfsburg eine Stadt. Doris schlenderte mit ihrem nun stadtgewohnten und sicher wirkenden Hund durch Einkaufspassagen, Fußgängerzonen und Parkanlagen.

Sie verwandte anschließend viel Sorgfalt auf die Vorbereitung des Treffens mit Flyer. Ihre Nervosität nahm zu. Sie versuchte krampfhaft, sich an die wenigen Rendezvous mit Männern zu erinnern, die sie in ihrem Leben wahrgenommen hatte. Allesamt hatten in Katastrophen geendet, die einen etwas schlimmer als die anderen, doch diese Erfahrungen boten für die jetzige Situation keine Hilfe.

Wie verhielten sich Frauen, die einen Mann kennenlernen wollten? Wie flirtete frau mit einem Mann, ohne ihm vorzumachen, daß sie gleich mit ihm ins Bett hüpfen wollte? Wie kleidete sich frau für ein Blind-Date? Sie war ganz schön aus der Übung, stellte Lucia betreten fest.

Noch blieben ihr einige Stunden bis zur Verabredung. Lucia holte die Leine und lief wieder durch die Stadt. Am Bahnhof entdeckte sie ein Café, das stark frequentiert wurde. Sie setzte sich an einen freien Tisch und begann die Leute aufmerksam zu beobachten. Ihr besonderes Augenmerk galt den Paaren, die miteinander das Lokal betraten oder die sich im Lokal verabredet hatten.

Nach zwei anstrengenden Stunden, in denen sie die Kaffeemenge getrunken hatte, die sie sonst während eines ganzen Tages nicht zu sich nehmen würde, beendete sie die Aktion. Sie fühlte sich zwar etwas sicherer, doch ganz wohl war ihr beim Gedanken an das bevorstehende Zusammentreffen mit Mister Unbekannt noch immer nicht.

Was das Äußere betraf, hatte Flyer die Wahrheit sehr zu seinen Gunsten zurechtgebogen. Er wies weder die Größe noch die schlanke, sportliche Gestalt auf, deren er sich ausführlich gerühmt hatte. Seine verblassende Haarfarbe zeigte schon deutliche Spuren des Alters, das er der Ehrlichkeit halber mit über vierzig hätte angeben müssen. Die Geheimratsecken ließen sich nicht mehr kaschieren.

Flyer, der ihr verabredetes Erkennungszeichen, einen grauen Regenschirm, wie eine Standarte vor sich hertrug, blieb siegessicher lächelnd vor Lucias Tisch stehen. Er blickte auf die Zeitung vor ihr und fragte: »Angel?«

Lucia nickte nur, sie mußte sich beherrschen, denn das Lachen saß ihr in der Kehle und wollte aus ihr herausbrechen.

»Toll, daß wir uns endlich kennenlernen. Du siehst verdammt gut aus, hätte ich gar nicht gedacht«, legte Flyer los.

Er machte ihr Komplimente, die sie nicht erwiderte, was er aber gar nicht bemerkte, bis der Kellner sich nach ihren Wünschen erkundigte. Lucia wählte eine einfache Mahlzeit mit Kartoffeln, Gemüse und Fisch, während Flyer sich ausgiebig beraten ließ. Die Wahl des passenden Weines beanspruchte eine gute Viertelstunde, am Ende orderte Flyer den, den der Kellner zu Beginn empfohlen hatte. Na, wenigstens hat er mir bewiesen, wie gut er sich in der Weinkunde auskennt, dachte Lucia sarkastisch.

Das Gespräch nahm seinen Lauf. Weiterhin bestimmte Flyer, der mit richtigem Namen schlicht Franz hieß, die Themen. Er ließ sich über die aktuelle Wetterlage aus, was ihm sicherlich nicht anzukreiden war, denn worüber sprach man mit wildfremden Menschen? Nachdem das Tiefdruckgebiet in all seine Einzelteile zerlegt worden war, wandte sich Franz den geliebten Modellflugzeugen zu. Er erklärte Lucia, wie viele Modelle er von welchem Typ in wie vielen Stunden nervenaufreibender Kleinstarbeit zusammengebaut hatte. Lucia unterdrückte ein Gähnen, doch sie fand einfach keine Möglichkeit, sich in den Monolog einzuschalten und einen Dialog daraus zu machen. Der Wein entsprach den Erwartungen, das Essen ebenfalls, nur die Gesellschaft paßte nicht zu diesem friedlichen Abend.

Während sie aßen, redete Franz nur wenig, dafür schmatzte er um so lauter. Lucia verging der Appetit. Sie überlegte sich Ausreden, mit denen sie die Übung hier abbrechen konnte, die Geräusche gegenüber störten aber ihre Konzentration.

»Was machst du eigentlich beruflich?« fragte Franz in Lucias Gedanken hinein.

»Ich, äh, ich habe Germanistik studiert«, antwortete Lucia knapp.

Ihr war bewußt, daß Flyer sich nicht nach ihrer Ausbildung erkundigt hatte, doch ihr fiel im Moment keine unverdächtige Tätigkeit ein, über die sie auch noch hätte erschöpfend Auskunft erteilen können.

»Oh, eine Studierte«, lachte Franz. »Wenn das kein Fang ist. Ich selbst habe mit Ach und Krach die obligatorische Schulzeit hinter mich gebracht. Hat mich einfach nicht interessiert, das Ganze. Aber wenn ich gewollt hätte, na, dann hätte ich bestimmt auch einen Doktortitel gemacht«, fügte er selbstsicher hinzu.

Wer sprach hier von Doktortiteln?

»Aber es geht ja auch ohne«, redete Franz weiter, ohne auf eine Antwort von Lucia zu warten. »In meiner Bude läuft's ganz gut. Ich bin jetzt schon seit über zwanzig Jahren dabei und kenne mich mit Kopierern wirklich aus. Mein Gehalt ist ordentlich, ich könnte mir also eine Freundin problemlos leisten.«

Er merkte nicht, daß Lucia erbleichte. Sie stellte sich vor, wie es wäre, mit einem Anfangvierziger, der seit über zwanzig(!) Jahren in der gleichen Firma arbeitete, eine Beziehung zu führen, die dieser sich leisten konnte. Eigentlich machte Franz ja einen netten Eindruck, das mußte sie ihm ehrlicherweise zugestehen, doch er schien keine Ahnung von Frauen zu haben. Obwohl, Lucias Gesicht bekam wieder etwas Farbe, sie selbst durfte sich ja auch nicht als Expertin für Männer bezeichnen. Vielleicht wies Flyer nicht die Bildung auf, die sie von den Menschen, mit denen sie üblicherweise verkehrte, gewöhnt war, doch das sollte nicht als Maßstab genommen werden, schalt sich Lucia. Sie versuchte ihn mit objektiven Augen zu betrachten.

»Wie bist du eigentlich zum Chat gekommen?« fragte sie.

Franz trank eben den letzten Schluck Wein und hatte deshalb für einen Moment den Exkurs über seine finanzielle Lage unterbrochen. »Ich war bei einem Kumpel, der so ein Ding mit Anschluß hat«, erklärte Franz offenherzig. »Er hat mir gezeigt, wie das funktioniert. Mein Kumpel hat übrigens auf diese Art jede Menge Frauen kennengelernt und meinte, das würde mir auch gut tun. Tja, und wie der Franz halt so ist«, er lachte verschwörerisch, »ist er losgedüst und hat sich auch so eine Maschine angeschafft.«

Lucia lächelte verstehend. »Und?« Sie bemühte sich um einen unverfänglichen Tonfall.

Jetzt kam der Teil, der sie interessierte. Franz, der offenbar sehr gern über seine Person Auskunft gab, enttäuschte sie nicht. Er grinste breit, dann begann er ihr mit geheimnisvoll gesenkter Stimme von seinen Erfolgen zu berichten. »Am Anfang hat's nicht so ganz geklappt. Da sind die Frauen immer wieder abgesprungen, nachdem man sich endlich mal im Zweier-Chat getroffen hatte.« Zweier-Chat klang bei ihm wie eine Krankheit mit Namen *Zweierschätt*.

Franz war in seinem Element: »Mein Kumpel hat mir dann aber gesagt, wie man das richtig anstellt. Man muß ein bißchen zurückhaltend sein. Die Wahrheit halt auch frisieren, vor allem das mit dem Alter und dem Aussehen. Machen doch alle, nicht wahr?« Er lachte wieder und zwinkerte ihr zu. »Frauen wollen Komplimente hören, also schreibst du sie. Frauen wollen, daß sie ernstgenommen werden, also tust du so. Mein Kumpel hat schon recht, seit ich seinen Rat befolge, habe ich fast jede Woche ein Date«, schloß er triumphierend.

»Aber du erzählst nicht allen, was du mir jetzt eben anvertraut hast?« fragte Lucia konsterniert. Sie revidierte ihre erste Einschätzung, die ihr nun entschieden zu schmeichelhaft vorkam. Dieser Franz war ein Chauvinist, wie er im Buche stand.

»Nein, wieso auch? Es wollen doch alle das gleiche. Zuerst geht man gemütlich essen, redet ein bißchen und dann: ab in die Falle.« Sein Lachen hatte einen Unterton, der Lucia überhaupt nicht behagte.

Allmählich wurde es Zeit, das Feld zu räumen, dachte sie, doch ihre Neugierde trieb sie zu weiteren Fragen. »Triffst du die Frauen denn nur einmal?« Franz schaute sie an, als hätte sie chinesisch gesprochen. »Na ja, ich meine, wenn du mit einer verabredet warst, bleibt es bei der einen ...«, Lucia zögerte, »Nacht?«

Franz setzte wieder sein Grinsen auf, das er offenbar für besonders gelungen hielt. »Nein, nicht immer. Meistens aber machen sich die Ladys nachher aus dem Staub, weil sie meinen, man müßte ihnen gleich einen Heiratsantrag machen oder sonst was Verrücktes. Eine hat sich mal beklagt, ich sei zu wenig romantisch.« Seine Empörung über ein solches Ansinnen war echt. »Romantik! Ha, wer braucht denn so was? Aber ich will ehrlich sein, es gibt schon die eine oder andere Frau, bei der ich's schade finde, daß sie sich nicht mehr meldet.«

Lucia spürte, wie ihre Abneigung mit jedem Wort, das Flyer von sich gab, wuchs. Sie stellte ihre, wie sie beschlossen hatte, letzte Frage: »Suchst du im Chat das Abenteuer, oder willst du eine Frau kennenlernen, mit der du eine Beziehung aufbauen könntest?« Ihr war bewußt, daß dies der direkteste der direkten Wege war, doch sie glaubte, daß Franz eine andere Formulierung erst gar nicht verstanden hätte. Noch mehr Schmalz und chauvinistisches Gedankengut konnte sie aber auf keinen Fall mehr ertragen.

»Am Anfang habe ich mir das gar nicht überlegt. War irgendwie nicht wichtig. Hab ja bei meinem Kumpel gesehen, wie's läuft, und gedacht, daß ich das auch mal machen könnte. Dann hat der Alfons, so heißt mein Kumpel«, schob er erklärend ein, »eine Frau getroffen, einen wirklich steilen Zahn. An der ist er hängengeblieben. Jetzt wollen die beiden heiraten.« Franz machte eine kurze Pause. Er winkte dem Kellner. »Wir nehmen noch zwei Kaffee«, informierte er ihn, ehe Lucia Einspruch erheben konnte.

Kaum hatte sich der Kellner umgedreht, redete Flyer auch schon weiter: »Von mir aus sollen sie heiraten. Ich selbst habe nicht die Absicht. War mal verheiratet. Das reicht mir für alle Zeiten. So wie's jetzt ist, gefällt's mir. Kann machen, was, wie und mit wem ich will. Redet keiner mehr drein. Und mit dem Chat geht alles einfacher, ist schon 'ne praktische Sache, das.«

Der Kaffee wurde serviert. Lucia wußte, sie würde ihn nicht trinken können, denn ihr Bedarf an Koffein war mehr als gedeckt, zudem wollte sie so schnell wie möglich aus diesem Lokal verschwinden. Franz hatte ihr jede Menge Informationen geliefert, die sie für ihren Artikel verwenden konnte, doch seine Anwesenheit bereitete ihr jede Minute größeres Unwohlsein.

Franz hatte das Thema gewechselt. Er gab Lucia Tips, welche Kopierer für welche Zwecke am besten geeignet seien und wie man so ein sensibles Gerät am besten warten sollte. Schließlich hatte er seine Tasse endlich geleert und verlangte die Rechnung.

Lucia machte keine Anstalten, ihr Portemonnaie hervorzuholen. Soll der Chauvi doch für mich bezahlen, dachte sie bissig.

»Laß stecken, Mäuschen, ich zahl schon«, meinte Franz denn auch großzügig.

Lucia biß sich auf die Lippen, um nicht laut herauszulachen. Mäuschen. Nein, so wurde sie in der Regel nicht genannt, aber das würde sie ihm nachsehen, wie so vieles andere auch, wenn sie nur endlich hier herauskam.

Franz gab dem Kellner ein großzügiges Trinkgeld, stand auf und tippte mit dem Fuß ungeduldig an den Türrahmen, bis Lucia in ihren Mantel geschlüpft war. Draußen vor der Tür legte er ganz selbstverständlich seinen Arm um sie und wollte sie zu seinem Auto, das sich irgendwo auf dem Parkplatz befinden mußte, führen.

Jetzt wurde es wirklich kritisch. Lucia überlegte fieberhaft, wie sie sich möglichst dezent aus dieser unangenehmen Situation herauswinden konnte. Wäre sie erst in seinem Wagen, hätte sie keine Möglichkeit mehr zu entkommen. Erschrocken hielt sie inne. Erwartete sie etwa, daß dieser eigentlich freundliche und leutselige Mann sie gegen ihren Willen abschleppte und dann ...?

»Was ist, Mäuschen?« fragte Franz mit leichter Ungeduld in der Stimme.

»Ich möchte zu Fuß zurück in mein Hotel gehen«, erklärte Lucia mit, wie sie hoffte, fester Stimme.

»Hotel? Du willst ins Hotel?« Franz schien überrumpelt.

Wahrscheinlich liefen seine Abende mit Chatbekanntschaften sonst nach einem anderen Schema ab, dachte Lucia.

»Das hab ich eigentlich noch nie in einem Hotel in meiner Stadt gemacht«, kam auch schon die Bestätigung ihrer Vermutung. »Ich hab ja eine Wohnung, da können wir's uns viel gemütlicher machen.«

Er verstand sie nicht, wollte sie nicht verstehen. Lucia mußte Klartext reden, so schwer ihr das auch fiel. »Ich gehe zurück in mein Hotel. Zu Fuß. Allein.«

Franz schaute sie noch immer fragend an. Dann trat ein entgeisterter Ausdruck auf sein gerötetes Gesicht. »Du willst ...«, begann er offensichtlich vor den Kopf gestoßen, »... allein?« Lucia nickte. »Aber warum hast du dich dann mit mir zum Abendessen getroffen?«

»Ich wollte dich kennenlernen«, antwortete Lucia, das entsprach der Wahrheit, »doch ich denke nicht, daß wir unsere Bekanntschaft vertiefen sollten.«

Franz schüttelte den Kopf. »Ich hab mich wohl verhört! Läßt dich von mir einladen und servierst mich dann einfach ab?« Lucia erkannte, daß er allmählich wütend wurde. »Nein, Mäuschen, so läuft das nicht«, hörte sie ihn jetzt ziemlich aggressiv sagen.

Glücklicherweise standen sie immer noch am Fuß der Treppe, die zur Eingangstür des Restaurants führte. Eben kamen vier Personen aus dem Lokal. Franz dämpfte seine Stimme wieder. Er unternahm auch nichts gegen ihren Versuch, seinen Arm abzuschütteln. Geistesgegenwärtig schloß sich Lucia den Leuten an, die sich nach links gewandt hatten und nun vor ihr auf dem Gehsteig hergingen. Sie blickte nicht zurück, achtete darauf, daß sie dicht hinter ihren Rettern blieb. Ihr Herz raste, ihr war der Schweiß ausgebrochen und sie hatte Mühe, ihre wackligen Beine unter Kontrolle zu halten.

Nach gut fünfhundert Metern blieben die vier Personen stehen, offenbar, um sich voneinander zu verabschieden. Lucia ging an ihnen vorbei und bog in die nächste Querstraße ein. Sie stoppte und wartete mit klopfendem Herzen. Nichts geschah. Die Straße vor ihr war menschenleer, ab und zu fuhr ein Auto vorbei, doch niemand schien sie zu bemerken.

Nach unendlich langer Zeit, so kam es ihr vor, wagte sie den Blick zurück auf den Gehsteig, auf dem sie gekommen war. Er lag verlassen vor ihr. Sie konnte die Leuchtreklame des Restaurants erkennen. Auf dem Parkplatz davor stand nur noch ein Motorrad. Erleichtert atmete Lucia aus. Sie hatte Franz abgeschüttelt.

Da sie in die falsche Richtung gegangen war, mußte sie ein ziemlich weites Stück zurücklaufen, bis sie zu ihrem Hotel kam. Gott sei Dank hatte sie Franz ihre Telefonnummer nicht gegeben, dachte sie, als sie mit Asta einen sehr kurzen Spaziergang auf dem Hotelgelände machte. Ihr steckte der Schreck in den Gliedern, ihre Knie zitterten noch immer leicht.

»Das, Lucia Marran«, sagte sie laut zu sich, »machst du nie, nie, nie wieder!«

»Was ist denn mit dir los?« In Doris' Stimme klang Erstaunen.

Daß Eiko und Asta sich übermütig begrüßten, als hätten sie sich jahrelang nicht gesehen, schien ihr noch einzuleuchten, aber daß sich Lucia ihr förmlich an den Hals warf und sie mit ihren Küssen fast verschlang, das war doch eigenartig.

»Du hast mir so gefehlt«, flüsterte die Rothaarige an ihrem Hals, »so unendlich gefehlt.« Sie drängte sich noch näher an ihre Geliebte, streichelte über ihren Rücken und begann erneut, sie zu hungrig zu küssen.

»Es waren doch nur zwei Tage, Liebste«, stellte Doris noch immer verwundert fest.

»Zwei nicht enden wollende Tage«, seufzte Lucia, »und erst die Nächte ...«

Ihre Hände schlüpften unter Doris' Hemd, glitten über die warme Haut nach oben zu den Brüsten. »Wie geht's deinen Papieren?« fragte Lucia, die mit ihren Fingern über den Stoff des BHs streichelte und damit einen leichten Schauer durch Doris' Körper jagte.

»Ich schaff's, glaube ich, bis Ende des Jahres«, gab Doris abgelenkt Auskunft.

»Du könntest dich ja nach einem Partner oder einer Partnerin für deine Hundeschule umsehen. Wenn ihr zu zweit seid, wäre die Arbeit sicher leichter zu schaffen«, fuhr Lucia fort. Sie hatte inzwischen den BH geöffnet und fuhr mit den Händen abwechslungsweise über die rechte und linke Brustwarze. Doris stöhnte unterdrückt auf. Sie preßte sich an Lucia, die begann, selbstvergessen mit den harten Nippeln zu spielen.

»Und wo nehm' ich so jemanden her?« fragte Doris. Sie hatte Mühe, ihre Stimme verständlich klingen zu lassen. »Er oder sie müßte den gleichen Erziehungsstil pflegen. Einen Typ wie deinen Dietmar kann ich wirklich nicht gebrauchen.«

Lucia lachte kurz auf. Ihr Lippen landeten auf Doris' Mund. Mit der Zungenspitze streichelte sie leicht darüber. »Wende dich an – wie heißen sie gleich? Die, bei denen du deine Ausbildung gemacht hast?« fragte sie. Sie öffnete den letzten Knopf des Hemdes und ließ es über Doris' Schultern gleiten.

»Hildegard und Johannes?« murmelte Doris. Es verursachte ihr zusehends Mühe, dem Gespräch zu folgen. »Das wäre eine Idee. Aber laß uns bitte ein anderes Mal darüber reden. Ich glaube, ich

127

kann mich im Moment nicht darauf konzentrieren«, bat sie.

Lucia murmelte ein bestätigendes »Hm, hm«. Sie wanderte mit ihrer Zunge über den gestrafften Hals, küßte eine ihrer Lieblingsstellen an Doris, die kleine Vertiefung oberhalb des Schlüsselbeins, mit wachsender Erregung.

»Können wir den Raum wechseln?« fragte Doris mit mühsamem Keuchen.

Die beiden Hunde waren es mittlerweile zwar gewöhnt, daß die zwei Liebenden sich anfaßten, umarmten und auch noch eigenartige Geräusche von sich gaben. Was jedoch geschehen würde, wenn diese Laute intensiver würden, wollte Doris lieber nicht so genau wissen. Die Intervention von Asta beim ersten Versuch reichte ihr, um es sich vorstellen zu können.

Lucia schien Ähnliches zu denken. Sie nickte und dirigierte ihre Liebste, ohne die Umarmung zu lösen, in Richtung Schlafzimmer.

Die Hunde blickten sich an. Sie wußten, was folgen würde, doch trotz der alarmierenden Schreie, die aus dem geschlossenen Raum zu hören sein würden, fühlten sie sich nicht mehr veranlaßt, einzugreifen, denn die beiden Frauen tauchten ja immer wieder auf, und es schien ihnen dann auch wirklich gut zu gehen.

Der Morgen kam viel zu schnell. Lucia betrachtete Doris, die neben ihr lag und noch friedlich schlief. Bei diesem Anblick empfand sie ein fast beängstigend tiefes Gefühl, eines, das sie nicht kannte, eines, das sie gefangennahm. »Das muß Liebe sein«, flüsterte sie. Doris regte sich, griff suchend nach Lucia, die sich bereitwillig in ihre Umarmung begab. Nur noch zehn Minuten dachte sie, und kuschelte sich an den warmen, schlaksigen Körper.

Sanfte Lippen, die ihr Gesicht leicht berührten, holten Lucia aus ihrem Schlummer. »Zeit aufzustehen, Liebling«, hauchte ihr Doris ins Ohr. Widerwillig schälte sich Lucia aus den Decken.

Der morgendliche Spaziergang bekam heute eine ungewöhnlich ernste Note. »Die Feiertage stehen kurz bevor«, begann Doris. Sie waren schon eine gute Viertelstunde durch die Kälte gestapft, die den Atem gefrieren ließ. »Was planst du?«

Überrumpelt blieb Lucia abrupt stehen. »Ich weiß nicht, ich habe noch nicht darüber nachgedacht«, entfuhr es ihr. »Was hast du denn vor?« fragte sie Doris, die ebenfalls stehengeblieben war.

Doris' Antwort klang eher nach einer Frage. »Familie?«

Lucia schüttelte ungläubig den Kopf. Ihr stand der Sinn haupt nicht nach Familie. Vielleicht ein kurzer Besuch, alle Glü.. wünsche und die einen oder anderen kleinen Geschenke abgeben, dann aber nichts wie weg.

»Na, Eltern, Bruder, Schwester, Neffen, Nichten...«, holte indessen Doris aus.

Ungeduldig unterbrach sie Lucia: »Mir ist schon bekannt, was man gemeinhin unter dem Begriff Familie versteht. Was ich nicht ganz verstehe, ist, daß du offenbar Lust auf Familienfeierlichkeiten hast.«

Doris schaute ihr nachdenklich ins Gesicht. »Für mich ist die Familie wirklich wichtig. Ich möchte sie sehen, mit ihnen feiern, sie um mich wissen. Wenn du nicht zu deinen Leuten gehen willst, komm doch mit mir«, bot sie an. Da Lucia nicht antwortete, hakte sie nach: »Traust du dich etwa nicht?«

Lucia war inzwischen weitergegangen, so daß Doris einen Zwischenspurt einlegen mußte. »Das ist es nicht. Ich fühle mich einfach nicht sicher bei diesem Gedanken. Ehrlich, Schatz, ich habe Familienfeiern als anstrengende Maskerade in Erinnerung. Immer mußte man mit allen lieb und nett sein. Total nervig. Und auf so etwas habe ich bestimmt keine Lust«, erklärte Lucia. Ihre Stimme klang traurig. Sie hätte sich wahrlich gewünscht, in Begeisterung ausbrechen zu können, denn sie wußte, wieviel diese Einladung von Doris für ihre Beziehung bedeutete.

Doris schwieg lange, ehe sie vorschlug: »Denk darüber nach. Ich würde mich freuen, wenn du mich begleiten würdest. Und meine Familie, das kann ich dir schriftlich geben, die ist wirklich witzig. Sie sind vielleicht nicht so gut betucht, und ihre Bildung liegt bestimmt unter dem Niveau der deinen, doch sie sind herzlich und offen. Du solltest es dir wirklich überlegen.«

Lucia nickte. Sie würde darüber nachdenken, ganz bestimmt.

Der Tag wurde für Lucia ziemlich hektisch. Sie hatte Abgabetermine, die sie unbedingt einhalten mußte. Ihre größte Arbeit, die Chatstory, schob sie beiseite. Am Abend jedoch loggte sie sich wieder im Chat ein. Sie hatte noch eine Abklärung zu tätigen. Da die Sache mit Flyer so völlig danebengegangen war, würde sie einem weiteren Vertreter der männlichen Chatnutzer eine Chance

nte nicht glauben, daß alle des vermeintlich star-
solche Nieten sein sollten.

kname war vonnöten, denn bestimmt würde sich
ierumtreiben. Er könnte zum Problem werden,
el wieder in Erscheinung trat. Lucia entschied sich
lang irgendwie auch ein wenig himmlisch. Gloria
gebardete sich im Gegensatz zu Angel ziemlich forsch. Sie ging direkt auf ihr Ziel, eine Verabredung, los. Diesmal war sie es, die einen Partner in den Zweier-Chat einlud. Ihre Wahl fiel auf Medicus, den sie schon kannte und der nach wie vor auf der Suche zu sein schien.

Die Stunde, die sie im trauten Gespräch verbrachten, verlief nach anfänglichem vorsichtigen Abtasten sehr lustig. Medicus gab sich von seiner witzigsten Seite, kannte offenbar jedes Sprichwort im deutschsprachigen Raum und setzte seine Aussagen pointiert in den Raum.

Lucia war sehr angetan. Sie beschloß, gleich einen Schritt weiterzugehen, schließlich fühlte sie sich mittlerweile als alte Häsin in diesem Bereich der Kommunikation. Medicus, der keine so offensiven Avancen erwartet hatte, ließ sich reichlich Zeit mit seiner Antwort auf die Einladung zu einem Treffen. Dann jedoch stimmte er zu. Den gleichen Fehler wie bei Flyer machte Lucia aber nicht. Sie verabredete sich mit Medicus am Nachmittag zu einem Spaziergang in einem Park, der unweit der belebten Innenstadt lag. Anschließend, dies wenigstens stellte sie ihm in Aussicht, könnten sie immer noch entscheiden, ob sie gemeinsam etwas essen gehen wollten.

Lucia schaltete ihren Computer hoch zufrieden mit sich selbst in dem Moment ab, als Doris den Schlüssel im Schloß drehte.

Doris startete früh am Samstagmorgen. Sie war extrem nervös, denn sie hatte sich mit Eiko zur *Schutzhundeprüfung 1* angemeldet. Sie mußte sie bestehen, und zwar mit einem VORZÜGLICH, wenn sie mit ihrem Malinois weiterkommen wollte. Und dieser Wille stand außer Zweifel.

Lucia bot ihr an, mitzufahren, doch Doris lehnte – wie erwartet – dankend ab. »Liebling, du verwirrst mich nur, wenn du dabei bist. Und Eiko könnte sich nicht auf die doch schwierigen Kommandos konzentrieren, weil er immer nach Asta Ausschau halten würde.«

So weit, so gut, Bahn frei für Medicus, dachte Lucia. Ihre Vorbereitungen auf dieses Rendezvous traf sie mit noch größerer Sorgfalt als das letzte Mal. Sie versuchte sich die möglichen Gesprächssituationen vorzustellen, legte sich die Antworten auf diverse Fragen zurecht und achtete darauf, daß der Ausschnitt ihres Pullovers, den sie anzuziehen gedachte, nicht zu tief saß.

Medicus hatte sich als groß, schlank, blond und mittelmäßig gut aussehend beschrieben, was in sich einen Widerspruch barg, wie Lucia amüsiert bemerkte. In Wahrheit war Medicus eine Bohnenstange, die sich hinter einem Laternenpfahl hätte verstecken können. Sein Gesicht lächelte ihr freundlich entgegen, als Lucia mit bestimmten Schritten auf ihn zuging.

Der Treffpunkt bei der großen Buche in der Parkmitte erwies sich als vorteilhaft, da sie auch Nichtortsansässige unmöglich verfehlen konnten. Medicus begrüßte sie mit einer angenehm klingenden Stimme. Er schlug vor, den Spaziergang gleich in Angriff zu nehmen. Eigentlich hätte sie Asta mitnehmen können, dachte Lucia, als sie versuchte, neben ihm mit seinen großen Schritten mitzuhalten.

Er schien wirklich nett zu sein, redete und lachte, als hätten sie sich schon vor Jahren irgendwo auf einer Party kennengelernt. Lucia ließ sich auf das lockere Gespräch ein. Die Zeit verflog. Da es früh dunkel wurde – und auch kalt – erklärte sie sich mit seinem Vorschlag, ein Lokal zum Aufwärmen aufzusuchen, ohne Zögern einverstanden.

Die Karte, die ihnen im Restaurant präsentiert wurde, ließ Lucias Magen laut knurren. Sie bestellte sich ein reichhaltiges Menü, was Medicus mit einem Schmunzeln quittierte. Er selbst bestellte ein Nudelgericht und zudem noch eine reichhaltige Vorspeise.

Zu Lucia gewandt bemerkte er: »Ich habe einen Kohldampf, daß ich glatt ein ganzes Schwein verzehren könnte. Obwohl ich soviel esse, nehme ich einfach nicht zu. Ist das nicht ein Jammer?«

Er grinste so schelmisch, daß Lucia laut auflachte. »Wenn du keine anderen Probleme hast, kannst du dich glücklich schätzen«, erwiderte sie.

Beim Abendessen setzten sie ihr Gespräch im Plauderton fort. Sie mochte Medicus, das stand außer Zweifel. Er erschien ihr wirklich wie der vielzitierte gute Kumpel, mit dem frau Pferde stehlen konnte, wenn sie denn gewollt hätte.

Allmählich wurde es aber doch Zeit, sich an die heiklen Fragen zu wagen, entschied Lucia fast bedauernd. »Wieso treibt sich ein so freundlicher Kerl wie du im Chat herum?« begann sie in harmlosem Tonfall.

Medicus blickte sie kurz irritiert an, dann biß er ein großes Stück von seinem Kuchen, den er als Dessert zu verzehren gedachte, ab. Nachdenklich kaute er, schluckte und antwortete dann: »Eigentlich war es Zufall. Ich surfte im Netz, stieß irgendwo auf diesen Link und *zack!* war ich drin. Irgendwie macht es Spaß, sich mit wildfremden Menschen zu unterhalten. Manchmal kommen dabei auch interessante Dinge heraus.«

Lucia ließ sich seine Antwort durch den Kopf gehen. Er wollte seinen Spaß haben, nur seinen Spaß? »Aber es ist eindeutig ein Chat, in dem man versucht, Partner zu finden«, sagte sie, »oder habe ich da etwas falsch verstanden?«

Medicus, der seinen Namen, wie er lachend erklärt hatte, dem Rücken des Buches abgeschaut hatte, das zufällig auf seinem Schreibtisch lag, grinste. »Grundsätzlich mag das stimmen«, bestätigte er, »doch ich denke, daß viele am Chatten sind, um sich die Zeit zu vertreiben. Übrigens«, sein Grinsen wurde noch um eine Spur spitzbübischer, »du bist mein erstes Date, zu dem ich über den Chat gekommen bin.«

Das wollte Lucia nicht glauben. »Du hast dich noch nie mit einer Frau getroffen, mit der du vorher im Chatroom warst? Aber du bist doch schon ziemlich lange dabei?« Vorsicht, ermahnte sich Lucia im gleichen Moment, sie sollte etwas vorsichtiger sein mit ihren Äußerungen, denn Medicus war ganz bestimmt nicht auf den Kopf gefallen, und Gloria wiederum gab es erst seit sehr, sehr kurzer Zeit. Fragend hob Medicus eine Augenbraue. »Das nehme ich jedenfalls an«, beeilte sich Lucia richtigzustellen, »so, wie du mit der Tastatur umgehen kannst.« Sie lachte – entwaffnend, hoffte sie.

»Ja, das stimmt schon«, kam endlich die Antwort.

Lucia atmete erleichtert aus. Er hatte ihr den Anfall von Naivität abgekauft.

»Doch um auf deine Frage zurückzukommen: Ich verspürte kein Bedürfnis, mich mit irgendwelchen unbekannten Frauen zu treffen. Ich gehe lieber den direkten Weg. Wenn mir eine gefällt, spreche ich sie an, versuche sie kennenzulernen. Wie gesagt, der Chatroom war für mich bis jetzt einfach ein angenehmer Zeitvertreib.«

»Aber bei mir hast du zugesagt«, hakte Lucia nach. Sie wollte den Grund erfahren – und dies nicht nur aus journalistischer Neugier.

Medicus nickte. »Hm«, machte er, »du hast dich irgendwie ganz anders verhalten als die Frauen, mit denen ich sonst auf diesem Weg Kontakt hatte. Ich wollte einfach sehen, wer dahinter steckt.«

Hast du da noch Töne. Innerlich schnappte Lucia nach Luft. Er saß da vor ihr und gestand ihr locker, daß ihn in etwa die gleichen Motive hierhergeführt hatten wie sie selbst. Lucia lachte, sie konnte nicht anders. »Also«, hob sie an, das Glucksen in der Stimme unterdrückend, »ich glaube, aus uns beiden wird nichts.«

Medicus lachte ebenfalls. »Tut mir ehrlich leid, wenn du gehofft hast, so deinen Traumprinzen zu finden. Ich denke, das funktioniert nur in den allerseltensten Fällen.«

Lucia nickte zustimmend. Es war Zeit, nach Hause zu gehen. Doris würde sicher auch bald da sein. Sie kramte nach ihrem Portemonnaie, doch Medicus hielt sie auf.

»Laß mal. Ich lade dich ein«, sagte er freundlich. »Du hast dir vielleicht mehr versprochen von unserem Date, da möchte ich nicht, daß du dich meinetwegen auch noch in Unkosten stürzt. Zudem«, er zwinkerte ihr zu, »ich habe den Nachmittag und Abend mit dir genossen.«

Der Kellner brachte die Rechnung, die Medicus ohne große Geste beglich.

Sie traten zusammen hinaus in die kalte Nacht. Lucia fröstelte unwillkürlich.

Medicus rieb ihre Arme. Er schaute sie an und machte ihr Mut: »Keine Sorge, du findest bestimmt noch den richtigen Mann. Du bist nett, attraktiv und auch intelligent. Ich bin wahrlich kein Traumprinz, doch wenn du mein Typ wärst«, er lachte, »wer weiß?« Medicus beugte sich nach vorn und drückte ihr einen freundschaftlichen Kuß auf die Wange.

In diesem Moment hupte jemand auf der angrenzenden Straße. Lucia fuhr zusammen.

Medicus hielt sie noch immer im Arm. »Mach's gut. Und vielleicht treffen wir uns im Chatroom wieder.« Mit diesen Worten drehte er sich um und ging davon.

Lucia schaute ihm mit gemischten Gefühlen nach. Auf der einen Seite war sie sehr erleichtert, daß sie sich nicht gegen Aufdringlichkeiten hatte wehren müssen, auf der anderen Seite aber dachte sie, wäre es schön gewesen, jemanden wie ihn zum Freund zu haben. Da er jedoch annahm, sie sei auf Partnersuche, bei diesem Begriff stieg in ihr schon wieder das Lachen auf, würde er sich von ihr fernhalten.

Auch gut, schloß Lucia ihre Überlegungen, sie war ja vergeben. Und wie. Sie war in den zärtlichsten Händen, die sich eine Frau vorstellen konnte, und dort würde sie auch bleiben, wenn es nach ihr ging für den Rest ihres Lebens. Lucia schritt weit aus, pfiff leise vor sich hin und hoffte, daß Doris sie schon zu Hause erwartete, doch eigentlich war es dafür noch zu früh.

Der Absturz

VORZÜGLICH ... Doris las das Dokument sicher zum hundertsten Mal durch und freute sich zum ebensovielten Mal über dieses eine kleine Wort, das ihr und Eiko den Weg nach ganz oben in der Hundetrainerwelt eröffnete. Ihre Schule bekam mit jedem VORZÜGLICH einen höheren Stellenwert in der Branche. Doris grinste in sich hinein und stieg beschwingt in ihr Auto. Sie drehte sich zu Eiko um, der in seiner Box döste, und versprach ihm einen dicken, schmackhaften Knochen für seine Dienste. Eiko reagierte kaum, er hob nur den Kopf, denn die Prüfung hatte ihn sehr angestrengt. Er besaß ein eher geringes Aggressionspotential und gehorchte, wenn er angreifen mußte, nur dem Befehl seiner Meisterin und nicht unbedingt seinem Instinkt. In einem Ernstfall würde an ihm kein Vorbeikommen sein, doch wieso sollte er auf einem Übungsplatz jemanden anfallen? Und Übungsplätze konnte Eiko sehr wohl erkennen, schließlich war ein solcher sein zweites Zuhause.

Doris freute sich auf das Gesicht ihrer Liebsten, wenn sie ihr das Papier unter die Nase hielt. Lucy wird begeistert sein, dachte sie, genauso wie ich. Ja, Doris war ein Glückspilz, ohne Zweifel. Vergnügt legte sie Kilometer um Kilometer zurück. Sie kam am späten Abend, die Dunkelheit war schon längst hereingebrochen, in Bielefeld an. Da auf den Straßen kaum Verkehr herrschte, hatte sie die Strecke schneller als geplant bewältigt. Doris beschloß, nicht nach Hause sondern direkt zu Lucy zu fahren. Dazu mußte sie allerdings die Innenstadt, in der Einbahnstraßen die Nerven eines jeden Autofahrers aufs Äußerste strapazierten, durchqueren, doch auch das konnte Doris' guter Laune heute nichts anhaben.

Sie wartete an einer roten Ampel und blickte sich gelangweilt um. Da sie für gewöhnlich in diesem Teil der Stadt nur zu Fuß unterwegs war, sah aus der Autoperspektive alles etwas anders aus. Vor dem Lokal, das zu ihrer Rechten lag, stand ein Pärchen. Er umarmte die rothaarige Frau, die offenbar fror. Dann beugte er sich nach vorn.

Doris riß die Augen auf. Nein. Unmöglich. Das kann doch gar nicht sein... Sie beugte sich über den Beifahrersitz und schaute genauer hin. Was sie zu sehen bekam, raubte ihr den Atem. Lucy. Das war ihre Lucy. Mit einem Mann. Einem Spargel von einem Mann. Und sie umarmten sich. Lucy? Hinter ihr hupte jemand, die Ampel hatte auf Grün geschaltet.

Automatisch legte Doris den Gang ein und ließ das Auto anrollen. Völlig betäubt folgte sie den Schildern, den Pfeilen, die sie ins Nirgendwo zu leiten schienen. Ich glaub es nicht, dachte Doris verzweifelt. Lucy mit einem Mann. Sie hatte gelacht. Ihr Gesicht hatte so fröhlich ausgesehen, entspannt. Lucy kannte diesen Mann offenbar gut. Sie hatten sich geküßt. Und was ist mit mir? fragte Doris sich.

Sie hielt den Wagen bei der nächsten sich bietenden Gelegenheit an. Eiko, der den Stimmungsumschwung seiner Herrin spürte, wollte keine einzige Runde drehen, obwohl er sonst geradezu versessen auf Extraausgang war. Er schnupperte desinteressiert an einem Pfosten, der den Parkplatz begrenzte, und setzte sich dann winselnd neben Doris auf den Boden.

Gedankenverloren streichelte Doris über Eikos Kopf. Sie ließ die Situation, die sie vorhin zufällig beobachtet hatte, vor ihren geschlossenen Augen noch einmal aufsteigen. Nein, dachte sie bitter, da gab es nichts daran zu deuteln, zu drehen oder zu mutmaßen. Es handelte sich hier um Tatsachen, harte Fakten. Und die zerstörten in diesem Moment ihren Traum, ihre Liebe, ihr Leben. Einen kurzen Moment hatte Doris das Glück genießen dürfen. Eben, als sie für sich akzeptierte, daß es die Liebe gab, wurde sie ihr entrissen und mit Füßen getreten. Stippvisite im Paradies, nur ein kurzer, vielversprechender Besuch, für den sie jetzt teuer bezahlen würde.

Doris konnte die Tränen nicht mehr zurückhalten. Sie rannen über ihre kalten Wangen, liefen über ihren Hals, benetzten ihr Hemd. Obwohl die Nacht bitterkalt war, spürte Doris nicht, wie sich ihre Fingernägel allmählich blau verfärbten. Reglos stand sie an ihren Wagen gelehnt, die eine Hand ruhte auf Eikos Kopf, die andere hing vergessen an ihrer Seite herunter. Die vorbeibrausenden Autos bemerkte sie ebensowenig wie die Wolken, die den nächtlichen Himmel zu überziehen begannen. Eisiger Wind riß an ihrem Hemd. Sie war unfähig, nach ihrer Jacke zu greifen. Dann fiel Schnee, die Welt um sie hielt den Atem an. Das Schweigen in ihr wuchs zu einem Schrei, der den Weg nach draußen nicht fand. In Doris donnerten die zerbrechenden Träume in die bodenlose Tiefe.

Eiko sprang an Doris hoch. Sie rührte sich nicht. Immer wieder unternahm der Malinois den Versuch, seine Herrin zur Besinnung zu bringen. Endlich warf er sie fast um. Doris versuchte reflexartig, das Gleichgewicht zu halten. Sie schüttelte benommen den Kopf. Es dauerte einige Sekunden, bis sie Eiko, der aufgeregt vor ihr herumtänzelte, erkannte. Der Schnee hatte ihr Auto schon fast zugedeckt. In der Ferne hörte Doris das Geräusch eines herannahenden Schneepfluges. Sie mußte hier weg, dachte sie, sonst würde das schwere Fahrzeug ihren Kombi zermalmen.

Doris versuchte, ihre völlig steifen Glieder zu bewegen. Sie begann herumzuhüpfen, Eiko schloß sich ihr bellend an. Sie schlüpfte in ihre Jacke, kramte nach den Handschuhen und versuchte die Autoscheiben wenigstens notdürftig von der weißen Pracht zu befreien. Der Pflug war schon bedrohlich nahe. Doris ließ Eiko einsteigen, schloß die Heckklappe und startete ihren Wagen. Er sprang nicht an. Drei weitere Versuche, Doris schwitzte inzwischen aus allen Poren, waren nötig. Im Rückspiegel erkannte sie die Lichter des Lastwagens, der eine riesige, weiße Welle vor sich herschob.

Glücklicherweise hatte Doris ihren Wagen auf dieses Wochenende hin winterfest aufgerüstet. Die Räder griffen im Schnee und überwanden die wenigen Zentimeter, die sie von der Straße getrennt hatten. Vorsichtig lenkte Doris den Wagen über das trügerische Weiß. Sie versuchte sich zu orientieren, doch die noch immer fallenden Flocken hatten die Landschaft in eine gleichförmige Wüste verwandelt.

Endlich tauchte ein Wegweiser auf. Erschrocken las Doris die Information, daß sie sich gut hundertfünfzig Kilometer von zu Hause entfernt befand. Wie hatte das passieren können? Doris schüttelte ungläubig den Kopf, doch die Schrift auf der Tafel veränderte sich nicht. Hundertfünfzig Kilometer, unmöglich. Sie blickte auf die digitale Zeitanzeige im Auto. Nach drei Uhr früh.

Endlich zu Hause angekommen, schloß sie die Tür ihrer Wohnung hinter sich. Sie ließ den Schlüssel stecken und ging in die Küche, um sich etwas Heißes aufzubrühen, das die Kälte, die sie innerlich und äußerlich empfand, vertreiben würde.

Die Autofahrt nach Hause war sehr anstrengend gewesen, da der Schneefall bald schon in Regen übergegangen war und die Straßen durch den Matsch unberechenbar wurden. Jetzt saß sie schlotternd und völlig erschöpft am Küchentisch. Sie schloß die schmerzenden Augen, die vom Weinen und der Anstrengung gerötet waren, und versuchte sich zu entspannen. Der Tee tat gut, er brachte wenigstens ihren Kreislauf wieder ein wenig in Schwung.

Das Lämpchen am Anrufbeantworter blinkte aufdringlich. Doris drückte auf den Wiedergabeknopf und hörte als erstes Lucys Stimme. »Schatz, wo bleibst du? Ich warte auf dich. Bitte komm bald.«

Auch die nächste Nachricht stammte von Lucy: »Liebste, ich mache mir allmählich Sorgen. Es ist bereits nach Mitternacht. Bitte, bitte komm.«

Es folgten vier weitere Anrufe von Lucy, jedesmal klang die Stimme etwas panischer, besorgter. Der AB teilte Doris mit, daß ihre ehemalige Liebste morgens um halb sechs zum letzten Mal angerufen hatte. Das lag noch nicht lange zurück. Bestimmt würde sie sich bald wieder melden. Doris wollte sie aber auf keinen Fall sehen oder mit ihr reden. Sie war viel zu erschöpft und fühlte sich außerstande, auch nur einen vernünftigen Satz zusammenzubekommen.

Vom nahen Kirchturm schlug es sechs Uhr. Das Telefon klingelte. Beim fünften Mal, ehe der AB ansprang, nahm Doris den Hörer

137

ab. »Ja?« Sie hörte, wie Lucy am anderen Ende erleichtert ausatmete.

»Gott sei Dank, Liebling, du bist zu Hause. Wie geht es dir? Wo hast du gesteckt? Hattest du einen Unfall oder eine Panne? Du kannst dir nicht vorstellen, welche Horrorszenarien in mir schon aufgestiegen sind.« Lucy redete schnell, ohne Pause.

Sie mußte wirklich ziemlich von der Rolle sein, denn sonst war sie diejenige, die zuhörte. Doris seufzte auf. Sie fühlte, wie ihr warm wurde beim Klang von Lucys Stimme. Doch dann erinnerte sie sich an die Szene, die sie beobachtet hatte, und begann zu zittern. »Ja, ich bin zu Hause. Ich hatte keinen Unfall, soweit ist alles in Ordnung«, hob sie an. Natürlich konnte Lucy nicht ahnen, daß sie um ihr Verhältnis mit dem Spargel wußte. Sie mußte es ihr auch nicht sagen, es würde ja nichts ändern. Trotzdem konnte sie Lucy nie wieder sehen, nie wieder mit ihr sprechen, ohne daß sie dabei den rasenden Schmerz, der ihr Innerstes durchbohrte, fühlen würde.

»Kommst du zu mir, Liebste, oder soll ich lieber zu dir kommen?« fragte Lucy in diesem Moment. Ihre Stimme hatte den warmen Klang, der Doris immer zum Schmelzen gebracht hatte. Doch jetzt löste er eine Flut von Tränen aus.

Doris krümmte sich innerlich. »Nein, weder noch«, sagte sie hart. »Wir werden uns nicht mehr sehen – und ruf mich nie wieder an.« Mit letzter Kraft schaltete Doris das Telefon ab und warf es auf den Tisch.

Es klingelte sofort wieder. Sie ging nicht mehr ran, sondern riß das Kabel aus der Steckdose. Ihre Beine trugen sie kaum, als sie in ihr Schlafzimmer wankte. Sie kroch unter die Decke und hoffte, daß sie müde genug war, um für ein paar Stunden die grausame Welt vergessen zu können.

Sie stand nicht auf, als Eiko zu bellen begann. Sie blieb liegen, als sie hörte, wie ein Schlüssel in das Schloß ihrer Wohnungstür gesteckt wurde. Sie drehte sich um und wartete, bis die Schritte sich wieder entfernten. Lucy war gekommen, damit hatte sie fast gerechnet, doch sie würde hart bleiben.

Doris hatte viel Übung in Sachen Selbstkasteiung, sie konnte ohne Liebe existieren, das hatte sie bewiesen. Daß sie einmal den sicheren Weg der Einsamkeit verlassen hatte, bezahlte sie jetzt teuer.

Sie würde darüber hinwegkommen, auch wenn ihr im Moment die Wut fehlte, die es einfacher gemacht hätte.

Doris fühlte sich nicht gut, gar nicht gut. Ihr Herz, in tausend Stücke zersprungen, zerschnitt mit den messerscharfen Bruchkanten ihr Innerstes in kleinste Teile. Die Tage seit der Entdeckung von Lucys Doppelspiel verflossen nur zäh.

Sie versuchte, ihre Buchhaltung zu beenden. Sie wich einer möglichen Begegnung mit Lucy aus, doch sie wußte, daß sie sich nicht würde vermeiden lassen. Lucy rief jeden Tag an. Sie schrieb Briefe, die Doris ungeöffnet zurückgehen ließ. Sie klingelte an Doris' Wohnungstür, da diese immer abgeschlossen war und der Schlüssel von innen steckte. Doris erkannte ihren kleinen Wagen schon von weitem, wenn sie auf das Übungsgelände fahren wollte, und wendete dann sofort.

Obwohl Doris mit Eiko nur noch kurze Spaziergänge unternahm, sie hatte sich eine kleine Erkältung eingefangen und war etwas wacklig auf den Beinen, und die Arbeit mit nach Hause genommen hatte, wo sie sich einigelte, irgendwann würde sie Lucy doch wieder gegenüberstehen. Die Frau ihrer Träume legte in ihren Bemühungen eine ungewöhnliche Ausdauer an den Tag. Der Gedanke an die Rothaarige ließ ihren Puls in besorgniserregende Höhen schnellen. Sie wünschte sich so sehr, daß Lucy ihr den Mann als ihren Bruder präsentieren würde – oder daß sie plötzlich dastünde mit kurz abgeschnittenen Haaren – oder daß … Nein, dieses Wunschdenken führte zu nichts. Es war Lucy gewesen, und die Art, in der sie in den Armen des Mannes gelegen hatte, konnte bei allem Beschönigen nicht als Akt der geschwisterlichen Zuneigung bezeichnet werden.

Doris war froh, daß die Feiertage sie schon bald von Bielefeld befreien würden. In Wolfsburg bei ihrer Familie konnte sie Abstand gewinnen, wieder zu sich selbst finden. Mit Sicherheit würden ihre Neffen und Nichten sie ablenken von den schweren, tristen Gedanken, die ihr jede Minute des Tages zur Hölle machten. Ihre Familie würde nicht fragen, sie hatte ihrer Schwester am Telefon nur mitgeteilt, daß sie entgegen ihrer ersten Ankündigung nun doch allein kommen würde. Sie hätte sich in Lucy getäuscht. Ja, so war es wohl. Es klang ganz einfach, ganz simpel. Und doch bedeutete dieser eine kleine Satz das Ende ihrer Träume, das Ende ihrer Hoffnungen und das Ende ihres Vertrauens in das Leben an sich, fügte sie melodramatisch in Gedanken hinzu.

Die Erziehungskurse waren für das laufende Jahr abgeschlossen. Über Weihnachten und Silvester herrschte soviel Hektik, daß sich niemand mehr um Hunde kümmern konnte, bestenfalls war noch ein Spaziergang pro Tag für den Vierbeiner drin. Doris nutzte die Pause, um den Abschluß unter Dach und Fach zu bringen und sich Gedanken über die Zukunft ihrer Schule zu machen. So konnte es nicht weitergehen. Sie hatte zu viele Anfragen, mußte immer wieder nein sagen, weil die Plätze, kaum hatte sie einen Kurs ausgeschrieben, auch schon vergeben waren. In ihrem kleinen Büro jedoch stapelten sich die Ideen, die sie umsetzen wollte. Allein würde ihr das kaum gelingen. Vielleicht, überlegte Doris, die sich dick in Schal und Jacke eingehüllt hatte, mußte sie sich wirklich nach einem Partner oder einer Partnerin umsehen. Sie hustete, griff nach den Papiertaschentüchern, die sie sich gleich im Multipack besorgt hatte. Der kleine Elektroofen heizte den engen Raum zwar auf, doch Doris klapperte trotzdem mit den Zähnen. Ihr Absturz lag jetzt eine Woche zurück, und die Erkältung, die sie sich dabei geholt hatte, klang noch immer nicht ab. Eher das Gegenteil war der Fall. Doris fühlte sich von Tag zu Tag matter, sie schleppte sich durch die Stunden, die sie arbeiten mußte, durch die Nächte, in denen sie aufgrund der quälenden Erinnerungen an Lucy nicht schlafen konnte. Ihr Appetit schien sich für alle Zeiten verabschiedet zu haben, und die Kondition, auf die sie so stolz gewesen war, hatte sich ihm gleich angeschlossen. Am liebsten hätte Doris sich hingelegt und wäre nie wieder aufgestanden.

Das mit dem Liegen wurde aber immer schwieriger. Ihr tat alles weh, vor allem spürte sie seit kurzem ein heftiges Stechen in der Brust, wenn sie sich in die Horizontale bringen wollte. Der Schmerz dehnte sich aus, zog sich über die Schulter und verursachte Atembeschwerden, wie sie Doris noch nie erlebt hatte. Ihr fielen im Sitzen fast die Augen zu, denn die schlaflosen Nächte hatten sie zusätzlich geschwächt. Doris versuchte sich aus ihrem Bürosessel zu erheben. Die mit Gestellen bestückten Wände kamen auf sie zu, der Raum begann vor ihren Augen zu schwanken. Reiß dich zusammen, verdammt noch mal, schimpfte sie auf sich selbst. Sie stützte sich auf dem Schreibtisch ab und schloß die Augen. Wie lange hatte sie so dagestanden? Sie wußte es nicht.

Das Geräusch eines Autos, das vor dem Gebäude hielt, holte sie in die Gegenwart zurück. Wer konnte das sein? Sie war doch eigentlich gar nicht da. Die Tür öffnete sich, und Lucy trat ein. Doris sackte in den Sessel zurück.

»O mein Gott«, entfuhr es Lucy, die auf Doris zustürzte, um sie zu stützen. Doris hob abwehrend die Hände. Das Schwanken hatte nicht aufgehört, obwohl sie jetzt wieder sicher im Sessel saß. »Doris, was ist mit dir? Du bist ja ganz weiß.« Lucy beugte sich über Doris, die unbeweglich und mit geschlossenen Augen gegen den Schwindel, der sie erfaßt hatte, ankämpfte.

»Geh«, hörte sich Doris mit tonloser Stimme sagen.

»Nein, ganz bestimmt nicht«, antwortete Lucy, doch sie klang ziemlich unsicher. »Was ist eigentlich los?« fragte sie.

»Es ist vorbei.« Doris hatte nicht die Kraft, ihr Vorwürfe zu machen, sie mit ihrem Wissen zu konfrontieren. Sie wollte, daß Lucy das Büro verließ, sie mit sich alleine ließ.

»Aber warum? Doris, warum?« In Lucys Stimme schwang das absolute Unverständnis mit – und Verzweiflung.

Weil ich dich durchschaut habe, dachte Doris, doch sie sagte: »Geh einfach.«

Lucy lehnte sich an den Schreibtisch. Sie war Doris so nahe, daß diese nur ihre Hand hätte ausstrecken müssen, um sie zu berühren. »Bitte, Doris, sag mir, warum. Ich liebe dich doch.«

Der Blick aus den grünen Augen fuhr Doris, die Lucy bei den letzten Worten nur kurz angesehen hatte, unter die Haut. Sie fühlte, wie ihr der Schweiß ausbrach. Eigentlich hatte sie angenommen, daß es einfacher würde, daß die Verletzung sie hindern würde, in Lucys Gegenwart auch nur annähernd so etwas wie Zuneigung zu empfinden. Doch genau das geschah jetzt. Sie wollte Lucy in ihre Arme nehmen, ihre warme Haut berühren, sie küssen und ihre Stimme, die ihr Liebesworte ins Ohr flüsterte, vernehmen. Die Sehnsucht nahm Doris den Atem, ihr Herz schlug viel zu schnell. Lucy wartete noch immer auf eine Reaktion. »Es ist vorbei«, wiederholte Doris ihre Worte von vorhin mühsam.

Das Schwanken des Raumes war stärker geworden. Sie schaffte

141

es kaum, ihren Körper einigermaßen aufrecht im Sessel zu halten.

Lucy schüttelte verständnislos den Kopf, Tränen waren in ihre Augen gestiegen. Sie schluckte heftig, dann sagte sie mit rauher Stimme: »Doris, ich liebe dich. Ich verstehe nicht, was hier abläuft, und du willst es mir offenbar auch nicht erklären.«

Doris unterbrach sie. »Bitte Lucy, ich kann nicht mehr, geh endlich.« Die Worte waren so laut aus ihr herausgebrochen, daß Lucy zusammenfuhr.

Ihr Gesicht zeigte Verzweiflung, sie blickte zu Boden, drehte sich um und verließ das Büro.

Doris konnte sich später nicht daran erinnern, wie sie nach Hause gekommen war. Das Schwindelgefühl hatte sich leicht gelegt, doch sie war unfähig, ihre Bewegungen zu koordinieren. Hilflos sank sie auf die Couch. Sie wartete, daß das Zimmer aufhörte sich zu drehen. Ihr war heiß, gleichzeitig schlotterte sie am ganzen Körper. Dankbar ergab sie sich dem leeren Schwarz, das sie zu umhüllen begann.

»Doris, komm zu dir.« Die Stimme, die fast unhörbar in ihre Gedanken klang, war bekannt. Doris versuchte sie einer Person zuzuordnen. »Doris, bitte . . .« Doris gab auf, sie konnte nicht wach bleiben.

Irgendwann, viel später, begann sich der zähe Nebel in ihrem Kopf zu lichten. Sie spürte, wie etwas Kühles auf ihre Stirn gelegt wurde. Doris wollte ihre Augen öffnen, um zu sehen, wer da war.

»Sie kommt zu sich«, hörte sie eine männliche Stimme sagen.

»Doris, hörst du mich?« fragte die Stimme von vorhin. »Doris, ich bin's, Dagmar.« Dagmar? Ja, sie kannte eine Dagmar. Endlich gelang es Doris, die Augen aufzuschlagen. Ihre Freundin saß neben ihr auf der Couch. Sie blickte Doris besorgt ins Gesicht und schüttelte bekümmert den Kopf.

»Sie muß unbedingt in die Praxis kommen«, sagte der Mann, der sich über einen schwarzen Koffer beugte und eine Tablettenschachtel daraus entnahm.

Doris sah eine offenbar gebrauchte Spritze daneben liegen. Was ging hier vor? Sie konnte sich nicht daran erinnern, daß sie jemanden in ihre Wohnung gelassen hatte.

»Was hat sie denn?« hörte Doris ihre Freundin fragen.

»Ihr Fieber wird zurückgehen, doch ich glaube, sie hat sich eine Lungenentzündung eingefangen. Damit ist nicht zu spaßen«, antwortete der untersetzte Mann, der sich jetzt zu den beiden Frauen umdrehte. »Oh, Frau Birger, Sie sind wach«, lächelte er Doris an. »Erkennen Sie mich? Ich bin Dr. Maurer, Ihr Arzt.«

Doris versuchte zu antworten, doch Dr. Maurer hob die Hand. »Nein, Sie müssen nichts sagen.« Er setzte sich in einen Sessel. »Sie waren ohnmächtig«, erklärte er Doris, die ihn entgeistert angestarrt hatte. Was suchte ein Arzt in ihrem Wohnzimmer? »Ihr Hund hat einen solchen Aufstand veranstaltet, daß Ihre Nachbarn die Polizei gerufen haben.«

Doris blickte zu Dagmar, die stumm neben ihr saß und ihr beruhigend über die Hand strich.

»Sie fanden meine Nummer neben deinem Telefon, darum bin ich jetzt hier, und ich bleibe auch«, sagte sie mit Nachdruck.

Mit vereinten Kräften schafften es der Arzt und Dagmar, Doris ins Schlafzimmer zu bringen. Dann verabschiedete sich Dagmar vom freundlichen Hausarzt, der ihr noch einmal einschärfte, mit Doris in die Praxis zu kommen, sobald sich ihr Zustand etwas stabilisiert habe.

Dagmar kehrte ins Schlafzimmer zurück. Wortlos begann sie Doris auszuziehen. Sie steckte sie in einen warmen Flanellschlafzug und packte sie unter die Decken. In der Küche pfiff der Wasserkessel. Während Dagmar den Tee zubereitete, überlegte Doris, was das, was sie eben gehört hatte, für sie bedeutete. Dagmar kam ins Zimmer mit einer Thermoskanne und einer Tasse. Sie schenkte die dampfende Flüssigkeit in die Tasse, dann wandte sie sich an Doris. »Schatz, ich weiß, dir geht's nicht besonders, doch ich möchte trotzdem wissen, was eigentlich los ist. Lucy hat bei mir angerufen. Sie erzählte, du hättest dich von ihr getrennt, ohne zu sagen, warum. Sie scheint mir ziemlich verzweifelt. Jedenfalls hat sie kaum einen zusammenhängenden Satz herausgebracht, weil sie dauernd heulen mußte.«

Doris schloß die Augen. Das war alles zuviel. Lucy trug die Schuld an ihrer Situation. »Sie ist mit einem Mann zusammen«, kam es stockend über Doris' Lippen.

»Was?« rief Dagmar ungläubig. »Das ist nicht dein Ernst.«

Doris nickte nur, das Sprechen strengte sie zu sehr an. Sie

brauchte einige Minuten, um sich zu sammeln: »Ich will sie nie, nie wieder sehen, hörst du?«

Dagmar, die noch immer völlig entgeistert dreinblickte, nickte: »Ich verstehe. Ich werde ihr nichts sagen und sie auch nicht hereinlassen.« Dann überlegte sie einen Moment. »Du bist dir ganz sicher? Es gibt keinen Zweifel?« fragte sie sehr skeptisch. Doris schüttelte schwach den Kopf. Sie wollte schlafen, nichts als schlafen. »Ist ja gut«, sagte Dagmar, die sah, wie erledigt ihre Freundin war. »Du schläfst jetzt erst mal eine Runde, dann gehen wir zum Arzt.« Sie schaute Doris ernst ins Gesicht: »Du kannst froh sein, daß du einen Hund hast. Hätte der nicht einen solchen Radau gemacht, wer weiß, wann dich jemand gefunden hätte. Du hast über vierzig Grad Fieber, Schatz.«

Doris schaltete ab. Sie konnte den Ausführungen nicht mehr folgen. Dankbar fiel sie in das schwarze Loch, das sich unter ihr geöffnet hatte.

Allmählich ließen die Schmerzen etwas nach. Zwei Wochen schon lag Doris mehr oder weniger ununterbrochen im Bett oder auf dem Sofa. Dagmar hegte und pflegte sie mit einer Fürsorge, die sie ihr nie zugetraut hätte. Die Feiertage waren vorübergegangen, ohne daß Doris etwas davon mitbekommen hatte. Sie erinnerte sich kaum an diese zwei Wochen, immer wieder tauchten nur schwarze Löcher auf, wenn sie versuchte, die Tage zu rekonstruieren. Jetzt fühlte sie sich besser. Sie begann, mit Eiko kleine Ausflüge zu unternehmen. Eiko freute sich darüber sehr. Er wich nicht von Doris' Seite, ließ sie keinen Moment aus den Augen.

Das neue Jahr hatte begonnen. Doris beschloß, die Idee mit dem Partner für ihre Hundeschule voranzutreiben. Da sie Lucy unter keinen Umständen begegnen wollte, zog sie sich zu Hildegard und Johannes nach Hamburg zurück. Die Zeit hatte dafür gesorgt, daß die Verletzung nicht mehr blutete, doch sie war unzweifelhaft noch da, und sie schmerzte jede wache Minute des Tages. Doris, die mit Dagmar stundenlange Diskussionen über ihre Beobachtungen geführt hatte, wußte, daß es für sie kein Zurück mehr gab. Lucy hatte alles zerstört, nichts war mehr übrig von der Liebe und dem Vertrauen, das sie dieser Frau entgegengebracht hatte.

Hildegard und Johannes freuten sich über Doris' Besuch. Sie

bemutterten sie und versuchten sie aufzuheitern. Sie redeten über ihre Pläne, skizzierten mögliche Lösungen und suchten mit ihr nach geeigneten Partnern. Schließlich schlugen sie vor, daß sich Doris mit Dieter in Verbindung setzte, der in der Nähe von Wolfsburg eine kleine Schule betrieb. Er wäre der ideale Mann für ihre Projekte, sagten beide übereinstimmend.

Wolfsburg. Das wäre die Lösung, dachte Doris. Sie könnte aus Bielefeld weg, weg von Lucy. In Wolfsburg lebte ihre Familie. Was hielt sie eigentlich noch in der fremden Stadt?

Dieter war ein sympathischer Typ Mitte Vierzig mit beginnender Glatze. Seine kleinen grauen Augen glänzten, wenn er von Hunden redete – und er kannte kaum ein anderes Thema. Nach dem ersten Zusammentreffen mit Dieter war Doris sicher, den richtigen Mann für ihre Pläne gefunden zu haben. Die Formalitäten, die die Auflösung ihrer eigenen Schule und ihre gleichberechtigte Beteiligung an Dieters *Dogslearn-Center* mit sich brachten, raubten Doris viel Zeit und jede Menge Nerven. Sie besann sich aber auf die Gründe, die sie zu diesem Schritt getrieben hatten, und hielt durch.

Endlich, inzwischen war es bereits März, konnte sie Bielefeld endgültig den Rücken kehren. Am Tag, an dem ihre letzten Möbel abgeholt wurden, ging Doris zum letzten Mal auf einen frühen Morgenspaziergang außerhalb der Stadt. Das kleine Auto stand nicht auf dem Parkplatz. Ein Stich der Enttäuschung durchfuhr Doris, obwohl sie doch hätte erleichtert sein sollen. Lucy ..., dachte Doris wehmütig.

»Ich habe sie geliebt«, erklärte sie Eiko, der zu ihr gerannt kam. »Ich habe sie wirklich geliebt.«

Lucy hatte sich, nachdem sie von Dagmar immer und immer wieder abgewiesen worden war, nicht mehr bei Doris gezeigt. Wie viele Briefe sie wohl geschrieben hatte? Doris wußte es nicht mehr. Sie hatte alle zurückgeschickt. Doris ließ sich am Telefon verleugnen, wenn Lucy anrief. Nahm sie den Anruf selbst entgegen und Lucys Stimme klang aus dem Hörer, hängte sie ohne Worte, dafür mit heftigem Herzklopfen, sofort wieder auf. Irgendwann mußte Lucy doch begreifen, daß es keinen Sinn hatte, Doris weiter zu bedrängen. Es gab nichts zu sagen – und es gab nichts zu verzeihen. Vorbei ist vorbei. Beim Ausräumen ihrer Wohnung hatte Doris den Zweitschlüssel zu Lucys Haus gefunden. Sie schickte ihn per

Post ohne Kommentar zurück. Das Kapitel war definitiv beendet.

Der Spaziergang in den Wäldern, der noch vor wenigen Monaten zu Doris' schönsten Augenblicken des Tages gehört hatte, deprimierte sie heute. Sie redete sich zwar ein, daß sie Lucy vergessen würde, irgendwann, doch sie sehnte sich nach ihr, nach ihrem Lachen, ihren Augen, ihrer Zärtlichkeit, nach ihrem Verständnis, nach ihrem Körper. Sie vermißte sie, noch immer.

Ein letztes Mal leerte sie den Briefkasten. Ein Couvert lag im Fach, die Schrift darauf kannte sie, es war ihre eigene. Der Schlüssel war nicht an sein Ziel gelangt. Auf dem Umschlag stand die kurze Mitteilung: *Verzogen, Adresse unbekannt*

Sie ist weg, dachte Doris verblüfft. Weg? Wohin? Die lapidare Mitteilung der Post schlug ein wie eine Bombe. Doris fühlte, wie eine eisige Hand nach ihrem Herzen griff. Wieso ging Lucy weg, ohne ihr zu sagen, wohin? Aber wieso sollte sie auch? Doris hätte ihr ja ohnehin nicht zugehört. Nun war es entschieden: sie würden sich nie wiedersehen.

»Ach, Dagmar, ist das schön, dich zu sehen.« Doris fiel ihrer ältesten Freundin um den Hals. Als sie Bielefeld hinter sich ließ, war ihr nicht bewußt gewesen, wie viele Wurzeln sie dort schon geschlagen hatte. Dagmar hatte sich eigentlich selbst eingeladen. Sie war einfach bei Doris in ihrer neuen Wohnung aufgekreuzt.

»Wie läuft's mit deiner neuen Schule?« fragte Dagmar und trank einen Schluck Kaffee.

Doris seufzte. »Ich bin es nicht mehr gewöhnt, mit Menschen so direkt zusammenzuarbeiten«, sagte sie. »Dieter ist schwer in Ordnung, auf jeden Fall. Auch seine Familie ist ganz nett. Nur, wenn du selbständig warst und dich dann auf eine Partnerschaft einläßt, dann ist das nicht einfach. Wir verstehen uns, das sicher, und wir sind auf der gleichen Wellenlänge, was die Erziehung von Hunden betrifft. Aber ich muß meine Entscheidungen mit ihm absprechen, die Ausschreibungen von ihm absegnen lassen und das Kursprogramm mit ihm zusammen verfassen.« Wieder seufzte Doris.

Dagmar lachte. »Du warst doch nicht immer selbständig, hast du das schon vergessen?« fragte sie amüsiert.

»O nein«, Doris schüttelte den Kopf, »doch früher war ich angestellt. Jetzt ist es irgendwie etwas dazwischen. Ich bin zwar Chefin, doch eben nicht nur.«

Dagmar nickte verstehend. »Wie geht's dir sonst?« fragte sie dann ernst.

Doris wußte genau, was ihre Freundin meinte, doch sie verspürte keinen Drang, sich mit dem leidigen Thema Liebe, das ihr noch immer schlaflose Nächte bescherte, auseinanderzusetzen. »Ach, weißt du«, antwortete sie ausweichend, »es ist schon schön, wieder nahe bei meiner Familie zu wohnen. Ich sehe vor allem meine Schwester regelmäßig. Du erinnerst dich, sie hat ein kleines Restaurant in der Stadt.«

Dagmar grinste. »Süße, du weichst mir aus. Ich möchte wissen, wie es deinem Herzen, deiner Seele geht.«

»Na, wie soll es mir da schon gehen? Ich lebe. Ist das nicht genug?« fragte Doris gereizt. Sie hoffte inständig, Dagmar von ihrem Trip herunterzubringen, denn die Erinnerung an Lucy schmerzte so schon genug, es war also absolut nicht nötig, diese unangenehme Empfindung durch ein offenes Gespräch, wie Dagmar das zu nennen beliebte, zu vertiefen. Doch Doris' Hoffnung zerschlug sich.

»Doris, ich verstehe immer noch nicht, was damals eigentlich zwischen euch vorgefallen ist«, begann Dagmar. Doris schwieg. »Ich habe akzeptiert, daß du Lucy nicht sehen wolltest, als du so krank warst. Ich habe auch meinen Mund gehalten, als du erst nach Hamburg und dann nach Wolfsburg zu deiner Familie abgehauen bist, obwohl mir Lucy wirklich leid getan hat. Sie rief mich dauernd an, fragte nach dir. Ich habe noch nie soviel gelogen.« Sie unterbrach sich, dann korrigierte sie sich: »Ich habe noch nie so oft etwas verschwiegen.«

Doris hob ungeduldig die Hand. »Dagmar, du bist meine beste Freundin, doch auch dir kann ich nicht mehr sagen, als daß Lucy mit einem Mann zusammen ist – oder war. Ich habe ihr vertraut, sie hat mich belogen. Was willst du noch hören? Reicht das denn nicht?«

Ihre Worte überzeugten Dagmar nicht. »Ich habe euch beide miteinander gesehen. Das war Liebe.«

O Gott, jetzt wird sie auch noch melodramatisch, dachte Doris.

»Ich kann nicht glauben, daß Lucy sich auf einen Mann einlassen würde. Sie ist nicht der Typ dazu«, entschied Dagmar mit Nachdruck.

»Ich weiß, was ich gesehen habe!« Doris war sich bewußt, daß sie sich wiederholte, doch ihre Freundin schien es einfach nicht zu begreifen. Sie war doch sonst nicht so schwer von Begriff, wieso stellte sie sich gegen die erwiesenen Tatsachen? Wieso ließ sie Doris nicht einfach in Ruhe? Reichte es nicht, daß sie noch immer litt? Mußte sie ihr das Messer in der offenen Wunde wieder und wieder drehen?

»Ja, das sagtest du schon, und trotzdem kann ich mir nicht vorstellen, daß du es richtig interpretiert hast. Lucy hätte sich doch nicht solche Sorgen um dich gemacht, wenn du ihr gleichgültig wärst. Sie wäre zu ihrem Typen gegangen und hätte dich deinem Schicksal überlassen.« Dagmar schob eine bedeutungsvolle Pause ein. Doris schüttelte nur immer wieder den Kopf über ihre verbohrte Freundin, die es nicht zu kapieren schien. »Wenn sich eine Frau mit mir je nur halb soviel Mühe gegeben hätte wie Lucy mit dir, dann ...«

»Was willst du eigentlich?« unterbrach Doris sie ungehalten. »Sie ist weg, schon vergessen? Und nicht mal du kannst mir sagen, wo sie abgeblieben ist.«

Doris hatte genug. Wenn Lucy wirklich soviel an ihr lag, wieso hatte sie ihr nicht mitgeteilt, wohin sie ging? Der Gerechtigkeit halber mußte sie sich zwar eingestehen, daß Lucy es versucht haben könnte, doch Doris hatte ja alle ihre Briefe ungelesen zurückgehen lassen. Aber wenigstens Dagmar hätte sie doch informieren können.

Die drei Tage, die Dagmar bei Doris in Wolfsburg verbrachte, vergingen ziemlich angenehm. Das einzig Störende waren die wiederholten Versuche ihrer Freundin, ihre Gefühle auszuloten. So sehr sie sich auch dagegen wehrte, Dagmar ließ ihr keine Ruhe.

Schließlich setzte sie zur umfassenden Analyse an. »Doris, du bist am Boden zerstört.«

Wie wenn sie selbst nicht darauf gekommen wäre ...

»Du hast Lucy geliebt.«

Auch das stimmte.

»Du liebst sie noch immer.«

Nein, nie und nimmer!

»Als Veronika dich verließ, warst du wütend, doch jetzt bist du nur traurig und verletzt.«

Gut, das stimmte, Doris empfand tatsächlich keine Wut, wenn sie an Lucy dachte. Da waren Enttäuschung, Schmerz und eine namenlose Sehnsucht in ihr, aber keine Wut. »Ich bin traurig«, stimmte sie Dagmar zu, »und ich bin verletzt, ja. Aber das bedeutet nicht, daß ich sie liebe. Im Gegenteil, Lucy hat mir gezeigt, daß es Liebe nicht gibt. Sie existiert nicht. Sie beruht auf Täuschung, vor allem auf Selbsttäuschung. Wenn du glaubst, jemanden gefunden zu haben, der dich wirklich versteht, der deine Träume teilt, sie mit dir verwirklicht, dann beginnst du im gleichen Moment, dich zu verändern. Du läßt dich auf die andere ein, gibst dich auf, damit du dir vormachen kannst, ihr hättet etwas gemeinsam. Das ganze Gesülze von Liebe ist Betrug.« Doris hatte sich in Rage geredet. Sie spürte, daß ihre Worte vom Kopf diktiert wurden, ihr Herz hätte etwas anderes gesagt, denn dort schlummerte die Erinnerung an eine Zeit, in der es das gegeben hatte, was sie jetzt negierte.

Dagmar lächelte bedauernd. »Ich hoffe für dich, daß du irgendwann erkennst, wie sehr du auf dem Holzweg bist. Es muß ja nicht unbedingt Lucy sein, doch ich denke, mit ihr...« Beim Blick in Doris' Gesicht brach sie mitten im Satz ab. Es hatte wirklich keinen Sinn.

Doris fand das beste Rezept gegen Liebeskummer. Sie arbeitete fast rund um die Uhr. Wenn sie nicht im Geschäft, wie Dieter ihr zweiteiliges Büro nannte, Kursprogramme zusammenstellte, Inserate aufsetzte oder die Computerprogramme zu verstehen versuchte, mit denen Dieter die Buchhaltung machte, dann trainierte sie mit Eiko das Fährtensuchen, den Angriff und alles andere, was er für die *Schutzhundeprüfung 2* beherrschen mußte. Doris gönnte sich kaum eine freie Stunde. Bald würden wieder Kurse beginnen, die Vorbereitungen dazu waren auf dem besten Weg. Doris freute sich auf die neue Art der Gruppenbetreuung. Sie würde vermehrt auch Einzelstunden geben können, was ihr sowieso besser lag und was auch den Besitzern und ihren Hunden mehr brachte, davon war sie überzeugt.

Doris beschäftigte sich bis zum Umfallen. Allerdings wollte sich auch nach einem 18-Stunden-Tag der Schlaf nicht einstellen. Kaum schloß sie die Augen, sah sie Lucy vor sich. Lucy nackt im Bett, sich verführerisch räkelnd. Lucy lachend bei einem gemeinsamen

Spaziergang. Lucy, die ihr rotes Haar zurückwarf. Lucy in ihrem Arm, eng an sie geschmiegt. Das mußte aufhören!

Doris besorgte sich Schlaftabletten, die wirkten aber dummerweise immer erst nach einiger Zeit. Doris loggte sich wieder in Chatrooms ein. Sie verwendete einen neuen Namen, damit sie nicht wiedererkannt wurde. Isolde schien passend, da sie sich nicht Tristan nennen konnte, und mit Tristesse hätte sie zuviel über ihren Gemütszustand verraten. Doris merkte schnell, daß sie für die lockere Unterhaltung im Netz nicht mehr in Stimmung war. Es schien ihr alles zu oberflächlich, zu abgedroschen. Trotzdem, es vertrieb ihr die Zeit, und mehr erwartete sie auch nicht.

Neubeginn

Oh, ja!« Riccarda stöhnte auf. Ihr feingliedriger Körper spannte sich, dann fiel sie in sich zusammen. Lucia streichelte die heiße Haut, die sie nicht kannte, fuhr durch das wirre schwarze Haar, das sich ungewohnt anfühlte. Riccarda lächelte sie aus ihren dunklen Augen an. »Du bist eine Wucht, Lucy«, flüsterte sie.

Lucia fühlte die Nässe, die ihren Oberschenkel überzog. Riccarda richtete sich auf ihr etwas auf. Sie begann, sich wieder gegen die Finger, die noch immer in ihr waren, zu bewegen. Sie hat noch nicht genug, dachte Lucia. Aber konnte sie ihr daraus einen Vorwurf machen? Schließlich hatte sie selbst ihr den Eindruck vermittelt, nichts anderes zu wollen, als möglichst schnell mit ihr im Bett zu landen.

Lucia bewegte ihre Finger kaum. Ihre Hand verschwand fast vollständig in Riccardas Schoß, der sich jetzt heftig an ihr rieb. Lucia schloß die Augen. Was hier lief, war völlig verkehrt. Sie spielte mit der Leidenschaft einer netten Frau, die in ihr vermutlich mehr sah als ein kleines Abenteuer. Wieso nur hatte sie auf Stefan gehört? Sie war auf die Party gegangen wider besseres Wissen. Sie ließ sich mit einer hübschen Frau ein, nur weil sie dachte, es könnte sie von den schmerzhaften Gedanken an Doris ablenken. Und was passierte? Die Erinnerungen an ihre Geliebte traten mit einer Deutlichkeit ans Licht, die sie gequält aufstöhnen ließen.

Lucia fühlte, wie sich das pochende Fleisch enger um ihre Finger schloß. Sie zwang sich, sich auf Riccarda zu konzentrieren. Lucia stieß tief in die Hitze, glitt mit ihrem Daumen über die geschwollene Klit, drückte leicht dagegen. Riccardas Schrei verkümmerte zu einem hilflosen Keuchen. Sie sank auf Lucia hinab und blieb lange reglos liegen.

»Nein, Riccarda, bitte laß das.« Lucia drehte sich von der Kurzhaarigen weg.

»Was ist mit dir?« hörte sie Riccarda mit starkem Akzent fragen. »Willst du nicht?«

Lucia schüttelte den Kopf. Es war schlimm genug, daß sie Riccarda überhaupt in ihr Bett gelassen hatte – respektive in Stefans Gästebett – doch sich von ihr berühren zu lassen, das konnte sie nicht zulassen. Sie wußte, wessen Gesicht vor ihr auftauchen würde.

»Es tut mir leid«, entschuldigte sie sich deshalb etwas betreten bei ihrer Eroberung, »ich glaube, es war ein Fehler.«

Riccarda sah sie fragend an. »Du hast dich von einer Frau getrennt?«

Lucia stellte richtig: »Sie trennte sich von mir. Und ich weiß bis heute nicht, warum.«

»Du kannst fragen«, meinte Riccarda verständnislos.

Lucia schüttelte den Kopf. Sie hatte keine Lust, mit einer fast Wildfremden ihr tristes Liebesleben zu erörtern. »Laß uns schlafen«, schlug sie statt einer Antwort vor.

Riccarda nickte, sie würde nicht weiter in Lucia dringen, doch irgendwie komisch kam ihr die Sache schon vor. Eine attraktive Rothaarige, die ihr offenkundige Avancen gemacht hatte. Eine Frau, mit Kurven, daß einem der Atem stockte, die sie einlud und sie auch problemlos von Höhepunkt zu Höhepunkt streichelte. Doch diese erregende Frau empfand offenbar selbst nicht den leisesten Hauch Leidenschaft. Sie war zwischen ihren Beinen so trocken wie eine Sandwüste. Und das bei ihr. Riccarda verstand es wirklich nicht, doch sie beschloß, nicht weiter darüber nachzudenken, denn sie hatte ja bekommen, was sie wollte – zumindest den ersten, wichtigsten Teil. Lucia würde Amerika bald wieder verlassen, warum sollte sie sich also weiter mit ihrer anscheinend traurigen Lebensgeschichte befassen?

Heinz, Lucias Bruder, hatte sich diesen Morgen extra frei genommen. Er begleitete seine kleine Schwester an den Flughafen und wartete mit ihr, bis der Flug nach New York, wo Lucia umsteigen mußte, aufgerufen wurde. »Schön, daß du mich mal besucht hast«, flüsterte er ihr ins Ohr, als er sie zum Abschied umarmte.

»Es tut mir leid, wenn ich dir keine so gute Unterhalterin war«, meinte Lucia verkrampft lächelnd.

»Kein Problem. Du warst da.«

Sie schob Heinz ein Stück von sich und sah ihn an. »Du bist ein toller großer Bruder. Danke, daß du Zeit für mich hattest.«

Heinz nickte nur. Er drückte ihr einen Kuß auf die Wange, dann ließ er sie los. Lucia checkte ein, winkte dem leider zur Fülle neigenden Ingenieur nochmals zu und begab sich zu ihrem Gate.

Erleichtert registrierte Lucia, daß sie einen Fensterplatz ergattert hatte. Neben ihr saß ein ergrauter Herr, der eifrig mit Papieren raschelte und offenbar nicht die geringste Absicht hatte, mit ihr ins Gespräch zu kommen. Seufzend sank Lucia ins Polster zurück und betrachtete die Wolken am amerikanischen Abendhimmel. Es war eine Flucht gewesen, nichts anderes.

Nachdem Doris ihr den Laufpaß gegeben hatte, ohne Grund, wie Lucia verbittert in Gedanken hinzufügte, hatte sie alles versucht, sie zu sehen oder wenigstens mit ihr zu reden. Lucia konnte nicht glauben, daß ihre Liebe einfach so zu Ende sein sollte. Sie liebte Doris, daran gab es keinen Zweifel, hatte es auch nie einen gegeben. Und Doris? Sie liebte sie doch auch. Lucia hatte es so tief in sich gespürt, daß Doris sie auch liebte, daß ein Irrtum ausgeschlossen war. Wieso warf Doris alles weg? Wieso verletzte sie Lucia? Lucia rief an, doch Dagmar sagte ihr, Doris sei krank, dann war sie plötzlich schwerkrank, sie habe eine schwere Lungenentzündung. Lucia schlief nicht mehr, aß nicht mehr, war bald nur noch ein Schatten ihrer selbst. Sie schrieb Briefe, fragte Doris, was passiert sei. Alle Briefe kamen ungeöffnet zurück.

Dann tauchte plötzlich ihre Mutter auf. So entsetzt hatte die gute Frau noch nicht mal ausgesehen, als ihr Lucia von ihrer ersten Liebe, einer Mitstudentin, erzählt hatte.

»Kind, so geht das nicht!« rief sie völlig entgeistert. Sie packte ihr ein paar Sachen zusammen, hieß Asta in ihren schicken Wagen einzusteigen, zwang Lucia dann, es ihrem Hund gleichzutun, und chauffierte sie in die elterliche Villa mit Rosengarten.

Ihre Mutter war unerbittlich. Eine Woche lang wurde Lucia aufgepäppelt wie ein mutterloses Schäfchen. Doch die Fürsorge half. Lucia fühlte, wie ihre körperliche Kraft zurückkehrte. Sie unternahm mit Asta stundenlange Ausflüge in die Umgebung und überlegte sich dabei, warum sie am Leben bleiben sollte. War ein Hund ein ausreichender Grund? Ihre Arbeit? Die Freunde? Ihre Familie? Vielleicht reichte ein Argument allein nicht, alle miteinander bekamen dann doch ziemlich Gewicht. Lucia beschloß, die Antwort über den Sinn ihres Lebens auf später zu vertagen.

»Bitte Lucia, flieg nach Amerika.« Die Stimme ihrer Mutter konnte beim besten Willen nicht als bittend bezeichnet werden, in ihr klang vielmehr der Befehlston mit, den Lucia seit ihrer frühesten Kindheit kannte. »Du hast Heinz schon über ein Jahr nicht mehr gesehen. Er würde sich freuen, dich endlich wiederzusehen.«

Ihre Mutter, das wußte Lucia, würde keine Ruhe geben, bis sie ihrem Vorschlag zugestimmt hatte. Lucia hatte keine Kraft, sich auf einen verbalen Kampf mit ihr einzulassen und – sie wollte Heinz eigentlich ganz gern auch wieder einmal live zu Gesicht bekommen. Denn er fehlte ihr, obwohl sie in letzter Zeit intensiv per Mail und Telefon in Kontakt gestanden hatten.

Die Stimme ihrer Mutter unterbrach Lucias Gedanken: »Asta kannst du gerne bei uns lassen. Du weißt, daß ich mich gut um sie kümmern werde.«

Lucia unterdrückte ein Grinsen. Wer hätte das noch vor einem Jahr vermutet?

Schließlich rief Lucia am Flughafen an, buchte die nächste Maschine und flog wenige Tage später über New York nach Kansas City. Den einwöchigen Aufenthalt in Heinz' großzügigem Appartement nutzte Lucia, um ihre Artikelserie endlich fertigzustellen. Danach stand ein Besuch in Chicago auf dem Programm, denn wenn sie schon so nahe war, wollte sie ihren besten Freund Stefan auch sehen. Stefan und Robert bewohnten ein bescheidenes Haus außerhalb der Tore der Stadt. Sie freuten sich beide wie Schneekönige über den unerwarteten Besuch aus der Heimat und versuchten alles, um Lucias trübe Gedanken aufzuheitern. Zu diesen Bemühungen gehörten neben diversen leidlich getarnten Verkupplungsversuchen mit scheinbaren Freundinnen des Hauses auch das Aufsuchen von Lokalen und Partys.

Lucia wehrte sich nicht, denn sie nahm an, daß jede Ablenkung ihr gut tun würde. Weit gefehlt, dachte sie jetzt in ihrem Sessel. Die Zärtlichkeit, die Riccarda ihr hatte geben wollen, hatte sie nicht annehmen können. Sie hatte nichts, absolut nichts dabei gefühlt. Sie würde sich etwas anderes einfallen lassen müssen. Vor allem, entschied sie, mußte sie aus Bielefeld weg, die Distanz zu Doris zumindest etwas vergrößern.

Zita tippte nachdenklich auf den Stapel Papier, der vor ihr lag. »Süße, du hast tolle Arbeit geleistet, wirklich. Aber«, sie blickte ihr besorgt ins blasse Gesicht, »du siehst gar nicht gut aus. Was ist los?«

Lucia hatte gewußt, daß ihre nicht eben tolle Verfassung Zita nicht verborgen bleiben würde. Sie seufzte. »Mir geht's momentan etwas dreckig. Aber ich komme darüber hinweg«, antwortete sie mit aller Überzeugung, die sie aufbieten konnte.

»Worüber?« hakte Zita aufmerksam nach.

»Sie hat sich von mir getrennt«, erwiderte Lucia knapp.

»Wieso?« Das mußte Zita fragen, klar.

»Ich weiß es nicht. Ich weiß es wirklich nicht.« Lucia fühlte, wie sich ihre Augen mit Tränen füllten. Wo kamen die bloß her? Hatte sie in den vergangenen Monaten nicht längst alle geweint?

»Erzähl«, forderte Zita sie ungewohnt freundlich auf.

Kein Wort von »Hab' ich's dir nicht immer gesagt?« oder »Siehst du, das hast du nun von der Liebe.« Sie lehnte sich in ihrem Stuhl zurück und wartete, bis Lucia sich soweit gesammelt hatte, um ihre traurige Geschichte zu erzählen. »Es tut mir leid für dich. Sehr, sehr leid sogar.« Zita seufzte, Lucias Bericht schien ihr nahe zu gehen. »Was machst du jetzt?«

»Ich will weg aus der Stadt. Weg von ihr. Wenn ich mir vorstelle, daß ich sie irgendwo treffe, ganz zufällig ... Ich weiß nicht, was ich dann tue.«

Zita nickte verstehend. Sie überlegte einen Moment, dann meinte sie: »Du kannst für mich arbeiten, auch wenn du nicht hier wohnst. Das ist kein Problem. Aber eigentlich möchte ich nicht, daß du zu weit weg bist.« Lucia hob erstaunt die Augenbrauen. »Na ja, ich mag dich halt und möchte, daß meine Freunde nahe bei mir sind«, schob Zita ziemlich unbeholfen hinterher.

Sieh an, dachte Lucia nun doch ziemlich perplex, ich wußte nicht, daß Freundschaft für sie überhaupt einen Stellenwert hat.

»Grins nicht so!« holte Zita sie aus ihren Gedanken. Dann forderte sie Lucia auf, sich zu überlegen, wohin sie ziehen möchte.

Lucias Wahl fiel auf Wolfsburg. Sie wußte, daß dabei eine gewisse Gefahr bestand, Doris irgendwann zu treffen, doch sie war sehr klein. In der Nähe von Wolfsburg, das hatte sie bei ihrem letzten Besuch gesehen, konnte sich leben lassen, und die Stadt war nicht zu weit entfernt. Zita nickte offenbar erleichtert, wie Lucia noch immer etwas überrascht registrierte.

Die Märzsonne besaß schon ziemlich viel Kraft. Lucia, die begonnen hatte, sich bewußt auf ihre Ernährung zu konzentrieren, griff weit aus. Asta rannte durch den Wald, sie versuchte wie immer, schneller zu sein als die Eichhörnchen, die sich vom warmen Wetter zu einem Ausflug hatten verleiten lassen. Lucia beobachtete ihren Hund lächelnd. Daß sie Asta zu sich genommen hatte, war die beste Entscheidung ihres Lebens gewesen, dachte sie. Dank des Vierbeiners bewegte sie sich täglich an der frischen Luft, sie lernte Menschen kennen, an denen sie sonst achtlos vorübergegangen wäre, und sie hatte mit ihr eine zuverlässige Freundin, die, egal, was auch geschehen mochte, zu ihr hielt. Durch Asta hatte sie auch Doris wiedergefunden. Dieses Kapitel war zu Ende, sagte sich Lucia, obwohl sie sich innerlich bei der Erinnerung an die Hundetrainerin noch immer wand.

Es mußte weitergehen, das stand für Lucia fest, und irgendwann könnte sie an Doris zurückdenken, ohne in einen Anfall von tiefster Depression zu geraten. Vielleicht würde sie Doris sogar dankbar sein für die kurze, aber erfüllende Zeit mit ihr? Möglicherweise lernte sie eine Frau kennen, die in ihr diese Gefühle wieder weckte, die Doris mit ihrer Reaktion auf etwas, von dem Lucia nichts wußte, erstickt hatte?

Lucia kehrte zu ihrem Wagen zurück. Die Möbelpacker waren bestimmt fertig. Sie ließ Asta einsteigen und fuhr auf dem direkten Weg nach Wolfsburg, wo ein kleines Haus, kleiner als das in Bielefeld, auf sie wartete. Bielefeld war abgehakt, und damit auch Doris.

Das Auspacken und Einräumen bewältigte Lucia mit Hilfe ihrer Freundin Lora, die sich extra ein paar Tage frei genommen hatte. Zwischen ihnen hatte sich in den letzten Monaten ein Verständnis entwickelt, das keiner Worte bedurfte. Lucia fühlte sich wohl in der Gegenwart der Hamburgerin. Sie konnten miteinander offen reden und doch auch schweigen, was Lucia im Moment sehr schätzte.

Lora gab sich mit den wenigen Auskünften zufrieden, die Lucia ihr gegeben hatte. Sie fragte nicht, sondern hielt sie nur tröstend im Arm, wenn der Schmerz sie zu erdrücken drohte. Jetzt begann ein neues Leben.

Neben Lora, die auch in den folgenden Wochen regelmäßig von Hamburg her einen Abstecher nach Wolfsburg unternahm, tauchte des öfteren Zita auf. Lucia begann sich allmählich zu wundern, denn obwohl sie mit Zita schon seit einigen Jahren einen guten Kontakt pflegte, schien ihr diese intensive Anteilnahme an ihrem Leben doch etwas verdächtig.

Zita äußerte sich nur sehr vage zu ihren Motiven, die sie in Lucias Haus führten. Immer brachte sie eine neue Idee mit, die sie unmöglich am Telefon mit ihrer Journalistin besprechen konnte, wie sie sagte. Und immer dehnte sie ihre Besuche etwas länger aus.

Lucia beschloß, sich keine Gedanken mehr über die für sie ohnehin unverständlichen Hintergründe der Besuche zu machen und sie statt dessen einfach zu genießen. Sie mochte Zita, hatte sie immer schon gemocht.

Seit dieser Geschichte mit ihrer Affäre, die sie nicht hatte beenden wollen und in der sie sich aber doch nicht wohlgefühlt hatte, war etwas mit ihrer Freundin passiert. Sie schien sich zu verändern, im positiven Sinne, wie Lucia in Gedanken anmerkte. Zita war ernster geworden. Sie redete nicht mehr pausenlos, sondern bemühte sich zumindest zwischenzeitlich, auch mal zuzuhören. Natürlich konnte sie ihre Natur nicht vergewaltigen und plötzlich introvertiert durch ihr Leben wandeln.

Lucia grinste in sich hinein bei dieser doch ziemlich abwegigen Vorstellung. Zita war Zita, und sie blieb es auch. Gut, denn so mochte Lucia sie.

Lucia fühlte sich wohl in ihrer neuen Umgebung, die sie mit Asta zusammen täglich ein Stück weiter erkundete. Da sie außerhalb der

Stadt wohnte, brauchte sie ihren kleinen Hüpfer nicht jeden Tag zu bemühen. Sie streifte durch die offene Landschaft, durch die Wälder, die jetzt zwar noch kahl vor sich hindämmerten, bald jedoch ihre ersten Triebe zeigen würden; die Vögel kämen aus ihren südlichen Winterquartieren zurück und würden ihren angestammten Lebensraum wieder in Besitz nehmen. Lucia freute sich auf das Vogelgezwitscher, auf die Zeichen der erwachenden Natur, auf das Leben, das zurückkehren würde. Eigentlich, so philosophierte sie, war ihr eigenes Leben gar nicht so tragisch. Sie fühlte sich körperlich wieder fit, bearbeitete interessante Themen, lernte neue Menschen kennen und verfügte, wie sie festgestellt hatte, über ein gutes und tragfähiges Netz von Freunden, die ihr beistanden, wenn sie diesen Beistand brauchte. Und überhaupt, es war doch schön, das Leben, auch wenn ein Teil dessen, was es absolut glücklich gemacht hätte, jetzt fehlte.

Lucia bückte sich, hob einen dürren Ast auf und schleuderte ihn so weit es ging. Asta spurtete hinterher. Sie kam zu Lucia zurückgerannt, setzte sich vor sie hin und hob ihr die Beute entgegen.

»Braver Hund«, lobte die Herrin, nachdem sie den Stock aus Astas Maul genommen hatte.

Asta machte sich gut, sie hatte fast nichts von dem, was sie bei Doris gelernt hatte, vergessen. Und Asta schien es zu genießen, wenn Lucia ihr neue Aufgaben stellte oder die bekannten Kommandos mit ihr trainierte. Der Hund braucht eine Beschäftigung, ging es Lucia durch den Kopf. Sie sollte sich um einen Platz in einer Hundeschule kümmern, sicher gab es hier auch solche Einrichtungen.

Doris hatte immer behauptet, Asta hätte das Potential zu einem guten Fährtensuchhund. Für Lucia kam eine so spezielle Ausbildung allerdings nicht in Frage, doch sie wollte die Fähigkeiten ihres Vierbeiners auch nicht einfach verkümmern lassen. Als sie noch mit Doris zusammen war, in ihren Gedanken hieß das noch immer »als ich noch glücklich war«, hatte sie begonnen, mit Asta für die Prüfung zum *Begleithund 2* zu trainieren. Keine große Sache, eigentlich, doch etwas Übung benötigte es schon, um als Herrin die richtigen Kommandos in der korrekten Form zu geben. Der Hund würde keine Fehler machen, wenn der Meister konzentriert war, das wußte Lucia inzwischen.

»Unsere Nummer mit der Chatstory kommt extrem gut an«, teilte Zita Lucia bei ihrem nächsten Besuch mit.

Lucia lächelte erfreut. Sie war stolz auf ihre Arbeit, immerhin hatte sie enorm viel Zeit in diese Serie hineingesteckt und, was eher selten vorkam, sich selbst ziemlich weit auf die Äste hinausgewagt. Mit Schaudern dachte sie an Flyer zurück. Doch die Chatstory hatte ihr ja auch zu einer neuen Freundin verholfen und einer netten Bekanntschaft mit einem Mann, der allerdings gleich wieder aus ihrem Leben verschwunden war.

»Habe ich dir eigentlich gesagt, daß ich diese Affäre, die du mitgekriegt hast, in diesem Chat begonnen habe?« fragte Zita in Lucias Gedanken hinein.

Sie saß in einem der neuen und diesmal sehr bequemen Gartenstühle und ließ sich die warme Frühlingssonne ins Gesicht scheinen.

»Ach? Nein, das hast du nie erwähnt«, erwiderte Lucia ziemlich erstaunt. Sie überlegte, ob sie Zita im Chat wohl erkannt hätte. Möglicherweise, doch sicher war sie nicht. »Wie hast du dich denn genannt?« fragte sie deshalb neugierig.

»Ich bin Cleopatra«, antwortete Zita lachend, denn ihr war selbstverständlich bewußt, daß dieser Name höchstens was die sprichwörtliche Hochnäsigkeit betraf, zu ihr gepaßt hatte.

»Cleopatra?« wiederholte Lucia geplättet. »Du bist Cleopatra? O Gott. Das glaub ich einfach nicht!« Sie verdrängte die Röte, die sich auf ihrem Gesicht ausbreiten wollte, denn sie erinnerte sich sehr gut an die erotischen Zwiegespräche mit ihr, die sie immer ziemlich schnell und sehr erregt ins Bett getrieben hatten. Und das sollte ihre Freundin Zita gewesen sein? Wie peinlich …

Zita lachte. »Was ist los? Haben wir uns etwa auch mal getroffen?« fragte sie aufmerksam.

»Hm, ja«, gestand Lucia. Leugnen hatte keinen Sinn, denn wenn sie ihren Nickname erfuhr, wußte Zita eh, warum Lucia plötzlich eine ziemlich gesunde Farbe auf ihren Wangen aufwies.

Zita hob amüsiert ihre Augenbrauen. »Laß mich nachdenken. Wer könntest du gewesen sein? Sissi? Starky?« Sie runzelte die Stirn, betrachtete Lucia, die auf ihrem Stuhl nervös hin und her rutschte, intensiv. Dann lachte sie laut auf. »Jetzt weiß ich es«, verkündete sie triumphierend, »du warst Marone!« Lucia nickte bloß.

Zita konnte sich nicht mehr beruhigen. Sie lachte und lachte, bis ihr die Tränen über die Wangen rollten. »Marone. Ich fasse es nicht«, gluckste sie. »Ich hoffe, ich habe dich nicht allzusehr in Verlegenheit gebracht mit meiner Anmache?«

Lucia schüttelte den Kopf. Sie war außerstande, auf diese Frage eine ehrliche Antwort zu geben.

»Aber es ist gut«, schloß Zita das unangenehme Thema glücklicherweise ab, »daß wir uns nicht verabredet haben. Das wäre dann doch etwas peinlich für uns beide geworden.«

Erleichtert atmete Lucia aus. Zita hatte sie nicht weiter nach ihren Reaktionen gefragt. Sie wollte auch nicht wissen, mit wem sie sich schließlich getroffen hatte, das schien jetzt nicht mehr wichtig zu sein. Zwischen ihr und Zita würde das freundschaftliche Verhältnis bestehen bleiben, das ihr in letzter Zeit immer wertvoller geworden war.

Zwischen Zitas Besuchen telefonierten sie auch miteinander, was Zitas Begründung, warum sie unbedingt kommen mußte, immer unwahrscheinlicher erscheinen ließ.

»Eine Party?« Zitas Stimme klang ungläubig. »Wieso kommt jemand wie du auf die Idee, eine Party zu schmeißen?«

Lucia lachte ins Telefon, mit einer solchen Reaktion hatte sie gerechnet. »Nun ja, ich hatte Geburtstag, vielleicht erinnerst du dich. Und das neue Haus ist fertig eingerichtet, noch ein Grund. Jedenfalls steigt die Party am Samstag in zwei Wochen, und ich würde mich freuen, wenn du dabei wärst.«

Sie hörte, wie Zita ihre Agenda zu Rate zog. Dann erklang die fröhliche Stimme wieder: »Ist gebongt, ich werde da sein. Brauchst du noch irgend etwas? Ein paar heiße Bräute, die den Laden aufmischen? Oder eher Alkoholisches, um nachher abzutauchen? Oder Musik?«

»Danke«, unterbrach Lucia die Aufzählung. »Es wird für alles gesorgt sein, nur mit den Bräuten kann ich wahrscheinlich nicht dienen. Du darfst aber gern jemanden mitbringen, falls du eine neue Flamme haben solltest.«

Zita schwieg, dann meinte sie neutral, man werde sehen.

Die Vorbereitungen liefen auf Hochtouren. In der Tat konnte eine Einladung von Lucia zu einer Party als Ereignis angesehen werden, denn sie zog sich lieber in ihre vier Wände zurück und schloß die Tür hinter sich, als sie Gästen zu öffnen. Ihr Geburtstag lag auch schon eine Weile zurück, denn schließlich zeigte der Kalender bereits April, und Lucia war im Zeichen des Wassermanns geboren.

Die Wunden, die die Trennung von Doris in ihr geschlagen hatten, waren in den vergangenen Monaten etwas geheilt. Zwar spürte Lucia noch immer einen stechenden Schmerz, wenn sie an die schlaksige Hundetrainerin dachte, aber es gelang ihr meist, ihn zu verdrängen und eine Art Tagesordnung aufrechtzuerhalten. Daß sie kein Häufchen Elend mehr war, verdankte sie zu einem großen Teil ihren Freunden, und deshalb erachtete sie es als angebracht, ihnen allen mit einem kleinen Fest ihre Wertschätzung zu zeigen.

Die Gästeliste präsentierte sich ziemlich kurz. Neben Zita und Lora standen da noch ihre Eltern, ein paar Kolleginnen und Kollegen aus verschiedenen Redaktionen, mit denen sie im Laufe der Jahre des öfteren zusammengearbeitet hatte, und Esther von *Esther's Corner*, mit der sie sich locker angefreundet hatte, da sie fast jeden zweiten Tag in dem kleinen Restaurant eine Kaffeepause einlegte, zudem Hanna, mit der sie seit Jahren befreundet war. Stefan, Robert und Heinz konnte sie vergessen, denn Amerika lag nun doch nicht gleich um die Ecke. Dagmar hatte sie ebenfalls von der Liste gestrichen, sie würde ihren Anblick nicht ertragen können, noch nicht.

Esther war die erste, die an diesem Samstag das kleine Haus am Stadtrand betrat. Sie trug große Platten ins Wohnzimmer, auf denen sorgfältig präparierte Häppchen lagen. Unter viel Lachen und Plaudern bereiteten die beiden Frauen das Haus für den kleinen Wirbelsturm vor. Esther war eine wirklich nette Person, dachte Lucia. Sie mochte sie einfach, obwohl sie noch nie Gelegenheit gefunden hatten, sich miteinander über mehr als das Alltägliche zu unterhalten.

Als nächste traf Lora ein. Sie schleppte eine solche Menge Kuchen an, daß Lucia sich fragte, ob Lora glaubte, sie müsse hier eine Überlebenswoche absolvieren. Doch es blieb keine Zeit mehr, um Mutmaßungen anzustellen, denn die Gäste tröpfelten jetzt in immer kürzeren Abständen ins Haus.

Das Hallo war groß, wenn sich zwei fanden, die sich länger nicht mehr gesehen hatten. Bald schon hatten sich alle miteinander bekanntgemacht, und die Räume waren erfüllt von einem leichten Summen.

Lucia ging zwischen ihren Gästen herum, ganz Gastgeberin wechselte sie mit allen ein paar freundliche Worte, erkundigte sich nach ihrem Wohlbefinden, fragte, falls vorhanden, nach Partnern oder Familie. Dann stellte sie sich an die Terrassentür, die verwaist den Blick in den kleinen, gepflegten Garten freigab. Sie überblickte die handverlesene Schar ihrer Gäste. Ja, dachte sie zufrieden, das sind wirklich meine Freunde. Den Stich, der ihr Herz durchbohrte, als sie Esthers Lachen vernahm, das sie viel zu sehr an Doris erinnerte, versuchte sie zu ignorieren.

Astas Gebell aus dem Garten ließ sie erschreckt zusammenfahren. Sie blickte nach draußen, doch sie erkannte nichts, was den Hund hätte zum Bellen veranlassen können. Im nächsten Augenblick aber erklang die Glocke an der Haustür. Wer kam denn jetzt noch? Es waren alle da, die sie eingeladen hatte. Lucia öffnete die Tür und sah in Stefans strahlendes Gesicht. »Na, Kleine? Feierst eine Party und lädst deinen ältesten Freund nicht ein?« begrüßte er sie gespielt vorwurfsvoll, ehe er sie übermütig in seine Arme zog. Robert, der hinter Stefan stand, verdrehte die Augen.

»Wo kommt ihr denn her?« fragte Lucia, als sie die beiden endlich gebührend begrüßt und den Leuten, die sie kannten, vorgestellt hatte.

Stefan grinste. »Heinz hat uns verraten, daß du ein Fest gibst, da sind wir natürlich sofort ins nächste Flugzeug gestiegen und«, er lachte, »da sind wir.«

Robert ergänzte in seiner ruhigen Art: »Wir machen ein paar Wochen Urlaub. Schließlich sind wir seit unserer Abreise vor fast einem Jahr nicht mehr in Deutschland gewesen.«

Lucia freute sich sehr über diesen unerwarteten Besuch, der ihrem Fest die Krone aufsetzte. Bald schon hatten sich Stefan und Robert unter die Menge gemischt. Lucia, die die beiden beobachtete, fühlte Trauer in sich aufsteigen. Wieso hatten Doris und sie das nicht geschafft? Egal, wieviel Zeit verging, die Frage nach dem Warum konnte sich Lucia nicht beantworten. Sie rief sich energisch zur Ordnung. Hier waren ihre Gäste, ihre Freunde, ihre Familie. Menschen, die ihr viel bedeuteten; sie sollte nicht in Selbstmitleid baden, sondern endlich in die Gänge kommen. Lucia ließ noch einmal den Blick über die Szene schweifen und atmete tief ein. Ja, es ging auch ohne Doris. Lucia lächelte, dann nahm sie ihre Pflichten als Gastgeberin wieder wahr.

Auf dem Weg zur Küche kam Lucia bei Esther vorbei, die mit ihrem Freund, einem eher blassem Typ, wie Lucia fand, in ein intensives Gespräch vertieft war.

»Dodo wird sich wieder fangen, doch es war natürlich ein Schlag ins Gesicht für sie«, hörte sie Esther eben sagen. Ihr Freund murmelte etwas Unverständliches. »Na ja, stell dir mal vor, wie das ist. Du glaubst, die Liebe deines Lebens gefunden zu haben und entdeckst, daß du dich getäuscht hast. Sie wurde betrogen, und dann war's ja auch noch ein Mann. Kannst du dir das vorstellen? Ein Mann. Klar ist sie da etwas ausgetickt.«

Lucia glaubte nicht, was ihr da zu Ohren gekommen war. Offenbar sprach Esther von einer Freundin oder Bekannten, deren Mann oder Freund mit einem anderen Mann durchgebrannt war. Konnte es sein, daß die nette, freundliche und offene Esther homophob veranlagt war? Sie hatte keine Gelegenheit, sich in diese Überlegungen weiter zu vertiefen, denn ihr Auge hatte etwas entdeckt, das sie erheiterte.

Lora und Zita standen an die Wand gelehnt und schienen sich bestens miteinander zu unterhalten. Die beiden hatten sich schon einige Male bei Lucia getroffen, und schon da glaubte Lucia gespürt zu haben, daß sie sich mochten. Vielleicht – o nein, korrigierte sich Lucia sofort, das würde Zita wohl nie. Sie war zu sehr auf ihr Singleleben versessen, auf ihre Freiheit, ihre unantastbare Unabhängigkeit. Obwohl, wenn sie die beiden jetzt so beobachtete ... Das wäre doch ideal.

Längst hatte sich die Nacht über die Stadt gelegt. Die Gäste zeigten allmählich Ermüdungserscheinungen und verabschiedeten sich nach und nach, nicht ohne sich bei Lucia überschwenglich für die gelungene Party zu bedanken. Lora würde bei ihr übernachten und ihr am nächsten Morgen beim Aufräumen helfen. Lucia seufzte beim Anblick der Berge von Tellern, Platten, Gläsern und Schüsseln, die sich auf der Anrichte türmten.

Schließlich waren auch die letzten Gäste gegangen. Lora gähnte. »Ich glaub, ich zieh mich zurück«, informierte sie Lucia, die noch mit Zita in der Tür stand. »Gute Nacht, ihr zwei.«

Zita schien es nicht eilig zu haben, nach Bielefeld zurückzukehren. Sie redete und redete, obwohl sich Lucia kaum noch auf den Beinen halten konnte. »Komm doch noch mal rein«, schlug sie deshalb ihrer Freundin vor. »Wir trinken ein letztes Glas zusammen.«

Lucia verspürte weder Durst noch Lust, etwas zu trinken, doch Zita wollte ganz offensichtlich nicht gehen. Zita setzte sich auf das Sofa. Sie war plötzlich ziemlich still und trank ihren Wein in kleinen Schlucken. »Ich glaube, das mit der Liebe ist doch nicht so abwegig«, sagte sie plötzlich leise.

Lucia war sofort wieder wach. »Wie meinst du das? Hast du dich etwa ...« Weiter kam sie nicht.

Zita unterbrach sie: »Nein, ich habe mich nicht verliebt, wenn du das meinst.« Bildete Lucia sich das nur ein, oder schwankte Zitas Stimme? »Aber ich habe Augen im Kopf und sehe, wenn es bei anderen passiert. Es muß schön sein. Vielleicht treffe ich ja wirklich mal eine, bei der es Klick macht?« fuhr sie ausweichend fort. Sie rieb sich die Augen, die schon etwas gerötet glänzten.

»Komm, Zita, du kannst heute hier übernachten. Du bist viel zu kaputt, um noch nach Bielefeld zu fahren«, entschied Lucia. Sie wollte endlich ins Bett, sie brauchte ihren Schlaf, denn Asta würde sie wieder viel zu früh wecken. Da Zita offenbar nichts weiter zu ihrer Erkenntnis betreffend Liebe zu sagen hatte, hatte es ohnehin keinen Sinn, noch länger die leeren Gläser anzustarren.

»Nein, das geht nicht«, wandte Zita ein. »Lora schläft doch im Gästezimmer. Und die Couch«, sie blickte das Möbel fast etwas vorwurfsvoll an, »ist mir wirklich zu eng.«

Lucia grummelte vor sich hin: »Nun stell dich nicht so komisch an. Mein Bett ist groß genug für drei. Ich bin todmüde, Zita, ich möchte nur noch schlafen, also zier dich nicht so.«

Zita willigte schließlich ein, aber ganz schien ihr das Arrangement nicht zu passen. Lucia erledigte in Windeseile ihre Katzenwäsche und schlüpfte unter die Decke. Sie bekam kaum mit, wie Zita sich vorsichtig neben sie legte, da schlief sie schon tief und fest.

Lucia unternahm mit Asta nur einen kurzen Spaziergang an diesem Morgen. Sie hatte Mühe, ihre Augen offenzuhalten, denn die Nacht war extrem kurz gewesen. Zita, die noch immer friedlich schlief, als

Lucia von ihrer morgendlichen Tour zurückkehrte, erwachte auch nicht, als sie sich duschte und dann in der Küche zu rumoren begann. Schnell räumte sie den Geschirrspüler ein. Anschließend rückte sie im Wohnzimmer die Möbel zurecht. Sie bemühte sich, leise zu sein und überlegte, was sie mit den Resten Sinnvolles zaubern konnte.

»Guten Morgen, Süße«, begrüßte Lora sie und gab ihr einen Kuß auf den Nacken.

»Gut geschlafen?« fragte Lucia lächelnd. Lora sah noch etwas zerknittert aus.

»Geht so«, antwortete Lora gähnend. »Hast du einen Kaffee für mich, du Frühaufsteherin?«

Lucia servierte ihr das Gewünschte im Wohnzimmer, wo sich Lora in einem Sessel häuslich niedergelassen und in der Sonntagszeitung, die Lucia bereits aus dem Briefkasten geholt hatte, blätterte.

»Hat das gestern noch lange gedauert?« fragte Lora ohne erkennbaren Zusammenhang.

»Was meinst du?« erkundigte sich Lucia, die nicht wußte, wovon ihre Freundin sprach.

»Na, Zita. Ist sie noch lange geblieben?« präzisierte Lora ihre Frage.

»Wer hat mich gerufen?« erklang Zitas Stimme in diesem Moment von der Schlafzimmertür her.

Lora starrte sie an, als wäre sie eben einem Raumschiff entstiegen. Zita trug außer ihrem knappen Slip nur ein ziemlich durchsichtiges Shirt, das mehr zeigte, als es verdeckte. Lora hielt den Atem an, ihre Augen hatten sich geweitet und schienen sich von diesem doch ziemlich verführerischen Anblick nicht mehr lösen zu können.

Lucia grinste in sich hinein. Wenn das nicht vielversprechend war ... Dann aber sah sie den Schatten, der sich auf Loras Gesicht legte, und begriff, was in ihr vorgehen mußte. »Zita, wenn du dich mit Duschen beeilst, warten wir mit dem Frühstück auf dich«, sagte sie.

Zita nickte folgsam und verschwand ins angrenzende Badezimmer.

»Sie hat bei dir geschlafen«, stellte Lora tonlos fest.

»Ja, sie hat im gleichen Bett gelegen wie ich. Aber das ist auch alles«, erklärte Lucia mit Nachdruck. Sie faßte kurz die Ereignisse der letzten Minuten des vergangenen Abends zusammen, viel gab es da ja nicht zu berichten.

Loras Miene hellte sich zusehends auf, wie Lucia mit heimlicher Freude bemerkte. »Du meinst, ihr habt nicht ...« Sie führte den Satz nicht zu Ende, denn Lucia schüttelte lachend ihre rote Mähne.

»Ganz bestimmt nicht! Lora, ich kenne Zita schon ewig lange. Wenn uns je danach gewesen wäre, hätten wir es längst getan. Doch da ist nichts als Freundschaft.«

Lora nickte. Sie ging nicht weiter auf das Thema ein, und auch Lucia ließ es ruhen. Sie fühlte sich im Gegensatz zu ihren Freundinnen nicht berufen, als Kupplerin aktiv zu werden. Wenn die beiden etwas voneinander wollten, sollten sie das bitte schön allein bewerkstelligen.

Lucia erkannte sie sofort. Die schlaksige, kraftvolle Gestalt, der leicht wippende Gang, die sandfarbenen Haare waren unverkennbar und ließen Lucias Herz mindestens doppelt so schnell schlagen, wie dies ihrem Kreislauf eigentlich zuträglich gewesen wäre.

»Doris!« Sie versuchte, sie einzuholen. Die langen, schlanken Beine vor ihr blieben stehen.

Doris drehte sich um. Lucia verharrte atemlos mit in ihrer Bewegung. Der Blick, der sie aus Doris' braunen Augen traf, war brennend. Er zog sie aus, Stück für Stück. Lucias Haut glühte. Der Blick riß sie auf, zerlegte sie in Einzelteile. Sie fühlte, wie sie sich auflöste.

»Doris«, keuchte Lucia mit äußerster Anstrengung.

Sie sah, wie Doris' Augenfarbe sich veränderte, sie wurde dunkler, der Funke darin erlosch. Das Feuer machte einem Ausdruck tiefer Enttäuschung und Trauer Platz. Doris drehte sich um und ging weiter.

Lucia fand endlich ihre Stimme wieder. »Doris, rede mit mir!«

Doch Doris reagierte nicht mehr. Sie ging davon, leicht wippend bei jedem Schritt, der sie weiter von Lucia wegführte. Lucia lief hinter ihr her. Sie kam nicht weit. Plötzlich tauchte eine Scheibe aus milchig-weißem Glas vor ihr auf. Der Schmerz durchfuhr sie wie ein Blitz, als sie mit dem Kopf dagegen prallte. Warum spricht sie nicht mit mir? Was ist mit ihr geschehen, daß sie kein einziges Wort zu mir sagt? Was habe ich ihr getan? Lucias Tränen liefen über ihre Wangen, benetzten ihr ganzes Gesicht. Irritiert hob sie die Hand, um sie abzuwischen. »Asta!« Erschrocken fuhr Lucia hoch. Die Hündin leckte leise winselnd ihr Gesicht. Der Pyjama klebte an Lucias zitterndem Körper.

Benommen schüttelte sie den Kopf, versuchte den Traum zu verdrängen. Doris hatte nicht mit ihr gesprochen. Sie würde wohl nie eine Erklärung für die Trennung erhalten. Mühsam rappelte Lucia sich auf. Sie schlüpfte in ihre Kleider, um mit Asta den obligaten Morgenspaziergang, der heute halt etwas früher stattfinden würde, zu absolvieren. Ihre Gedanken drehten sich wieder um Doris. Sie konnte es nicht verhindern. Jetzt war es ziemlich genau ein Jahr her, daß sie ihr in der Bar in Hamburg das erste Mal begegnet war.

Nie hätte sie gedacht, daß sie dieser Frau ihr Herz so bedingungslos anvertrauen würde. Und noch viel weniger wäre ihr in den Sinn gekommen, daß diese ihr Herz ohne Grund zerfetzen könnte.

Bei Lucia stand noch eine Rechnung offen. Sie hatte Esthers Bemerkung, die diese auf ihrem Fest geäußert hatte, nicht vergessen. Lucia konnte nicht glauben, daß Esther tatsächlich derart verbohrt sein könnte, das paßte einfach nicht zu ihr. Seit der Party hatten sie sich verschiedentlich wiedergesehen, doch die Gelegenheit zu einem offenen Gespräch war nie gekommen. Hier wollte Lucia endlich etwas nachhelfen.

Sie betrat *Esther's Corner* am späten Abend. Sie wußte, Esther würde bald schließen. Vielleicht fanden sie dann endlich die Zeit, sich einmal nicht nur zwischen Tür und Angel zu unterhalten.

Esther freute sich, sie zu sehen. »Du kommst spät heute, wir schließen bald«, sagte sie mit einem leisen Vorwurf in der Stimme.

»Ich weiß, doch ich dachte, wir könnten nachher ein wenig miteinander plaudern«, erwiderte Lucia.

Esther hob überrascht die Augenbrauen. »Wenn du meinst. Entschuldige, aber ich muß mich um die Küche kümmern.« Sprach's und rauschte auch schon davon. »Also?« Esther setzte sich einige Zeit später zu Lucia an den Tisch. »Was hast du auf dem Herzen?«

»Wieso sollte ich etwas auf dem Herzen haben?« fragte Lucia unsicher zurück. Sie hätte sich gewünscht, eher zufällig auf das delikate Thema zu sprechen zu kommen, doch offenbar war Esther nicht an Ausweichmanövern interessiert.

»Ach, hör auf!« Esther lachte sie an. »Du erzählst mir doch nicht, daß du zufällig spät abends hereingeschneit kommst, um dich mit mir über das Wetter oder die Lage der Nation zu unterhalten.« Da Lucia so schnell keine passende Erwiderung einfiel, schwieg sie betreten. »Also muß da etwas sein, das dich beschäftigt – und«, jetzt klang Esthers Stimme unsicher, »das etwas mit mir zu tun hat.«

Lucia sammelte ihren ganzen Mut und ging direkt auf das Ziel los. »Du hast recht«, begann sie mit leicht zitternder Stimme, »ich habe da tatsächlich eine Frage an dich. Sie ist allerdings heikel. Ich weiß nicht so recht, wie ich sie formulieren soll.« Lucia schwieg. Für eine Journalistin war es sicherlich kein besonders gutes Zeugnis, wenn sie um Worte verlegen war.

»Rück raus damit«, forderte Esther sie gespannt auf. »Was es auch ist, ich verspreche, dir den Kopf nicht abzureißen.«

Na toll, wenigstens werde ich's überleben, dachte Lucia sarkastisch. »Ich bin lesbisch«, hörte sie sich im nächsten Moment sagen. Gut, jetzt hatte sie ein Geständnis abgelegt, doch damit auch gleichzeitig die eigentliche Frage umgangen.

Esther sah sie abwartend an. »Und?« fragte sie schließlich. »Kommt da noch mehr?«

Dies schien für jemanden mit homophober Veranlagung keine angemessene Reaktion zu sein. »Na ja, was hältst du davon?«

Esthers Mundwinkel zeigten verdächtig nach oben. Sie versuchte, das Grinsen zurückzuhalten, doch es gelang ihr nur mit mäßigem Erfolg. »Ich sehe dein Problem nicht«, sagte sie schließlich mit Belustigung. »Du bist lesbisch, und? Bist du deshalb plötzlich ein anderer Mensch? Muß ich dich jetzt meiden? Ist es ansteckend?« Himmel, die macht sich über mich lustig! fuhr es Lucia durch den Kopf. »Oder«, Esther versuchte, wenigstens halbwegs ernst weiterzusprechen, »muß ich mir Sorgen um mich machen?«

»Nein«, wehrte Lucia spontan ab. Sie wollte wirklich nichts von Esther, zumindest nicht in dieser Hinsicht. »Du bist für mich in den vergangenen Monaten zu einer guten Freundin geworden, aber ich habe dir nie gesagt, wer oder was ich bin. Ich dachte einfach, es sei an der Zeit, daß du es erfährst«, versuchte Lucia ihr Geständnis zu rechtfertigen.

Esther lächelte sie liebevoll an. »Glaub mir, Lucia, das weiß ich längst. Nicht, daß du es wie ein Plakat vor dir hertragen würdest, trotzdem ist es mir nicht verborgen geblieben. Ich kann dir auch sagen, wieso: ich habe eine Schwester, die ebenfalls lesbisch ist. Sie hat mich früher mit zu Frauendiscos geschleppt, in die Bars und was weiß ich zu welchen Veranstaltungen sonst noch. Ich kenne jede Menge lesbischer Frauen. Die einen mag ich, dich und deine Freundinnen zum Beispiel, andere kann ich nicht ausstehen. Ich selbst bin es nicht, wie du weißt.« Esther betrachtete Lucia, die schweigend auf ihrem Stuhl saß und das eben Gehörte zu verdauen versuchte. »Du wolltest aber eigentlich etwas anderes fragen, wenn ich mich nicht täusche?« fragte Esther jetzt. Sie wartete. »Nun rück schon raus damit«, forderte sie Lucia erneut auf.

»Na gut«, gab Lucia nach. »Ich habe auf der Party zufällig gehört, wie du deinem Freund erzähltest, daß eine Frau von ihrem Mann wegen eines anderen Mannes verlassen worden ist, und darüber sehr entsetzt warst. Das hat mich schockiert, denn ich dachte, es ist unmöglich, daß du homophob sein könntest.«

Noch während Lucia sprach, hatte Esther zu lachen begonnen. Es dauerte einige Zeit, bis sie sich beruhigte. »Das ist ein Mißverständnis, Lucia. Die Frau wurde nicht von ihrem Mann sondern von ihrer Freundin betrogen. Das hat nun wirklich gar nichts mit Homophobie zu tun. Dodo glaubte, die Liebe ihres Lebens gefunden zu haben, und was entdeckt sie? Ihre Liebste knutscht mit einem Mann in aller Öffentlichkeit.«

Nun grinste auch Lucia. Sie konnte sich den Schock zwar nur annähernd vorstellen, doch er mußte für diese Dodo ungeheuer gewesen sein. »Und«, fragte sie neugierig, »was hat Dodo gemacht?«

Esther wurde ernst, sehr ernst: »Sie hat sich von ihr getrennt. Aber weißt du, sie ist auch jetzt, nach fast einem halben Jahr, noch nicht darüber hinweg. Sie wurde ernsthaft krank, und es sah gar nicht gut aus. Sie verlor jeglichen Lebensmut. Jetzt hat sie einen neuen Job, ist umgezogen und vergräbt sich in ihrer Arbeit.«

Lucia nickte verstehend. Hatte sie selbst nicht Ähnliches hinter sich? Sie war zwar nicht unbedingt schwerkrank geworden, doch sie hatte auch keinen Sinn mehr im Leben gesehen, und auch sie war umgezogen und vergrub sich seither in ihrer Arbeit. Nur, sie wußte nicht, wieso ihr das passiert war, Dodo hatte zumindest einen Grund, sie nicht. Wenig später verabschiedete sie sich von Esther mit dem Gefühl, mindestens das Gewicht eines Felsbrockens losgeworden zu sein. Doch die Geschichte dieser Dodo beschäftigte sie.

Wie hätte sie wohl reagiert, wenn sie Doris mit einem Mann erwischt hätte? Sie wäre ausgeflippt. Und wie.

Puzzleteile

Doris drückte die Speichertaste, dann schaltete sie den Computer aus. Eigentlich hatte Lucy doch recht gehabt, überlegte sie mit leiser Wehmut, mit der entsprechenden Software stellte die Buchhaltung wirklich kein Problem dar, zumindest keines, deren Lösung stundenlange Arbeit bedingte. Sie reckte ihre verkrampften Glieder und trat hinaus in die warme Frühlingssonne. Wie das Wetter das Gemüt der Menschen beeinflußt, philosophierte sie, während sie zu den Hundeboxen hinüberging, um Eiko herauszulassen. Sie wollte mit ihm noch etwas trainieren, ehe die Abendkurse begannen.

Eben hatte Doris ihrem Malinois befohlen, sich hinzulegen, als Dieter mit seinem verrosteten Vehikel, das er Auto nannte, vorfuhr. »Hey, Partnerin!« rief er über den Platz. »Wir bekommen noch mehr Arbeit!«

Doris stöhnte übertrieben laut auf. »Was denn, noch mehr Zwergpinscher, die sich den falschen Baum zum Anpinkeln aussuchen?« fragte sie augenzwinkernd.

Sie erinnerte sich an das Problem einer Dame, die, wie sie stets betont hatte, aus sehr gutem Hause stammte. Ihr Zwergpinscher jedoch hatte es nicht so mit den Manieren und bevorzugte den Baum ihres Nachbarn als Markierungspfosten, was dieser überhaupt nicht schätzte und deshalb gegen besagte Dame Anzeige erstattet hatte. Doris und Dieter hätten nun dem Hündchen beibringen sollen, die Bäume gemäß ihrer Besitzer in *anpinkelbar* und *nicht anpinkelbar* einzuteilen. Die beiden Trainer zogen es vor, der Dame aus gutem Hause die richtige Handhabung der Leine beizubringen ...

»Nein, nein«, lachte Dieter. »Diesmal geht es um wirkliches Training. Eine Frau rief an und fragte, ob wir auch Vorbereitungskurse zur Begleithundeprüfung anbieten. Natürlich habe ich zugesagt. Wir haben doch noch Kapazitäten?« schob er fragend hinterher.

»Ja, ich könnte noch Einzelstunden übernehmen, aber nur wenn es die zweite Prüfung sein soll. Die erste bereiten wir ja in den Gruppen vor«, antwortete Doris.

Sie befahl Eiko liegenzubleiben und ging mit Dieter ins Büro, um ihre Pläne zu vergleichen. Da die Interessentin offenbar ziemlich flexible Arbeitszeiten hatte, könnte Doris Lektionen am Nachmittag halten, was ihr sehr entgegen kam. Dieter versprach, der Dame die entsprechenden Informationen weiterzuleiten, während Doris mit ihrem Training mit Eiko fortfuhr.

Die Abende verliefen in Doris' gemütlicher Wohnung meist ziemlich ereignislos. Sie genoß die Stille, die sie jetzt nicht mehr in Panik versetzte. Lucy war in den Hintergrund gerückt, sie besetzte nicht mehr jeden Winkel ihrer Gedanken. Sie würde irgendwann ganz verschwunden sein, dachte Doris. Aus den Lautsprechern ihrer neuen Stereoanlage klang Bonnie Tylers rauchige Stimme. Doris schloß die Augen und ließ sich von der Musik davontragen.

Das Telefon riß sie aus ihren Träumen. Dagmar meldete sich ungewohnt aufgeregt. Sie erzählte etwas von einer Story über Chatrooms, die sie in einer Zeitschrift gefunden hatte.

»Ja, und was soll ich damit?« fragte Doris verwirrt. Die Zeiten, in denen sie Chatrooms aufgesucht hatte, waren längst vorbei. Es interessierte sie nicht mehr.

»Doris, erinnere dich! Wie hieß der Chatroom, den ich dir damals empfohlen habe?« Nachdem Doris ihr die Internetadresse genannt hatte, klärte ihre Freundin sie auf. Die Artikelserie befaßte sich mit ebendiesem Chatroom, und zwar ziemlich ausführlich. »Du mußt dir die Zeitschrift besorgen, denn die Artikel sind wirklich gut. Du wirst dich amüsieren«, wies Dagmar sie an.

Doris' Interesse war geweckt. Sie beschloß, ihren Abendspaziergang vorzuverlegen und sich beim Kiosk, der bis spät abends geöffnet hatte, die Zeitschrift zu besorgen.

»Ja, das ist sie«, bestätigte die Verkäuferin. »Es ist allerdings bereits der dritte Teil der Serie. Die beiden ersten Teile waren in den vorherigen Nummern«, erklärte sie.

»Oh, die haben Sie nicht zufällig noch da?« fragte Doris. Wenn schon, denn schon war ihr Motto. Was nützte ihr der dritte Teil, der, wie sie der Überschrift entnehmen konnte, die Erfahrungen im Hetero-Chat beinhaltete, wenn sie ihn nicht mit den vorherigen vergleichen konnte?

Die Verkäuferin lächelte bedauernd. »Ich glaube nicht. Wir senden übriggebliebene Exemplare zurück, wegen der Abrechnung«, erklärte sie freundlich. Als sie das enttäuschte Gesicht ihrer Kundin sah, beeilte sie sich aber hinzuzufügen, sie würde doch noch schnell im Lager nachsehen.

Doris wartete, wie ihr schien, eine halbe Ewigkeit, bis die ältere Frau wieder auftauchte. Ihre Geduld wurde fürstlich belohnt.

Triumphierend hielt die Verkäuferin zwei schon etwas verstaubte Hefte in die Höhe. »Ich habe sie gefunden«, erklärte sie die offensichtliche Tatsache.

Zu Hause schlug Doris mit leichtem Herzklopfen das Heft mit dem ersten Teil der Serie auf. Darin befaßte sich der Autor mit der Sprache. Dies schien vernünftig, denn wie Doris aus eigener Erfahrung wußte, wies die Chatsprache Eigenheiten auf, die für Nichteingeweihte ein Buch mit sieben Siegeln darstellen mußten. Sie las den Artikel vom ersten bis zum letzten Wort. Sie amüsierte sich wirklich, denn der Verfasser verfügte über eine Art Humor, der ihr gefiel. Zwischen den Zeilen konnte sie aber auch herauslesen, daß hier fundierte Nachforschungen betrieben worden waren und sich offenbar auch ein Fachmann, der denn auch zitiert wurde, mit dem Thema auseinandergesetzt hatte.

Gespannt nahm sie das Heft mit dem zweiten Teil zur Hand. Der Schwerpunkt dieser Ausgabe war der Chat der homosexuellen Männer und Frauen. Doris fragte sich, wie jemand sich in diese Chats wagen konnte, wenn er oder sie nicht selbst schwul oder lesbisch war. Diesen Artikel verschlang sie geradezu. Der Stil, in dem hier Anekdoten mit Fakten gemischt präsentiert wurde, fesselte sie. Sie erkannte sich in einer der Personen wieder. Der Autor hatte sie und ihre Art, sich im Chat in Szene zu setzen, so treffend beschrieben, daß sie im nachhinein errötete. Alle Nicknames waren abgeändert, trotzdem konnte Doris auch Cleopatra, Starky oder Xena mühelos identifizieren. Da hat sich jemand wirklich Mühe gegeben, dachte sie nicht ohne Anerkennung.

Der Teil, der sich mit dem schwulen Chat befaßte, wies einen etwas anderen Stil auf. Er war nicht ganz so direkt, schien eher aus der beobachtenden Warte aus geschrieben. Dennoch schimmerte auch hier der unverwechselbare Humor des Journalisten durch.

Blieb also noch der Abschluß, der Doris eigentlich am wenigsten interessierte. Sie las die Erfahrungen, die im Hetero-Chat gesammelt worden waren, eigentlich nur, weil sie keine halben Sachen machte und weil ihr der Stil des Schreiberlings gefiel.

Plötzlich stutzte sie. Der Schreiberling schien eine Frau zu sein. Offenbar hatte sich die Autorin mit Männern im Chat verabredet. Sie las gebannt den Beitrag über die erste Erfahrung mit einem Blind-Date, das ziemlich danebengegangen war. Die zweite Verabredung war für die Journalistin wesentlich angenehmer verlaufen, obwohl sie als Fazit festhielt, daß es wahrscheinlich nur sehr selten gelingen würde, den Traumprinzen im Netz zu finden. Sie selbst habe nicht nach ihm gesucht, das sei ihre Sache nicht, doch selbst wenn, sie schätzte die Chance, die richtige Frau oder den richtigen Mann auf diesem Weg zu treffen, als sehr gering ein.

Beim Schlußsatz angekommen, blätterte Doris zurück, um zu sehen, wer denn nun für diese Artikel, die ihr einen unerwartet vergnüglichen Abend bereitet hatten, verantwortlich zeichnete. Ihre Augen glitten über den Namen, kehrten zu ihm zurück, blieben daran hängen. *Lucia Marran, freie Journalistin* hieß es da.

Lucia, Lucy? Das konnte unmöglich wahr sein. Doris kämpfte mit sich. Sollte sie nun lachen oder weinen? Sie hatte Lucy im Chat getroffen und sie nicht erkannt. Lucy kannte demnach auch Cleopatra? Ihre Lucy hatte sich in den verschiedenen Chatrooms herumgetrieben …

Moment mal! Doris' Herz machte einen Sprung und überschlug sich. Wenn Lucy die Autorin dieser Artikelserie war, bedeutete dies, daß sie sich auf Verabredungen mit Männern eingelassen hatte, nur um zu erfahren, wie sich das im Hetero-Chat abspielte. Doris ging kein Licht auf, das war schon eher ein ganzer Kronleuchter, der plötzlich in ihrem Kopf hell erstrahlte. Sie griff zum Telefon.

»Doris, verdammt! Ich dachte wirklich, jetzt sei etwas Schlimmes passiert«, schimpfte Dagmar.

»Ich habe die Serie fertiggelesen. Du hattest recht, es war sehr witzig und wirklich interessant.« Doris ging gar nicht auf den kleinen Wutausbruch ihrer Freundin ein.

»Und um mir das zu sagen, rufst du mich mitten in der Nacht an? Hast du sie noch alle?«

Dagmar würde sich schon wieder beruhigen, dachte Doris und fuhr ungerührt fort: »Hast du dir mal den Namen der Autorin angeschaut?«

»Nein, der ist mir auch egal. Ich will zurück in mein warmes Bett.«

»Dann nimm dein Telefon mit, denn ich muß dir etwas ganz Wichtiges erklären«, begann Doris, die sich nicht abschütteln ließ.

Nachdem Doris ihrer Freundin die Sachlage erörtert hatte, stöhnte diese gequält auf. »Du hast also die Liebe deines Lebens einer Artikelserie über Chatrooms geopfert«, faßte Dagmar zusammen.

»Woher hätte ich das denn wissen sollen? Lucy hat nie etwas davon gesagt«, verteidigte sich Doris zerknirscht.

»Sie hätte es dir bestimmt erklärt, wenn sie dazu eine Möglichkeit bekommen hätte.« Dagmar zeigte sich von ihrer unerbittlichen Seite.

Und sie hatte ja so recht. Doris war eine Idiotin. Sie wußte, daß sie wahrscheinlich den unverzeihlichsten Fehlers ihres Lebens begangen hatte. Sie selbst hatte sich damit todunglücklich gemacht. Doch wie war es wohl Lucy ergangen? Sie hatte ja keine Ahnung, warum sie plötzlich nichts mehr von ihr hatte wissen wollen. Doris versetzte sich in Lucys Lage. Sie wurde immer beschämter, ihr schlechtes Gewissen pochte so laut, daß sie meinte, es hätte jemand ans Fenster geklopft.

»Und jetzt?« riß Dagmar sie aus ihren Selbstvorwürfen.

»Hast du eine Idee, wo ich Lucy finden kann?« fragte Doris kleinlaut.

»Nein, Doris, ich habe nicht den blassesten Schimmer. Sie hat sich bei mir nicht mehr gemeldet, seit ich sie zum hundertsten Male am Telefon und an deiner Wohnungstür abgewiesen habe.« Dagmars Stimme hatte die Schärfe verloren. Sie war jetzt weich, fast schon tröstend. Ihre beste Freundin. Wie konnte frau derart ins

Fettnäpfchen treten und sich damit um ihr Glück bringen? Dagmar seufzte auf. »Ich weiß was«, sagte sie plötzlich aufgeregt. »Ruf bei der Redaktion an. Frag, wo du die Verfasserin der Artikel finden kannst.«

»Glaubst du, die geben mir einfach so ihre Adresse?« fragte Doris zweifelnd.

»Wieso denn nicht? Du mußt halt ein wenig pokern, wenn sie sich dumm anstellen. Überleg dir irgendeinen Notfall, eine Geschichte, die nur von Lucy geschrieben werden kann. Laß dir was einfallen. Das ist deine einzige Chance.«

Dagmar hatte recht. Doris verabschiedete sich von ihr. Der Hoffnungsschimmer, der sich unvermutet am Horizont zeigte, ließ sie in dieser Nacht nicht schlafen. Sie stellte sich das Wiedersehen mit ihrer rothaarigen Traumfrau vor, der Liebe ihres Lebens ... sie fühlte, wie ihr warm wurde. Doris wünschte sich, die Zeit würde schneller vergehen, damit sie endlich in Aktion treten konnte.

Gegen Morgen aber nahmen die Zweifel in Doris zu. Was, wenn Lucy sie nicht mehr sehen wollte? Wenn sie ihr Vorwürfe machte? Sie hatte jedes Recht dazu. In Doris stieg Verzweiflung hoch. Als der Morgen endlich anbrach, war sie überhaupt nicht mehr sicher, ob sie die Redaktion anrufen sollte. Sie überlegte hin und her, doch sie konnte sich nicht entscheiden. Schließlich verschob sie den Anruf auf den nächsten Tag. Vielleicht hatte sie dann mehr Mut.

Auch der nächste Tag verstrich, wie der folgende und der darauffolgende. Die Nächte, in denen Doris keinen Schlaf fand, nutzte sie, um sich die Entschuldigungen, die Begründungen für Lucy zurechtzulegen. Ich will sie sehen, dachte sie ungefähr eine Million Mal pro Tag, doch nur der Gedanke allein reichte nicht, um Lucy herbeizuzaubern.

Doris sah zur Uhr. Es war Freitag, und bald würde der neue Schüler – oder war es eine Schülerin? – eintreffen. Sie las noch einmal schnell die Prüfungsanforderungen durch, obwohl sie sie fast auswendig kannte, doch sie wußte, daß der erste Eindruck, den sie als Trainerin bei ihrem neuen Klienten machte, der bestimmende sein würde.

Fünf Minuten vor Beginn des vereinbarten Termins hörte sie einen Wagen vorfahren. Sie schob die Papiere zusammen und wunderte sich am Rande, weshalb Eiko in seiner geräumigen Hundebox vor dem Gebäude einen solchen Radau veranstaltete, das war ansonsten gar nicht seine Art. Doris zog die Jacke an und trat nach draußen.

Kaum hatte sie die letzte Stufe der kurzen Treppe erreicht, schoß bellend ein schwarz-braun-beiges Fellbündel auf sie zu. Im nächsten Moment hielt sie gut dreißig Kilogramm Hund in den Armen, die sie freudig ableckten. Völlig verdutzt befreite sich Doris von dem Tier, das aber gar nicht von ihr lassen wollte. Immer wieder sprang der Hund an ihr hoch, bellte, winselte und jaulte, also ob er ihr etwas Wichtiges mitteilen wollte.

»Entschuldigen Sie«, rief eine Frau vom Parkplatz her, »sie ist mir einfach abgehauen.«

Doris zuckte zusammen und drehte sich um. Sie konnte niemanden sehen, doch sie war sich sicher, die Stimme zu kennen. »Asta?« fragte sie den Vierbeiner, der noch immer um ihre Beine strich.

Der Schäferhund bellte laut vor Freude. Na, das hat ja auch gedauert! schien er sagen zu wollen.

»Asta. Das glaub' ich jetzt einfach nicht.« Fassungslos streichelte Doris die Hündin, während ihre Gedanken sich überschlugen. Diese Situation kannte sie doch von irgendwoher? Damals hatte es so begonnen, und jetzt war Lucy plötzlich wieder hier? Wie hatte Lucy sie gefunden? Hatte sie sie überhaupt gesucht? Wie würde sie ihr begegnen? War sie gekommen, um sich bei ihr zu entschuldigen? Wofür eigentlich? Oder wollte sie der Wahrheit zu ihrem Recht verhelfen? Sie vielleicht demütigen? Nein, das wohl doch nicht, nicht Lucy.

»Doris.« Es war kein Schrei, auch kein Ausruf. Lucy hatte ihren Namen ausgesprochen, als litte sie unter einer unheilbaren Halskrankheit. Ihre Stimme krächzte, klang heiser und gepreßt. »Doris? Bist du das wirklich?« fragte sie ungläubig.

Es half alles nichts, Doris mußte sich zu ihr umdrehen. Sie tat es langsam, um sich Zeit zu geben, sich auf Lucys Anblick vorzubereiten. Trotzdem sackten ihre Beine fast unter ihr weg, als der Blick aus den grünen Augen sie traf. Unfähig, etwas zu sagen, versuchte Doris zu lächeln. Das mißlang ihr gründlich, statt dessen zierte ihr errötetes Gesicht schließlich ein verrutschtes Grinsen.

Sie hat abgenommen, fuhr es Doris durch den Kopf. Himmel, sieht sie gut aus. Die grünen Augen hypnotisierten sie. Doris konzentrierte sich mit aller Macht auf ihre Atmung, doch das Schwanken des Bodens unter ihr nahm zu. Ihre Haut hatte zu brennen begonnen, das Herz klopfte ihr bis zum Hals. Wenn das Rauschen in ihren Ohren nicht bald aufhören würde, hatte sie der Schwäche, die sie immer mehr in Besitz nahm, nichts mehr entgegenzusetzen.

»Du hier?« hörte Doris Lucy wie durch eine dick gepolsterte Wand fragen. Sie nickte. »Ich wußte nicht, daß du . . .«, sprach Lucy stockend weiter. Sie hielt sich an einem Pfosten fest, doch sie löste ihren Blick nicht von Doris' Augen.

»Ich . . .« Doris wußte nicht, was sie sagen sollte. »Du hast . . .« Wieder brach Doris ab. Wieso konnte sie ihr nicht einfach erklären, daß das Ganze ein fataler Irrtum gewesen war? Ein eklatantes Mißverständnis? Eine folgenschwere Fehlinterpretation?

Doris' Herz verkrampfte sich. Das Kribbeln in ihrem Bauch breitete sich aus und ließ die Hitze in ihrem Körper ansteigen. Wenn nicht bald etwas geschieht, werde ich ohnmächtig, dachte Doris verzweifelt.

Asta sprang an Lucy hoch, doch die reagierte nicht. Also versuchte es der Hund bei Doris. Nach dem dritten Versuch beugte sich Doris endlich zu dem Hund hinab. Jetzt erst nahm sie wahr, daß Eiko sich in seiner Box aufführte wie ein Berserker. Sie blickte die versteinert dastehende Lucy an. »Eiko«, versuchte sie mit einer vagen Kopfbewegung in Richtung der Boxen zu erklären. Lucy nickte schwach.

Doris bemühte sich, die wenigen Meter zu den Hundeboxen ruhig und gemessen zurückzulegen. Eiko war im Begriff, seinen Käfig in Einzelteile zu zerlegen. »Schon gut, du kannst ja raus«, beruhigte ihn Doris nicht sehr überzeugend.

Sie schaffte es nicht, die Gittertür ganz zu öffnen, da schoß Eiko auch schon an ihr vorbei und verschwand bellend um die Ecke des Gebäudes. Völlig entkräftet lehnte Doris sich an die Boxen. Sie mußte zu Lucy zurück. Sie mußte endlich mit ihr reden. Vor allem mußte sie ihren Verstand wiederfinden, der ihr die richtigen Worte formen sollte.

Als Doris wieder nach vorne auf den Platz kam, sah sie Lucy auf einer Bank sitzen. Sie schien die Hunde zu beobachten, die sich gegenseitig auf den Boden drückten, aufsprangen, einander nachjagten und sich immer wieder beschnupperten.

Doris betrachtete die rothaarige Frau. Sie sieht wirklich toll aus, dachte sie erneut, doch das ist es nicht. Sie sieht verlassen und verletzlich aus, und ich bin schuld daran. Sie gab sich einen Ruck. Mit festem Schritt näherte sie sich der Bank. Sie zögerte einen Augenblick, ehe sie sich in gebührendem Abstand zu Lucy hinsetzte.

»Es tut mir leid«, begann Doris mit unsicherer Stimme. Lucy hob die Hand. Will sie mich schlagen? fragte Doris sich entsetzt, doch die Hand berührte ihre Wange ganz sacht.

Bewegungslos wartete Doris, sie wagte kaum zu atmen. Die warme Hand strich über die Wangenknochen, über ihre Augenbrauen, hinunter zur Nase, zu den Lippen. Dort verharrte sie für eine Sekunde, ehe sie zur Wange zurückkehrte. Die grünen Augen, ungläubig auf Doris gerichtet, begannen zu funkeln. Lucy sagte nichts, doch in ihrem Blick las Doris den Schmerz und die unausgesprochenen Fragen.

Vorsichtig rutschte sie ein paar Zentimeter näher zu Lucy. »Du.« Nur zwei Buchstaben, nur gehaucht von Lucys Lippen, doch sie entfesselten einen Orkan in Doris.

Sie griff nach Lucy, zog sie in ihre Arme. Die Umarmung, weder zärtlich noch sanft, ließ beide Frauen aufstöhnen. Lucy preßte sich an Doris, erdrückte sie fast. Doris fühlte, wie Tränen über ihre Wangen liefen. Die salzige Flüssigkeit benetzte ihre Mundwinkel und rann dann über ihren Hals. Ich weine, dachte sie verblüfft. Sie löste sich vorsichtig ein wenig von Lucy. Auch Lucys Gesicht glänzte naß, ihre Augen schimmerten feucht.

»Warum?« fragte Lucy nach endlosen Minuten, in denen sie sich nur angesehen hatten.

»Es tut mir so leid«, flüsterte Doris, »so unendlich leid.« Mehr brachte sie nicht heraus. All die Worte, die sie sich in schlaflosen Nächten für eine Begegnung mit Lucy sorgfältig zurechtgelegt hatte, die vielleicht irgendwann in ein paar Wochen mit vorheriger Ankündigung möglicherweise stattgefunden hätte, waren in den unergründlichen Tiefen ihres Unterbewußtseins verschwunden. Aber offenbar hatte Doris doch die richtigen Worte gefunden. Lucy zog sie in ihre Arme und verschlang sie mit einem Kuß, bei dem Doris Hören und Sehen verging.

Doris schnappte nach Atem. Sie erwiderte Lucys Kuß mit der gleichen Sehnsucht, mit derselben Leidenschaft und wahrscheinlich auch mit ebensoviel Angst. Die Umarmung war stärker geworden,

die Küsse intensiver. In Doris loderten die Flammen eines verzeh-
renden Feuers. Das Kribbeln ließ sich kaum mehr aushalten.

»Lucy...«, stöhnte Doris unterdrückt, als diese nach Luft japsend den Kuß unterbrach.

»Laß uns gehen«, forderte Lucy sie auf.

Aus der Lektion konnte unter diesen Umständen nichts werden,
soviel stand fest. Gleichzeitig standen die beiden Frauen auf, riefen
die Hunde und verstauten sie ohne ein weiteres Wort zu wechseln
in ihren Wagen. Lucy stieg in ihr Auto und startete den Motor. Sie
fuhr langsam, doch sie schien sich nie nach Doris, die ihr folgte,
umzudrehen. Doris versuchte während der Fahrt ihre Gefühle wieder unter Kontrolle zu bringen. Ein aussichtsloses Unterfangen. Der
Tumult, der ihr Innerstes in ein Chaos verwandelt hatte, klang nicht
ab. Sie fühlte sich wie auf einer Achterbahn. Sie freute sich, ihr Herz
schlug Purzelbäume ohne Unterlaß, und gleichzeitig zitterten Doris' Hände vor Aufregung und Angst, daß sie kaum fahren konnte.

Lucy hielt vor einem kleinen, schmucken Häuschen am Stadtrand. Doris stellte ihren Wagen hinter dem weißen Hüpfer ab und
ließ Eiko aussteigen. Wortlos öffnete Lucy die Eingangstür. Sie ließ
beide Hunde in den Garten hinaus. Dann drehte sie sich nach Doris, die nervös im Flur stand, um.

Der Blick aus ihren grünen Augen versengte Doris' Haut. Atemlos wartete sie, bis Lucy direkt vor ihr stand. Eine Bewegung nur,
und die beiden Frauen lagen sich wieder in den Armen, doch diesmal bestand kein Zweifel mehr am Fortgang der Ereignisse.

So hatte Doris Lucy noch nie erlebt. Sie warf Doris' Jacke hinter
ihr auf den Boden, riß ungeduldig an ihrem Hemd und hakte dann
den BH auf. Doris indes stand Lucy in Sachen Tempo nicht nach.
Das Feuer in ihr drohte sie zu verschlingen. Sie fühlte Lucys heiße
Haut unter ihren Händen. Lucys Zunge war an ihrem Hals, in ihrem Mund, ihre Finger strichen über ihren Rücken, lösten siedend-
heiße Wellen in ihr aus.

Doris stöhnte gequält. Sie wollte mehr, viel mehr. Sie konnte
nicht mehr warten. Wenn sie Lucy nicht bald in sich und auf sich
spüren könnte, würde sie vor Sehnsucht sterben. Lucy schien es
ähnlich zu gehen, denn sie dirigierte Doris durch den Flur in ihr
Schlafzimmer. Noch immer eng umschlungen fielen sie auf das
breite Bett. Lucy öffnete Doris' Jeans, streifte sie mit dem Slip ab.

Ihre eigenen Kleider folgten Sekunden später.

Endlich fühlte Doris den warmen, weichen Körper auf sich. Sie umarmte Lucy, drückte sie an sich und suchte ihren Mund. Lucy befreite sich atemlos. Sie strich mit ihrer Zunge über Doris' Hals, hinab zu ihren Brüsten, begann mit den harten Brustwarzen zu spielen. Doris keuchte. Sie wollte Lucy spüren, ganz spüren, und sie wollte sie schmecken.

Doris drehte sich unter Lucy um und schob ihren Kopf zwischen die festen Schenkel ihrer Liebsten. Der verführerische Geruch, der ihr in die Nase stieg, vermehrte die Nässe zwischen ihren eigenen Beinen genauso wie der Anblick der feucht glänzenden Schamlippen. Doris strich auffordernd mit ihrer Hand über das kupferrote Pelzchen. Lucy spreizte bereitwillig ihre Beine noch weiter. Mit ihren Fingern glitt Doris zwischen die Lippen, öffnete sie und tauchte mit ihrem Mund gierig in die Nässe. Ihre Zunge strich durch das geschwollene Fleisch und stieß schließlich tief in ihre Geliebte hinein.

Zwischen ihren Beinen spürte Doris Lucys heißen Atem. Sie stöhnte auf, denn Lucy hatte ihre Zunge ohne Vorwarnung hungrig in ihrem Schoß versenkt. Es gab kein Halten mehr. Die Leidenschaft nahm Doris den Atem. Sie ertrank in Lucy, die sich auf ihr bewegte, ihr entgegenkam und sie gleichzeitig mit ihrem gierigen Mund zu verschlingen schien. Ihre ineinander verkeilten Körper drehten sich, wanden sich, stießen gegeneinander und verschmolzen ineinander.

Doris hatte es längst aufgegeben, ihr Keuchen und Schreien zu unterdrücken. Sie gab sich der wilden, hemmungslosen Lust hin. Und wenn es das letzte ist, was ich in meinem Leben tue, ich liebe sie, schoß es ihr irgendwann durch den Kopf.

Doris hatte ihre Arme um Lucy gelegt. Sie lagen auf den zerwühlten Laken, ihre Körper glänzten feucht. Lucys Brust hob und senkte sich noch immer in unregelmäßigen Abständen, ihr Atem ging stoßweise.

Ich muß es ihr endlich sagen, überlegte Doris mit geschlossenen Augen, vor denen die Szenen der letzten Stunden wie ein Film abliefen. Lucy schlang ihre Arme um Doris, kuschelte sich noch enger an ihren heißen Körper. Ihre Nacktheit erregte Doris schon wieder, doch sie mußte erst die Wahrheit ans Licht holen. Schnell griff Doris nach der Decke, die zu einem unscheinbaren Ballen zusammengeknüllt am Fußende des Bettes lag. Sie zog die Decke über ihre Blöße. Lucy schlug die Augen auf, blickte Doris fragend an. Ein tiefer Seufzer löste sich aus Doris' Brust. Nun war er also da, der Tag der Abrechnung, dachte sie.

»Ich habe deine Chatstory gelesen«, begann Doris vorsichtig. Lucy nickte. »Sie ist wirklich gut geschrieben, mein Kompliment.«

Lucy reagierte nicht, ihre Augen ruhten fragen auf Doris' Gesicht, während sie sie mit ihren Händen leicht zu streicheln begann.

»Ich hatte keine Ahnung davon, daß du dich mit diesem Thema befaßt hast...« Allmählich wurde es ziemlich heiß unter der Decke. Doris suchte verzweifelt nach den richtigen Worten, doch die wollten ihr nicht einfallen, nicht um alles in der Welt. »Du hast dich mit Leuten aus dem Chat getroffen...«, begann sie wieder, nachdem sie sich erneut gesammelt hatte.

Vielleicht kam Lucy ihr jetzt zu Hilfe? Doch diese betrachtete versunken Doris' Gesicht und schien nicht den blassesten Schimmer von den Gründen zu haben, weshalb Doris ihre Lesegewohnheiten offenbarte.

»Du hast dich auch mit Männern getroffen«, holte Doris aus. Jetzt wurde es allmählich kritisch. Da mußte sie durch, und zwar so schnell wie möglich. »Ein solches Treffen habe ich zufällig mitbekommen. Der Typ hat dich umarmt und geküßt, ich habe es vom Auto aus gesehen.« Es war raus. Endlich.

Lucy starrte Doris ungläubig an. In ihrem Kopf schienen die unterschiedlichsten Szenarien abzulaufen. Schließlich trat ein schockierter Ausdruck in ihr Gesicht. »Medicus«, sagte sie tonlos. »Du hast mich mit Medicus gesehen – vor dem Restaurant.«

Doris bestätigte das, obwohl sie nicht sicher wußte, ob der Spargelsultan Medicus hieß. »Groß, mager«, ergänzte sie deshalb.

Lucys Gesicht erhellte sich, um ihre vollen Lippen begann es zu zucken. Sie wird sich doch wohl nicht auszulachen, dachte Doris in einem Anfall von Entrüstung. Weiter kam sie nicht, denn Lucys Mund fand den ihren und ließ sie hilflos aufstöhnen.

Ehe sie reagieren konnte, hatte Lucy sich schon wieder von ihr gelöst. »Das ist mein zweites Date gewesen. Medicus nahm an, ich wäre auf der Suche nach einem Mann – ausgerechnet ich! – und wollte mich trösten, da er ja offenbar nicht der richtige für mich war«, erklärte Lucy in leicht amüsiertem, höchst erleichterten Tonfall. Dann wurde sie sehr ernst: »Doris, es tut mir leid, daß ich dir nichts von der Chatstory erzählt habe. Wir haben uns so wenig gesehen, hatten so wenig Zeit füreinander. Ich hielt es einfach nicht für wichtig, dir etwas von der Geschichte zu sagen, es war doch nur ein Arbeitsauftrag.«

Doris nickte. Lucy hatte ja recht. Doch wenn sie bedachte, welche Schmerzen ihr erspart geblieben wären.

Die warmen Hände hatten während des kurzen Gesprächs nicht aufgehört über Doris' Körper zu wandern. Ihre Haut fühlte sich an wie ein mit Heißluft gefüllter Ballon, der demnächst explodieren mußte. Doris schlug die Decke zurück, es war plötzlich viel zu heiß. Lucys Kuß steigerte die Hitze in ihr über das erträgliche Maß hinaus. Doris drehte sich mit ihr.

Als sie endlich auf ihr lag, hielt sie inne. »Verzeihst du mir?« fragte sie mit wackliger Stimme. Wie konnte ich nur? dachte sie. Wie konnte ich nur so selbstgerecht sein? Sie nicht einmal zu fragen, ihr nicht zu vertrauen ...

»Wenn du mir mein Schweigen verzeihst?« erwiderte Lucy lächelnd.

»Da ist nichts zu verzeihen«, sagte Doris schuldbewußt.

Lucy lächelte weiter. Ihre Lippen schmeckten köstlich, und ihre Zunge, die in Doris' Mund eindrang, machte sie schwach ...

Doris trocknete ihr Haar mit einem Frottiertuch. Vor sich hinsummend betrachtete sie sich im Spiegel. Was war mit ihr passiert? Aus der glatten Fläche lächelte ihr ein zufriedenes, strahlendes Gesicht entgegen. In den braunen Augen funkelten tausend kleine Sterne. Doris schüttelte überrascht den Kopf. War sie das etwa? In ihr stieg die schmerzhafte Erinnerung auf an eine Zeit, in der sie morgens im Spiegel ein graues Gesicht entdeckt hatte, das sie, obwohl sie es nicht kannte, waschen und eincremen mußte. Sie schob den Gedanken daran beiseite.

Lucy war hinter sie getreten und küßte sie auf den Hals, ließ ihre sinnlichen Lippen über den Nacken streichen. Doris schüttelte sich wie ein nasser Hund. Sie drehte sich um und zog die Rothaarige in ihre Arme. Wieso hatten sie eigentlich geduscht? Ach, ja. Fast wäre Doris rot geworden. Mit Lucy machte sie Dinge, von denen sie bis dato nur hatte reden hören.

Lucy, die ihre Küsse sanft auf Doris' Gesicht verteilte, hielt inne und blickte ihr in die Augen. Das Grün in ihren leuchtete, wuchs zu einer Flamme, die Doris in ihren Bann zog. »Wie geht es jetzt weiter?« fragte Lucy mit warmer Stimme.

Am Klang ihrer Stimme konnte Doris erkennen, daß sie ihre Entscheidung bereits getroffen hatte. Doris lachte. »Nun, Frau Marran, ich denke, Ihr Hund wird sehr viele Einzellektionen bei der besten und verliebtesten Hundetrainerin der Stadt benötigen, um die *Begleithundeprüfung 2* zu schaffen.« Sie grinste und unterbrach ihren Diskurs über Astas Zukunft mit einem Kuß, der Lucy stöhnen ließ. »Damit der Erfolg garantiert ist, braucht es eine enge«, Doris zog Lucy noch näher an sich heran, »eine *sehr* enge Zusammenarbeit zwischen Ihnen und einer gewissen Doris Birger. Können Sie sich das vorstellen?«

Ihre Knie fühlten sich plötzlich ziemlich weich an. War sie zu schnell? Konnte Lucy ihr denn schon eine Antwort geben? Sie hatte sich überhaupt noch nicht zu irgendwelchen Zukunftsplänen geäußert. Bang wartete sie.

Lucy lächelte sie an, dann fragte sie ernst: »Wie lange, Frau Birger, denken Sie denn, daß diese Ausbildung dauern wird?«

»Ewig?« fragte Doris unsicher zurück.

Lucys Augen verbrannten Doris, ihr Strahlen hätte einer Atombombe Konkurrenz gemacht. »Wenn das reicht«, flüsterte sie in Doris' Ohr und vertrieb mit ihrem Kuß die letzten Zweifel.

Eine Stunde später kleidete sich Doris bereits zum dritten Mal an diesem Tag an. Sie rief Dieter an und bat ihn, ihre Gruppe an diesem Abend zu übernehmen. So, wie sie im Moment drauf war, sah sie sich nicht imstande, auch nur eine vernünftige Anweisung zu geben.

»Was ist denn mit dir los? Hast du im Lotto gewonnen?« fragte Dieter völlig entgeistert.

»Besser, Dieter, viel, viel besser«, antwortete Doris lachend. »Ich habe die Liebe meines Lebens wiedergefunden!«

»Oh, wenn das so ist«, sagte Dieter lachend. »Du bleibst mir aber erhalten, oder willst du dich gleich in die Familienplanung stürzen?«

Er weiß es ja gar nicht, schoß es Doris durch den Kopf. Sie mußte gegen ihren Willen lachen. Ich werde es ihm in Ruhe erklären, beschloß sie dann. »Keine Bange, ich habe nicht vor, eine Familie zu gründen«, beruhigte sie ihn und versprach, am Montag wieder auf dem Posten zu sein.

»Liebling, laß uns irgendwo hingehen, wo wir ungestört sind«, bat Lucy, die eben die Hunde aus dem Garten geholt hatte. Sie würde drei Sträucher ersetzen müssen – oder ganz ausgraben, denn die Tierchen waren nicht untätig gewesen.

Doris lächelte. »Ich kenne da den idealen Ort.« Sie wollte Lucy ihrer Schwester vorstellen. Die würde vielleicht Augen machen, dachte sie, als sie mit ihrem Kombi über die Landstraße Richtung Stadt kurvte. Vor *Esther's Corner* stoppte sie. Doris mußte Lucy unbedingt nochmals küssen, ehe sie ausstieg. Etwas verwirrt registrierte sie, daß Lucy ein seltsames Lächeln auf den Lippen hatte. »Ist mir vielleicht etwas entgangen?« fragte sie.

»Ach, Dodo, ich glaube, das erklärt dir Esther besser selbst«, entgegnete Lucy lachend.

Nun komplett verwirrt betrat Doris das Lokal. Sie spürte, wie Lucys Hand sich in ihre schob. Das hat sie noch nie gemacht, dachte sie, doch sie kam nicht weiter, denn Esther tauchte in diesem Moment aus der Küche auf. Sie blieb wie angewurzelt stehen und betrachtete mit fassungslosem Erstaunen das Bild, das sich ihr bot. Dann trat sie ein paar Schritte auf die beiden zu. »Ihr kennt euch?« fragte sie unnötigerweise, denn die noch immer verschränkten Hände der beiden Verliebten sprachen Bände.

»Es ist ... weißt du, das ist Lucy, die ... von der ich dachte, daß sie ... aber das stimmt nicht –«

Wie das bei Schwestern manchmal so ist, ergab Doris' Gestammel für Esther einen Sinn. Langsam wanderten ihre Mundwinkel nach oben, bis schließlich das ganze Gesicht von einem strahlenden Lächeln überzogen war. »Es stimmt nicht, Dodo?« fragte sie, obwohl es doch ziemlich offensichtlich war, wie Doris fand. »Und ihr habt euch wiedergefunden?« Doris nickte. »Lucy! Herzlich willkommen in der Familie!« wandte Esther sich an die dritte im Bunde.

Doris' Verwirrung wich der Fassungslosigkeit. Lucy schob sie zu einem Tisch, der etwas im Hintergrund des im Moment schwach besuchten Lokals stand. Sie drückte Doris auf einen Stuhl und setzte sich noch immer lächelnd neben sie. »Liebling, ich kenne deine Schwester schon ziemlich lange. Nur wußte ich nicht, daß sie deine

183

Schwester ist«, erklärte sie. Sie lachte, dann sagte sie mehr zu sich als zu Doris: »Ich hätte es merken müssen. Sie hat mich so sehr an dich erinnert. Vom ersten Moment an.«

Doris schüttelte ungläubig den Kopf.

Esther kam an ihren Tisch. »Wenn ich gewußt hätte, daß du damals auf der Party mich gemeint hast . . .«, sagte Lucy glücklich lächelnd.

»Wer hätte das schon wissen können?« Esther lächelte auch. »Aber gut, daß ich es nicht wußte. Ich hätte dich vielleicht umgebracht, bevor du mich hättest aufklären können.«

»Ihr seid wirklich Schwestern!« sagte Lucy und blickte von einer zur anderen. »Ihr laßt einem keine Chance zur Erklärung.« Doch das Lächeln in ihrem Gesicht verschwand nicht.

Doris' Verwirrung beseitigte das nicht. Welche Party? Warum sollte Esther Lucy umbringen wollen? Doch Esther sorgte schnell dafür, daß ihre Fragen hinter einem Berg von Essen zurückstehen mußten.

Da sie sich in der Öffentlichkeit mit dem Austausch von Zärtlichkeiten zurückhalten mußten, schließlich wollten sie Esthers Kundschaft nicht provozieren, und mit vollem Mund ließ sich auch wirklich schlecht küssen, erzählten sie sich, was in den vergangenen Monaten passiert war.

Das Thema Chatroom kam wohl zur Sprache, Lucy erzählte ihr die Storys haarklein, die sie mit der auch Doris bekannten Starky und den unbekannten Herren erlebt hatte, doch Doris beschloß, ihr Geständnis in dieser Beziehung noch etwas zurückzuhalten, wenn auch nicht zu lange, schließlich lag ja das ganze Leben vor ihnen. Mindestens eins, ergänzte Doris. Das Kribbeln in ihrem Bauch hatte bereits wieder eingesetzt. Eigentlich bräuchte ich nichts weiter als Lucy und ein Bett, dachte sie.

Lucys Augen ruhten auf Doris. Sie brannten. »Können wir gehen?« fragte sie heiser. »Ich brauche mehr, als was hier auf der Karte steht.«

So direkt? Doris nickte nur. Mit dieser Frau an ihrer Seite würde sie wohl noch die eine oder andere Überraschung erleben, dachte sie, beugte sich über den Tisch und küßte sie . . .

ENDE

Victoria Pearl: Ungeahnte Nebenwirkungen

Erotischer Liebesroman

Was geschieht, wenn sich die attraktive Zahnärztin auf einmal nicht nur für deine Zähne interessiert? Sie steht eines nachts vor deiner Tür und will hemmungslosen Sex. Doch der Morgen danach fühlt sich an wie ein Zahnarztbesuch, denn die Traumfrau ist nicht mehr da. Es beginnt eine Odyssee der Liebe, Verzweiflung, Eifersucht ... denn immer neue Überraschungen aus der Vergangenheit der Ärztin kommen ans Licht ...

Ruth Gogoll: Eine Insel für zwei

Erotischer Liebesroman

Neunzehn Jahre alt und auf der Suche nach der großen Liebe: Das ist Andy, als sie Danielle kennenlernt, Besitzerin einer Werbeagentur. Danielle hält Liebe für eine Illusion. Sie lädt Andy zu einer Reise durch die Ägäis ein, doch fordert dafür einen hohen Preis.
Andy läßt sich darauf ein, weil sie Danielle liebt und hofft, daß Danielle auch lernen wird zu lieben. Fast scheint es, als hätte Andys Liebe eine Chance, doch da geschieht etwas Unvorhergesehenes ...

Ruth Gogoll: Tizianrot

Erotischer Liebesroman

Tanita schwärmt unsterblich für ihre Mathematiklehrerin Diana. Nach Tanitas Abitur verlieren sie sich aus den Augen. Zufällig treffen sie sich Monate später wieder, und die Überraschung ist perfekt, als sich herausstellt, daß auch Diana Interesse an Tanita hat. Schnell kommen sie sich näher, die Erfüllung aller Träume scheint nah, doch da tauchen unerwartete Schwierigkeiten auf.

Alexandra Liebert: Der Schlüssel zum Glück

Liebesgeschichten

Geschichten rund um das Verlieben: Ob gewollt oder ungewollt, überraschend oder nicht – Alexandra Liebert versteht es, ihre Heldinnen in kleinen, unbeschwerten Geschichten auf spannende Art zusammenzubringen. Da sucht Cathy nur nach einem Job und findet die Liebe, Lisa sucht erholsame Ferien in San Francisco – und findet die Liebe, Carmen und Maria haben sich mit dem Auto verfahren, suchen den richtigen Weg und finden: die Liebe.
Sie wollen jetzt wissen, wer noch alles die Liebe findet? Und welche Hürden dabei zu überwinden sind? Wir haben da einen kleinen Tip für Sie: Kaufen Sie doch einfach dieses Buch ...

Alexandra Liebert: Träume aus der Ferne

Liebesgeschichten

Geschichten rund um das Verlieben: »Viele Wege führen nach Rom, aber keiner führt an den Geschichten von Alexandra Liebert vorbei – wenn frau romantische Liebesgeschichten schätzt. In ihrer ganz eigenen, feinfühligen Art beschreibt die Autorin das Suchen und schließlich auch das Finden der Liebe, die verschiedene Gesichter haben kann und darum auch auf unterschiedlichen Wegen erkämpft, erwartet oder erkannt werden will.« (Victoria Pearl)

Julia Arden: Das Lächeln in deinen Augen

Roman

Beate sieht in Cornelia Mertens, ihrer neuen Chefin, zunächst nur das, was alle sehen: die kühle, distanzierte Geschäftsfrau. Liebe ist etwas für Träumer – aus dieser ihrer Meinung macht Cornelia kein Geheimnis.
Nach und nach lernt Beate aber eine ganz andere Seite an Cornelia kennen. Cornelia überrascht sie mit unerwarteter Fürsorge, Verständnis und einer seltsamen Mischung aus Heiterkeit und Ernst. Also doch harte Schale, weicher Kern? fragt sich Beate. Ist das äußere Erscheinungsbild nur Fassade für all die, die sich nicht die Mühe machen dahinterzuschauen? Oder sind Sanftmut und Charme nur Trick, Teil eines Planes? Nämlich dem, sie zu verführen? Letzteres wäre fatal für Beate, denn so oder so – sie hat sich in Cornelia verliebt.

Julia Arden: Laß mich in dein Herz

Liebesroman

Vor vier Jahren verlor Andrea ihre Lebensgefährtin Maren durch einen Autounfall. Seitdem lebt sie ausschließlich für ihren Beruf als Richterin, bis Gina in ihr Leben tritt und ihre Gefühle durcheinanderbringt. Aber sie will keine Beziehung eingehen, ihr Herz hängt nach wie vor an Maren. Also versucht sie Gina zu vergessen, doch dann kommt es zu einem unverhofften Wiedersehen – und Andrea braucht Ginas Hilfe, weil der Beruf sie in Gefahr bringt ...

Kingsley Stevens: Liebe mich

Erotischer Liebesroman

Amy Flanagan und Morgan Holdsworth treffen sich, als Amy versucht einen Großauftrag von Morgan, Eigentümerin eines Kosmetikkonzerns, für die Werbeagentur zu erhalten, für die Amy arbeitet. Obwohl Amy Geschäft und Privates auseinanderhalten will, verliebt sie sich in Morgan. Sie beginnen eine Affäre, doch Morgan scheint wenig Interesse an einer Vertiefung ihrer Beziehung zu haben, während Amy sich wünscht, Morgan näherkommen zu können.

Trix Niederhauser: Halt mich fest

Liebesroman

Wie sag ich's meinen Eltern? Früher oder später kommt jede Lesbe an diesen Punkt, auch Chris, die rockende Gitarristin mit Hang zu Unfällen. Tina tritt in ihr Leben, und alles ist anders: Das Coming-out, die verschollen geglaubte Großmutter, die Ex mit dem dritten Auge und vieles mehr machen der Heldin das Leben schwer. Tapfer erträgt sie die putzende Mutter, den pubertierenden Neffen und den schweigenden Vater. Nur daß Tina rothaarige Frauen küßt, macht ihr zu schaffen ...

Claudia Westphal: Küß mich, Cowgirl

Liebes-Western

Miranda Miles, Inhaberin einer Zeitung im Städtchen »Miles' Creek«, scheint die einzige zu sein, die sich gegen ihren tyrannischen Vater und ihre bösartige Schwester Callie zu wehren sucht. Als BJ, eine scheinbar kaltherzige Auftragskillerin, nach Miles' Creek kommt, wendet sich Mirandas Leben. In Notwehr erschießt sie einen Mann, der BJ nach dem Leben trachtet, und gewährt der Fremden Unterschlupf. Dabei fühlen sich die beiden gegensätzlichen Frauen sehr schnell zueinander hingezogen.
BJ wird schließlich gefaßt und soll dem Henker vorgeführt werden. Miranda versucht alles, um das Leben ihrer neuen Freundin zu retten. Zu diesem Zeitpunkt ahnen die beiden Frauen noch nicht, daß sie etwas ganz Besonderes verbindet ...

Kay Rivers: Küsse voller Zärtlichkeit

Roman

Michelle Carver hat als Managerin von Disney World in Florida einen anstrengenden Job. Für ein Privatleben hat sie kaum Zeit, deshalb beschränkt sie sich auf gelegentliche Affären. Liebe kommt in ihrem Wortschatz nicht vor.
Cindy Claybourne ist Studentin und hat einen Ferienjob in Disney World. Sie merkt, daß sie sich zu Michelle hingezogen fühlt, daß sie hinter ihre harte Schale schauen möchte. Aber Michelle läßt das nicht so einfach zu. Doch Cindy gibt nicht auf und kämpft für ihre Liebe zu Michelle. Wird Michelle endlich einsehen, daß Cindy die richtige für sie ist?

Kingsley Stevens: Sündige Episoden (Band 1)

Erotische Geschichten

Der *Reigen* von Arthur Schnitzler wurde schon oft adaptiert, und nun liefert die Autorin Kingsley Stevens eine lesbische Variante: Ineinander verwobene Geschichten, leidenschaftlich und lustvoll, in denen es nur um »das Eine« geht. Die **Sündigen Episoden** sind das wohl frivolste el!es-Buch, das es je gab.

Melissa Good: Sturm im Paradies

Liebesroman

Melissa Good, Drehbuchautorin verschiedener Episoden der beliebten TV-Serie »Xena – Die Kriegerprinzessin«, bei el!es!

Firmen aufkaufen und ohne Rücksicht auf Verluste sanieren – Dar Roberts, Vizepräsidentin einer großen Gesellschaft, liebt ihren Job und erledigt ihn gründlich. Bei einem kleinen Unternehmen trifft sie jedoch auf unerwarteten Widerstand: Kerry Stuart, die junge Leiterin der Supportabteilung, kämpft engagiert für die Erhaltung der Arbeitsplätze. Gleichzeitig fühlt Kerry sich angezogen von dieser großen, starken, dunkelhaarigen Frau, in der mehr zu schlummern scheint als kalter Geschäftssinn. Zaghaft kommen sich die beiden näher ...

Ruth Gogoll: Ich liebe dich

Erotischer Liebesroman

Ira ist eigentlich viel zu schön, um Bankmanagerin zu sein, und Elisabeth will nur eine Hypothek von ihr: Da schlägt die Liebe zu wie ein Blitz. Zuerst einmal erscheint Elisabeths Liebe aussichtslos, doch dann ergibt sich eine unverhoffte Begegnung, und bald sind die beiden ein Paar. Doch das Schicksal hält noch etliche Schläge für sie bereit. Piet, Iras ehemalige Lebensgefährtin, taucht plötzlich wieder auf. Und Ira erhält unerwartet eine berufliche Chance, die sie nicht ablehnen will. Die räumliche Entfernung schürt die ohnehin vorhandene Eifersucht noch.

Antje Küchler: Der Abgrund

Lesbisches Abenteuer

Nach dem Verlust ihrer Lebensgefährtin Andrea, einer Schriftstellerin, gibt sich Laura dem Alkohol und Depressionen hin. Nach Monaten der Trauer taucht überraschend die Germanistikstudentin Anja auf, die eigentlich nach Andrea suchte – und sich in Laura verliebt. Es könnte eine harmonische Beziehung werden, doch Laura überredet Anja zu einer Reise nach Rußland, wo das Abenteuer beginnt: Laura wird entführt, und Anja macht sich im kalten und weiten Sibirien auf die Suche nach der geliebten Freundin. Kann sie es schaffen, die Entführte zu retten?

Ruth Gogoll: Taxi nach Paris

Der lesbische Erotikbestseller

Sie begegnet ihrer Traumfrau, aber viel zu schnell landen beide im Bett – während sie sich verliebt hat, geht die andere nur ihrem Gewerbe nach. Jedoch sie ist sich sicher, das Herz der Angebeteten erobern zu können. Wird die Liebe stärker sein als die Zerreißproben und die beiden Frauen in der Stadt des Lichts zusammenführen?

Ruth Gogoll: Eine romantische Geschichte

Erotischer Liebesroman

Esther ist Anwältin und eine Traumfrau – für alle Frauen, die nur an Sex interessiert sind. Wenn frau sich in sie verliebt, ist es jedoch die Hölle ... wie es Alex leidvoll erfahren muß. Sie verfällt Esther mit Haut und Haar und kann sich nicht mehr von der schönen Juristin lösen. Wird Yvonne mit ihrer Liebe Alex von dieser Besessenheit heilen können?

Ruth Gogoll: Die Schauspielerin

Erotischer Liebesroman

Als ihre Jugendliebe Simone, mittlerweile eine berühmte Schauspielerin, neuerlich in Pias Leben tritt, flammt längst erloschen geglaubte Leidenschaft wieder auf. Doch die Angebetete ist in ihrer Scheinwelt aus Glanz und Glamour gefangen, im Teufelskreis zwischen Ruhm und Untergang. Auf der Leinwand zeigt sie große Gefühle, im wahren Leben hingegen scheinen ihr diese Empfindungen fremd zu sein.
Überwältigt von Simones Charme und Schönheit verwirft Pia ihre Bedenken, daß Simone ihr ein zweites Mal das Herz brechen könnte. Während Simone ihre Probleme im Alkohol zu ertränken versucht, beginnt Pia um ihre Liebe zu kämpfen ...

Ruth Gogoll: Simone

Erotischer Liebesroman

Der zweite Teil der »Schauspielerin«.
Simone bemüht sich um einen Neuanfang mit Pia, doch ihre Vergangenheit holt sie wieder ein. Der Alkohol, den sie schon überwunden glaubte, gefährdet ihre Beziehung ebenso wie ihre neue Karriere in Amerika. Zum letzten Mal verbringen Simone und Pia eine schöne Zeit gemeinsam in Wien auf dem Opernball, doch am Tag danach kommt es zum Eklat – Pia ist tief enttäuscht und glaubt nicht daran, daß sie Simone je wiedersehen wird. Und im weit entfernten Amerika sitzt Simone einsam und trinkt ... da führt sie ein erneutes Filmangebot wieder nach Europa ...

Brenda Miller: Bitte verzeih mir

Liebesroman

Veronica, Chefin des familieneigenen Konzerns, überfährt mit ihrem Porsche die Aushilfskassiererin Rose, die sich mit Gelegenheitsjobs über Wasser hält. Veronica läßt Rose mit bester medizinischer Versorgung gesundpflegen, und aus anfänglicher Freundschaft entsteht sehr bald Liebe ... doch Veronica hat Rose bisher noch nicht gestanden, daß sie damals den Porsche fuhr ...

Brenda Miller: Court of Love

Liebesroman

Die Basketballspielerin Chris hat sich bei einem Spiel schwer verletzt und kommt ins Krankenhaus. Dort wird sie während der Rekonvaleszenz von der Physiotherapeutin Beth betreut. Die beiden verlieben sich ineinander. Beth hat sich vor kurzem von ihrer Freundin getrennt, für Chris gab es bis jetzt nur Basketball und das College. Sie weiß noch nicht, ob sie sich für Männer oder Frauen interessiert, und sie hat noch nie mit jemandem geschlafen ...

Ruth Gogoll: Die Liebe meiner Träume

Erotischer Liebesroman

»Ich stehe nicht auf Frauen« verkündet Vanessa, doch die nachfolgende Liebesnacht mit Anouk spricht eine andere Sprache. Allerdings soll es zunächst auch bei dieser Nacht bleiben: Beide kehren in ihr Leben zurück, Anouk in die Einsamkeit, Vanessa zu ihrer Familie mit Mann und Sohn. Die Spuren, die die Liebesnacht hinterläßt, graben sich tief in die Herzen beider Frauen ein – bis sie sich unvermittelt wiedersehen ...

Ruth Gogoll: Ich kämpfe um dich

Erotischer Liebesroman

Bisher unter dem Titel »Über die Liebe oder Ein Tod in Konstanz« erschienen

Eva hat sich mit ihren 45 Jahren in ihrem ruhigen, ereignislosen Leben eingerichtet und erwartet nicht mehr viel davon. Da taucht Sina auf: 25 Jahre alt und ganz das Gegenteil von Eva. Eva hält ihr Verhältnis zu Anfang für eine reine Bettgeschichte, denn sie glaubt, der Altersunterschied würde Liebe verhindern. Sie will sich auf diese aussichtslose Beziehung erst gar nicht einlassen. Doch da erscheint mit einem Mal Jeanne auf der Bildfläche, Sinas Ex-Freundin ...

Shari J. Berman: Tanzende Steine

Liebesroman

Sally lernt Ricki als Kind im Sommer 1978 auf einem Campingplatz kennen, während sie Steine über das Wasser tanzen läßt. Die beiden Mädchen mögen sich auf Anhieb. 18 Jahre später sehen sie sich wieder, mittlerweile sind beide mit anderen Frauen liiert. Doch die Liebe, die sie als Kinder noch nicht benennen konnten, erfaßt sie erneut. Ob es nun aber wirklich Liebe ist oder nur Sex, das müssen sie erst einmal herausfinden ...

Hat Ihnen das Buch gefallen?

Möchten Sie in Zukunft vielleicht jedes neue el!es-Buch direkt ins Haus geliefert bekommen, sobald es erschienen ist?

Dann schließen Sie unser Abonnement **10 Jahre el!es** ab.

Der el!es-Verlag besteht im Jahr 2006 genau 10 Jahre, und aus diesem Grunde erscheint jeden Monat ein neues Buch.

Die Bücher des Jahres 2006 sind:

Januar:	EINE INSEL FÜR ZWEI (TEIL 1) von Ruth Gogoll
Februar:	LAß MICH IN DEIN HERZ von Julia Arden
März:	SONNENAUFGANG IN DEINEN ARMEN von Victoria Pearl
April:	LIEBE MICH von Kingsley Stevens
Mai:	HALT MICH FEST von Trix Niederhauser
Juni:	TIZIANROT von Ruth Gogoll
Juli:	KÜß MICH, COWGIRL (TEIL 1) von Claudia Westphal
August	KÜß MICH, COWGIRL (TEIL 2) von Claudia Westphal
September:	KÜß MICH, COWGIRL (TEIL 3) von Claudia Westphal
Oktober:	TRÄUME AUS DER FERNE von Alexandra Liebert
November:	MIA – LIEBE MIT UMWEGEN von Janina Behrens und Julia Spors
Dezember:	EINE INSEL FÜR ZWEI (TEIL 2) von Ruth Gogoll
	Das Weihnachtsbuch:
	A CHRISTMAS CAROL von Ruth Gogoll

Wenn Sie ein Abonnement für die el!es-Bücher abschließen wollen, benötigen wir nur zwei Dinge von Ihnen:

1. Ihren Namen und Ihre Postadresse (wenn vorhanden, zusätzlich auch Ihre E-Mail-Adresse)

2. Eine Einzugsermächtigung für Ihr Konto
   Bitte senden Sie uns dazu folgende Daten zu:
   - Name der Kontoinhaberin
   - Name der Bank
   - BLZ
   - Kontonummer

Die Daten können Sie per E-Mail an unsere E-Mail-Adresse **office@elles.de** senden oder per Fax an unsere Faxnummer **01 21 20 20 13 58** (12 ct/min) oder per Brief an **édition el!es**
Postfach 1405
D – 79504 Lörrach

www.elles.de

Doris' Antwort klang eher nach einer Frage. »Familie?«

Lucia schüttelte ungläubig den Kopf. Ihr stand der Sinn überhaupt nicht nach Familie. Vielleicht ein kurzer Besuch, alle Glückwünsche und die einen oder anderen kleinen Geschenke abgeben, dann aber nichts wie weg.

»Na, Eltern, Bruder, Schwester, Neffen, Nichten...«, holte indessen Doris aus.

Ungeduldig unterbrach sie Lucia: »Mir ist schon bekannt, was man gemeinhin unter dem Begriff Familie versteht. Was ich nicht ganz verstehe, ist, daß du offenbar Lust auf Familienfeierlichkeiten hast.«

Doris schaute ihr nachdenklich ins Gesicht. »Für mich ist die Familie wirklich wichtig. Ich möchte sie sehen, mit ihnen feiern, sie um mich wissen. Wenn du nicht zu deinen Leuten gehen willst, komm doch mit mir«, bot sie an. Da Lucia nicht antwortete, hakte sie nach: »Traust du dich etwa nicht?«

Lucia war inzwischen weitergegangen, so daß Doris einen Zwischenspurt einlegen mußte. »Das ist es nicht. Ich fühle mich einfach nicht sicher bei diesem Gedanken. Ehrlich, Schatz, ich habe Familienfeiern als anstrengende Maskerade in Erinnerung. Immer mußte man mit allen lieb und nett sein. Total nervig. Und auf so etwas habe ich bestimmt keine Lust«, erklärte Lucia. Ihre Stimme klang traurig. Sie hätte sich wahrlich gewünscht, in Begeisterung ausbrechen zu können, denn sie wußte, wieviel diese Einladung von Doris für ihre Beziehung bedeutete.

Doris schwieg lange, ehe sie vorschlug: »Denk darüber nach. Ich würde mich freuen, wenn du mich begleiten würdest. Und meine Familie, das kann ich dir schriftlich geben, die ist wirklich witzig. Sie sind vielleicht nicht so gut betucht, und ihre Bildung liegt bestimmt unter dem Niveau der deinen, doch sie sind herzlich und offen. Du solltest es dir wirklich überlegen.«

Lucia nickte. Sie würde darüber nachdenken, ganz bestimmt.

Der Tag wurde für Lucia ziemlich hektisch. Sie hatte Abgabetermine, die sie unbedingt einhalten mußte. Ihre größte Arbeit, die Chatstory, schob sie beiseite. Am Abend jedoch loggte sie sich wieder im Chat ein. Sie hatte noch eine Abklärung zu tätigen. Da die Sache mit Flyer so völlig danebengegangen war, würde sie einem weiteren Vertreter der männlichen Chatnutzer eine Chance geben. Lucia konnte nicht glauben, daß alle des vermeintlich starken Geschlechts solche Nieten sein sollten.

Ein neuer Nickname war vonnöten, denn bestimmt würde sich Flyer im Netz herumtreiben. Er könnte zum Problem werden, wenn sie als Angel wieder in Erscheinung trat. Lucia entschied sich für Gloria, das klang irgendwie auch ein wenig himmlisch. Gloria gebärdete sich im Gegensatz zu Angel ziemlich forsch. Sie ging direkt auf ihr Ziel, eine Verabredung, los. Diesmal war sie es, die einen Partner in den Zweier-Chat einlud. Ihre Wahl fiel auf Medicus, den sie schon kannte und der nach wie vor auf der Suche zu sein schien.

Die Stunde, die sie im trauten Gespräch verbrachten, verlief nach anfänglichem vorsichtigen Abtasten sehr lustig. Medicus gab sich von seiner witzigsten Seite, kannte offenbar jedes Sprichwort im deutschsprachigen Raum und setzte seine Aussagen pointiert in den Raum.

Lucia war sehr angetan. Sie beschloß, gleich einen Schritt weiterzugehen, schließlich fühlte sie sich mittlerweile als alte Häsin in diesem Bereich der Kommunikation. Medicus, der keine so offensiven Avancen erwartet hatte, ließ sich reichlich Zeit mit seiner Antwort auf die Einladung zu einem Treffen. Dann jedoch stimmte er zu. Den gleichen Fehler wie bei Flyer machte Lucia aber nicht. Sie verabredete sich mit Medicus am Nachmittag zu einem Spaziergang in einem Park, der unweit der belebten Innenstadt lag. Anschließend, dies wenigstens stellte sie ihm in Aussicht, könnten sie immer noch entscheiden, ob sie gemeinsam etwas essen gehen wollten.

Lucia schaltete ihren Computer hoch zufrieden mit sich selbst in dem Moment ab, als Doris den Schlüssel im Schloß drehte.

Doris startete früh am Samstagmorgen. Sie war extrem nervös, denn sie hatte sich mit Eiko zur *Schutzhundeprüfung 1* angemeldet. Sie mußte sie bestehen, und zwar mit einem VORZÜGLICH, wenn sie mit ihrem Malinois weiterkommen wollte. Und dieser Wille stand außer Zweifel.

Lucia bot ihr an, mitzufahren, doch Doris lehnte – wie erwartet – dankend ab. »Liebling, du verwirrst mich nur, wenn du dabei bist. Und Eiko könnte sich nicht auf die doch schwierigen Kommandos konzentrieren, weil er immer nach Asta Ausschau halten würde.«